U0530014

长宁将军

CHANGNING
JIANGJUN

蓬莱客 著

下册

青岛出版集团 | 青岛出版社

第九章　风起青蘋

入夜，在一间装饰着黄金和锦缎皮毛的华屋之内，巨烛光耀夺目，映着当中的一张王座。王座前的案上，摆着美酒佳肴，座上之人是一个身着左衽锦袍的青年男子。

此处是北狄皇廷中的一间寝室，而这个男子，正是狄国刚上位不久的新皇——南王炽舒。

几十年来，随着疆域不断向南扩张，中原人的生活方式深深地吸引了狄人当中的贵族和高官。原本地处极北的王庭不断南移，最终在十几年前，北狄定都在了此地，并将此地改名为大兴。

这里南望幽燕，拥有不绝的水源、优越的地势、丰美的草场，也有大量适合耕种的农田。定都之后，城中效仿中原王朝的宫殿和华屋拔地而起，狄人高官和贵族聚居，几十万狄人跟随南迁。此外，城中更有被强迫搬迁而来的大量汉人。他们大多是农人和各种工匠，终日劳作，为皇室和贵族的各种奢侈的生活提供保障。

这是一座号称"万年王庭"的皇都。

虽然不久之前，在皇宫之中发生了一场宫变，仅仅一天便有三千余人被杀死，宫门内外血流成河，但这样的夺权和杀戮于狄人上层而言，根本不算什么。清除对手,再彻底清洗对方的势力,这只是惯常操作。作为这场宫变的胜利者,炽舒原本应当豪情万丈、意气风发,然而此刻,他的面容上丝毫不见得色。

他喝了一口酒,感到胸前那处被箭贯穿的伤口又隐隐地抽痛起来。想起昨天汉人医官的劝告,他余恨实在难消,握着杯的五指猛地发力,一下子就将金杯捏扁,随即狠狠地掷了出去。酒壶被扫落,酒水洒在案前铺着的一块精美地毯上。在旁服侍的几名美貌侍女惊慌不已,以为他是不满服侍,战战兢兢地下跪,匍匐而来,慌忙收拾着地上的狼藉。

炽舒对她们视若无睹,往后仰靠在座上,两道阴沉的目光又落在了自己的左臂之上。

在他左臂的末端,如今多了一只黢黑的铁手。这是他死里逃生回来之后,着工匠量体打造的特殊兵器,以铁箍连于上臂,末端装五把爪刀,锋利无比,需要时爪刃探出长袖,割喉如同探囊取物。

他第一次用这把利器割开的是他的兄弟的喉咙。当日为密谋宫变,他从燕郡赶回大兴,见面之时,趁着对方不备,突然扬出铁爪一刀割喉,惊呆了四面之人。待旁人反应过来,他要杀的人早已气绝身亡。

他失了一臂,如今这件杀人利器,用得也算是趁手,然而,利器再好,又怎么比得上原来的手臂?

他的脑海中再一次浮现出了那个魏国女将军的身影,眼神变得越发阴沉。

他只恨自己太过轻敌,当初小看了对方,以致险些丧命。不但如此,在他逃回来后,皇帝病重,面对变得越发紧张的皇位之争,他为了争功,忍着满身的伤痛,又马不停蹄地发动了对八部的战事。

他原本谋划得当,胜率极大,万万没有想到,好事竟又坏在了那女子的手上——被她带领轻骑穿过腹地,结果不但对八部的谋划功亏一篑,消息传到皇廷之后,更是引来了无数的质疑,说是灭顶之灾也毫不为过。

他已经彻底丧失了继承大位的资格。绝境之下,他不得不铤而走险,和他的叔父左昌王目答一道临时策划宫变,最后总算是走对了险棋,如愿登上宝座。

攻破雁门,夺取长安和全部的中原之地,是他一直以来的心愿。

而现在，他的心愿多了一条，那就是抓住那个魏国的女将军，好生折辱个够。他要拔光她锋利的爪牙，要她跪在自己的面前，彻底将她驯服。倘若到时候心情好的话，他也不妨将人收入后宫。

炽舒的脑海中浮现出当初在长安城外的猎场里，自己尾随窥伺她独自狩猎的情景。毕竟，这世上，那样的女子并不多见。

待将她收为己有后，他再给她加个妃号，让魏国人看见，也让那个是她丈夫的摄政王看见。这将是何等的耻辱，远胜过将人一刀杀了。

炽舒眼底精光大作。他摸了摸胸口那处被箭射穿后留下的伤，方才因为伤痛而起的怒气，也终于因为这个念头而缓解了一些。

不过，他当然明白，全面南下进攻的时机尚未到来。

和此前他为了获取战功而采取激进手段不同，如今时过境迁了，他刚夺位成功，巩固王位需要时间。如果他现在就发动对魏国的大规模战事，在他的后方会发生什么，显而易见。一旦战场推进不顺，他的下场，绝不会比他那些死在他手里的兄弟们要好。

开战的进度必须缓下来，但这并不意味着如今他什么都不能做。相反，他有很多事可以做。

潜入长安的那次行动，虽然令他险些丧命，但也并非一无所获。

北有萧关，南有武关，东有函谷关，西有散关，若有外敌来犯，长安可谓固若金汤，但长安城的内部似乎并非如此。和那座睥睨天下的雄伟皇宫相比，他此刻所在的这座大兴皇宫，简直不值一提。而那座皇宫的主人是一个少年，一个被魏国的摄政王操弄在手的傀儡而已。炽舒相信，长安城中想取而代之的人不会没有。

坚城壁垒，阅墙而破。他也读过汉人的书，自然明白这个道理。

他已遣使上路，试着前去秘密接触他物色的人，若事成，最好不过；不成，于他也无损失。

这时，一名侍女入内，眼睛不敢看前方，深深俯首，通报说他要见的两个汉臣到了，正等候在外。

这两人，一个名叫陆康，另一个名叫李仁玉。当年魏国破晋，太子皇甫雄带了一批死忠投奔北狄，两人便在其中，是那些晋国旧臣当中的佼佼者。狄廷仿汉制后，陆康因学富五车，被封为承制学士，李仁玉则官居嘉议大夫。

炽舒杀人如麻的凶残名声，陆康和李仁玉自然清楚。作为投诚过来的无根之人，他们平日一向是仰人鼻息，小心翼翼。何况如今狄廷发生宫变，他二人怕被殃及池鱼，闭门不出，没想到今晚却被炽舒叫来，不免深感恐惧。此刻拜见过后，两人屏息等待。

炽舒冷冷地扫了一眼这些被当作狗给圈养起来的前晋官员。

就在今天，有人向他告密，说这些人如今还在寻访晋室后人，意图伺机拥戴，从而复国。

他无法理解这些汉人对旧主的忠诚。在他看来，这样的忠诚简直匪夷所思。他也根本不信这些人能翻起什么波浪，但这样的行径是不能容忍的。他原本打算将人杀了，借此警告剩下的表里不一的汉官，但随后又改了主意。

幽燕汉人至今不愿完全归心。就在不久之前，还发生过一伙汉人流民杀死一个狄国贵族的事。这两人在当地颇有名望，是皇廷养着用来收拢人心的狗，将来占有中原之后，这样的汉官更是必不可少，不如借此机会展示宽容。

"我听闻，你们这些年一直在找晋室的一个小皇子。找到人了没？"炽舒开口便问。

那两人对望一眼，大惊失色。

他们这一批人，当年跟着太子皇甫雄逃亡北狄之后，原本指望有朝一日能够复国，谁知太子到病死也未能开枝散叶留下一子半嗣。起初，孤臣遗老们全都不甘作罢，等大魏剿杀残余势力的风头过去之后，慢慢地和当年的一些旧人暗中取得了联系，又开始寻访起很有可能带着国玺逃走的小皇子皇甫容。后来，时光荏苒，其余人在这些年里陆续绝了念头，只想安心做北狄的官，混到老死，也就罢了。

但陆康和李仁玉不同。陆康是皇甫容的亲舅，李仁玉则受过晋室的大恩。两人总是对光复晋室念念不忘，盼望有朝一日，北狄和魏国相争，斗得两败俱伤，到时候，晋室说不定又能光复。就这样，这些年，两人利用自己全部的能量，始终没有停下查访的行动。

他们万万没想到，此事竟被炽舒知晓了。见他那双带着几分醉意的狼目看了过来，两人当场汗如雨下，瘫软在地，连声告饶。

令两人意外的是，炽舒看起来并没有愤怒，反而逐渐神色温和，叫两人起来。

"不必害怕。小皇子若能归来，我必奉他为上宾，封他以王号。便是叫他划地治民，也是不无可能。"炽舒望着两人，脸上露出笑容，如此说道。

冬十一月末，这一日，长安先是下了一场冻雨，随后夹着冰雹，又满天扬起了雪。向晚，雪非但没有转小，反而越发地大，天未黑路人便尽数归了家，街道上空无一人。

云霾压城。在城北执勤的门吏终于守到了皇宫方向隐隐传来的鼓声，立刻命手下关闭城门。两个门卒更是急着进去烤火，呵着冻得发麻的手指，匆匆就要闭拢城门。这时，远处疾驰来了一队人马，马蹄溅起道上掺杂着污水和湿泥的冰雪，很快到了近前。

门吏看见马匹的鞍辔和骑马人露在蓑衣外的腰刀上都挂满了冰碴和积雪。

这像是一支来自北边的行旅，并且，虽都是常服装扮，但既然人人腰带佩刀，显然是一支公干的人马。

因摄政王刚结束南巡，数月前就又马不停蹄地去了北方督战，至今未归，皇宫里也隔三岔五地有交通往来的人前往北方，门吏不敢懈怠，却也不能轻易放人入城，便按例要求他们出示路牌。

一名戴斗笠的随行递上路牌。门吏看了一眼，猛地抬头，奔出去，就着头顶这一天的最后一点儿暗淡暮光，终于认出了队伍中间那个正静静地坐在马背上的人。

那人也头戴斗笠，身着蓑衣，周身上下积满冰雪。门吏立刻回头，大声喝令开门，又带着人避退到了城门的两旁，行叩拜之礼。

束慎徽冒着今岁比往年要早的冬寒，踏着满道的雨雪和泥泞，于年末的这日傍晚，终于回到了长安。

束戬比他早半个月平安归京，是在一个深夜里，经由贤王安排入的皇宫。他归来三天后，宫内传出消息，说皇帝的体疾经过这段时日的休养，终于逐渐康复，已能见人。

对于皇帝接连几月养病不能露面的这桩事，虽然朝廷上下人人心里都有自己的猜测，但明面上，自从摄政王在南巡归来的那夜于宣政殿疾言厉色地斥了一番大臣之后，谁也不敢再多提半句了。

皇帝养病这件事，在公开的场合，俨然已成禁忌的话题。如今宫里忽然放出这样的好消息，众人便知，人应当是回了。大家心照不宣，先是那些三品以上的重臣随贤王和方清入宫拜望少帝，隔着帘说了几句话，说的无非都是为皇帝陛下的康复而倍感欢欣之类的内容；再过几天，四品的官员也陆续得以进宫拜贺。到了现在，少帝虽还不能像从前那样完全恢复朝会，但已开始在宫中处理政务，秩序在有条不紊地恢复当中。

除此之外，最近也有另外一个消息传开：为八部战事而亲自赶赴北边督战的摄政王，不日也将归来。

这都是好事。等到摄政王归来了，想必少帝也就完全康复了，朝堂的一切，都将恢复原本的样貌。

束慎徽入城后，没有去往皇宫，而是着人将自己回来的消息通报给贤王和宫里的少帝，径直回了王府。

他想休息一夜，好好休息，收拾起这一路归来时缠着他的种种心事，等到明天再去做那些他当做的事。

这座王府已是将近半年没有主人踏入了。随着他的归来，这个原本静若死水的地方才又活了过来。灯一路被点燃，王府上下的人都动了起来。

他不在的这段时日，李祥春出了宫，张宝也跟着留在王府里。今日眼见天气恶劣，天寒地冻，没什么盼头，他们吃了饭，正要去钻被窝，忽然获悉摄政王归来，兴奋万分，立刻奔了出去。

王府知事将摄政王迎入昭格堂后，张宝送上了热茶。他没看见王妃的身影，虽早就知道她不会和摄政王一道回，但心里难免有些遗憾。

王府知事说道："饭食稍后便好，殿下稍候。涧月轩也在收拾了，等殿下用完饭，便可休息。"

涧月轩是他居住了多年的寝堂，就在距此间不远的地方，几步路便到。

束慎徽一顿，望了一眼外面漆黑一片的夜色，道："我去繁祉堂吧。"

繁祉堂虽是年初他成婚时的新房，但地方空旷，便是立刻烧火，寝堂里一时怕也没这边暖和。但他这么说了，知事便也照办，立刻叫人去收拾，预备摄政王入住。

束慎徽随意用过送上的晚饭后就起身,道今夜天气不好,叫各人都去歇下,不必跟来。张宝随李祥春一道,伴他入了繁祉堂。

寝堂里已燃起灯,也烧了取暖的火,但空气里的冷意一时仍是难以驱尽。又逢如此冬夜,雨雪霏霏,偌大一间寝堂越发透着冷清之感。

方才在那边,束慎徽已换了一身干衣,回到这里预备沐浴。服侍摄政王脱衣时,张宝才发现,原来摄政王的中衣竟也被雨雪弄潮了,紧紧地贴在肩背之上。

"老天爷这是不叫人好过,又是冻雨,又是下雪。殿下这一年半数都是在外奔波,如今终于回来了,还碰到这天气。苦了殿下了。好在总算是过去了,往后不用再如此辛苦。"张宝服侍摄政王入浴,嘴里抱怨起了老天。

束慎徽笑了笑。热水将他疲乏而冰冷的身体全部包裹住,暖意终于令他感到了些许舒适。他闭上眼,想好好放松自己,什么都不用去想,却控制不住思绪。他一静下来,脑海里便又浮现出了和她共处的那几个日夜,那一场他原本毫无准备却美妙异常的亲热,还有临别前她应他之问向他做的那一番坦诚回答。

回来的路上,他已无数次地反复想过她说的那几句话。她十三岁时遇见了一个少年,一面之缘,那少年就落入她的心,再也不曾离开。

那一年他在哪里?他恰也去过雁门。

他记得她曾对他说过,在他去雁门的那段时日,她不在,去了别的营地。

会不会就是那个时候,他终日忙忙碌碌巡视边地,而十三岁的她,在另外一个他不知道的地方,遇到了她生命中的那个少年?

深深的遗憾之感再次笼罩在了他的心上。

如果那个时候,她没去别地,也在雁门大营,见到了他,那将会是如何?

他当然不至于那般自信,觉得她也能对他一见倾心,但是至少,令她留下一个不错的深刻印象,应该还是有可能的吧?

倘若那个伴她长大的、始终停在她心里的少年人不是别人,就是他自己的话,那又该是一桩何等奇妙而美好的事……

水里的热气慢慢散去,水温渐渐降低,束慎徽感到了一丝冷意,散漫的思绪也跟着收了回来。

他决定不再胡思乱想了，真正去接受一切。就像当日他想的那样，来日方长，他们还有将来。

再这样想下去，他怕自己会原形毕露，忌妒得恨不得立刻就去把那少年从她的心里给挖出来，什么别的事自己也都无心去做了。

既然回来了，就好好休息吧，他知道，在他能够抽身再走之前，仍有无数的事在等着他。

他出来后，张宝迎上，说被衾已被烘暖，仿佛怕他又要转往书房似的，不住地催他上榻。

他环顾这间如今只剩他一人的寝堂，又想起了自己当初成婚之时将洞房设在此处的那一点儿心思。当时他如何能够想到，这间阔屋如今会变成他心中最好的一处所在。

他依了张宝的催促，待要上榻，没想到老宦官忽然来叩门，道陈伦求见。

摄政王刚回，陈伦便连夜赶来见他，是因为发生了一件极为不好的意外之事。

半个月前，少帝秘密归来之后，贤王便发现少帝和从前相比真的是大不相同了。

在出走之前，他也表现过对政务的勤勉，但那种在督促之下为完成任务的一举一动与如今的自发之举，完全是两回事。这种变化足以用脱胎换骨来形容。

仿佛为了弥补此前的过失，少帝于政事极为用心，虽仍未恢复朝会，但回来后便一心扑到了政务上，亲批奏章，常到深夜。

然而在宫外，暗地里对少年皇帝的非议并未因他的"病愈"而得到彻底平息。相反，他最近的现身，又引发了一轮议论。

就在昨天，有人告到御史中丞那里，称当朝一位大员的儿子和女婿在私宴上妄论少帝荒唐，还道前些时候也不知出宫去哪里走了一趟，如今方回，非明君之相，还不如摄政王借势上位，人心所向，有利天下。

这名大员便是当朝的礼部尚书徐范。那个举报之人是徐家的一个奴仆，当时就在外面伺候，将两人的话全部听入耳中，因记恨此前受到的惩戒而偷偷检举。

此事不但涉及皇帝，还将摄政王牵扯了进去，极为棘手。御史中丞不敢直接上折到少帝的案前，也不敢当作什么都没发生，只能先悄悄地将事情报到了贤王那里。

陈伦说，徐范受到贤王秘密质问后，查证为实，系二人酒后妄言。徐范知儿子和女婿犯下了大不敬的死罪，当引颈就戮，自己也有失察之过，更是无颜开口，但还是恳求朝廷看在他往日为朝廷尽忠的分上，准许他自裁替罪，饶过儿子和女婿的性命。

贤王一时还没想好如何处置此事，只能先尽力压着。正好摄政王回了，贤王晚上一收到消息，立刻就派陈伦前来见他。

"徐家的那个奴仆呢？"束慎徽听完问道。

"御史中丞将人暂时扣下，以备日后对质。或是恐惧，昨夜那人解了裤带，自己悬索，上吊死了。"

束慎徽默然。陈伦望着他烛火映照下的凝重面容，心情极为沉重。

徐范那里也就罢了。他身居高位，政敌环伺，却治家不严，儿婿酒后失言惹下大祸，按律处置，咎由自取。

最大的问题是，这种议论若被摆上台面，叫少帝知道了，又将如何想？虽说少帝和摄政王向来亲密无间，但如此敏感的问题，绝非小事。这才是这个举报最为可怕的地方。

"我知晓了。你回吧，让贤王和御史中丞照制做事，该怎么办，就怎么办。"

正当陈伦心烦意乱之时，便听到束慎徽如此说道。他一怔，望向束慎徽："殿下——"

"就这样吧。"束慎徽起了身，转头望了一眼窗外。

此时，这间繁祉堂的书房里寂静极了，连细小冰雹砸落在屋檐瓦上发出的"窸窣"之声都能清晰入耳。

他回过头，望向自己的老友，面上露出笑容："天气实在不好，怕下半夜严寒更甚。你也早些回，多陪我阿姐。明日朝堂上见。"

这是结束会话的意思了。

这件事不管是纯粹的偶然，还是有人借机推动，虽然出了，但只要他想，也不是完全没有压下去的可能。便如御史中丞，向来中正，以孤直胆敢死谏而闻名，收到如此举报也是不敢直接上奏，可见摄政王于朝廷的影响力之巨。

　　退一万步说，即便此事当真是有人指使，那个指使了徐家奴仆的人不甘，过后再挑起事端，但到了那时，摄政王有了准备，又岂会毫无应对？

　　此刻，他却做了如此决断。陈伦只能照办。

　　当夜，贤王便与御史中丞叩开宫门，面见少帝，称昨日收到了举报，查证过后，呈报御前，请皇帝圣裁。

　　摄政王府的那间书房里，陈伦走后，束慎徽也要回寝堂歇了。走之前，他想取一册书带到枕边睡前翻阅。他走到书架前，正寻着，视线落到了近旁的一口书缸上。那缸里收了些杂乱的等待处置的字纸，预备或收起或废弃。但他上半年便出了京，府中下人也不敢随意处置，这些杂纸便一直被留了下来，始终放着，如今上面已蒙了一层薄薄的灰尘。

　　他看见当中有几张临帖的纸，抽出看了看，不禁如获至宝。这竟是她从前临他碑帖所留的几张练习之作。

　　束慎徽就着灯火端详了一番她留的字，唇角忍不住微微上扬，指尖也循着她的墨迹轻轻地摩挲了几下。他又吹去上面蒙的尘，最后带着这些纸回了寝堂，搁在枕畔，随即熄灯上榻，闭目，听着窗外的雨雪声，静待天亮。

　　次日，在皇宫宏伟的宣政殿内，举行了一场已停罢长达数月的朝会。

　　殿外依旧雨雪不绝，阵阵寒风不时地掠过大殿，平添了几分阴冷之感，但殿内的气氛颇为融洽。

　　久未露面的少帝今日身着龙袍，精神奕奕，看起来已痊愈。前些时候一直奔波在外的摄政王列位在少帝之下，身影如磐。百官则身穿朝服，双手抱圭，各归各位。

　　朝会始，在摄政王的引领下，百官齐齐朝着座上的少帝行面君叩拜礼，山呼"万岁"。

　　一切看起来和从前完全没有什么两样。不但如此，少帝病体痊愈，摄政王督战归来，朝廷在北境八部的用兵也取得了大捷。此战不但挫败了北狄的阴谋，使大魏东北得到了安宁，朝廷威名更是得以大扬。朝会当中，鸿胪寺卿奏报，迄今已有包括匹播、交州、林邑等在内的十几个位于大魏西南的藩国陆续传信，意欲参加明年元旦朝会，拜贺大魏皇帝，他们的使团已经上路，再加上西关的属国，前来参加朝会的藩属国数量将创下明帝一朝以来之最。

元旦的大朝会是一年当中最为隆重的朝会，开启新年，意义非凡。鸿胪寺的消息令百官倍感振奋，纷纷上言恭贺皇帝。

少帝面带笑意地接受恭贺后，望向立在百官中的御史中丞，开口命他将昨夜的奏报再讲一遍。御史中丞出列，依言而行。没等他说完，殿内方才的喜庆气氛荡然无存。

今早五更，百官聚集在殿外等候上朝的时候，这个消息就已传开了。而徐范身为六部首官之一，地位显赫，今早竟没有现身。一切都表明，此事是真。

此刻，见少帝笑容消失，摄政王面容平静如水，下面无人胆敢接话，只纷纷低头。

摄政王缓步上前，朝座上的少帝下拜道："臣犯下死罪。请陛下降罪，臣甘心领受。"

大殿内陷入一片死寂，却见少帝猛地从座上站了起来，快步走下金阶，弯腰亲手将摄政王扶起，大声说道："此事与摄政王何干？摄政王为朕披肝沥胆，可粉身碎骨，朕虽无知，却也全部看在眼里，记在心中！"

他发狠握拳，用力地重重捶了两下自己的胸膛，发出"咚咚"的响声："可恨的是那些包藏祸心、意图离间、唯恐天下不乱的小人！"

他厉声说完，转向大理寺卿："徐范儿婿妄论君上，该当何罪？"

大理寺卿慌忙出列下拜："此为大不敬，死罪，按律当斩。"

少帝目露凶光，杀气腾腾。他没有立刻说话，目光慢慢地扫过百官的脸。又一阵寒风侵入大殿，百官只觉得后颈汗毛倒竖，冷意逼人。

徐范平日行事有度，声望素著，在朝中自然有不少朋友。当中那些和他交好的大臣，此刻更是人人自危，冷汗暗流。

大殿内的漏壶和往常一样徐徐滴水，然而殿内的时间，慢得仿佛停滞，漏壶每滴下一滴水，大臣们都犹如已煎熬许久。

正难挨时，方才一直默不作声的贤王忽然出列，奏说徐范此刻就在殿外候着，何妨着他入殿，听其诉辩。

贤王既开了口，少帝自然遵从。只见徐范仓皇入内，匍匐跪地，说儿婿系酒后失言，酒醒之后痛悔万分，已知罪。他又揽罪在身，说愿意以己代罪，以平皇帝与摄政王之怒。

他声泪俱下，用力地叩首，俄而，额头便皮开肉绽，染满了血，情状之狼狈，哪里还有半分平日的持重模样？

少帝盯着徐范瞧了良久，转向贤王，问道："皇伯祖意下如何？"

贤王再次出列道："徐范儿婿醉酒口误，犯下大不敬的死罪，原该以刑正法。但徐范平日兢兢业业、忠于职守，于朝廷有功。本朝高祖开国之初也曾有言，以仁为政。陛下虽仍年少，却天纵英才。此事，陛下想必早有决断，老臣不敢置喙。"

少帝望了一眼还匍匐在金阶之下的徐范，冷冷道："本是不赦之死罪，但贤王既为你求了情，便念在你往日忠心可嘉的分上，免你儿婿死罪，两人各杖五十，徒刑流放三千里！你身为长辈，管教失当，负连带之罪，褫夺衣冠，削职外放！"

他的话音落下，徐范再次痛哭流涕，这回却是出于不敢置信的狂喜。他叩首泣道："罪臣多谢陛下恩典！罪臣到了地方，必竭尽全力造福乡里，以谢陛下之恩！"

至此，百官当中自有些人暗中失望不已，但也有不少人方才大变的面色慢慢恢复了过来——须知，徐范儿婿酒后惹祸的那些妄言并非毫无根据，今日站在殿内的一些人，此前在极度失望之下，心里或多或少也曾想过。今日这两人若因此而遭受极刑，余下之人不免感同身受，便如刀子落在自己的头上。

自然了，殿内百官不管心中做何感想，此刻全部下跪，齐赞皇帝英明。

少帝又怒斥那个告密的徐家奴仆其心可诛，罪不可赦，命鞭尸五百，斩首弃尸荒野。不但如此，其九族之人全部被牵连，一律流放化外，以儆效尤。

朝会最后在大臣们的齐声赞颂中结束。

束戬才返回御书房，第一时间获知消息的兰太后就寻了过来，屏退人道："陛下，徐范一家大逆不道，你怎如此轻易放过？你以为只有他一家人有如此想法？母后告诉你，你出宫的这段时日，朝臣当中不知有多少人和他们一样！

这是你立威的好机会！这些人的眼里只有那个人！你今日不用极刑，只会让那些人更加胆大，以为你被他拿捏在了手上，认定你惧怕他。这是你的祸患！更不用说，陛下你竟如此处置那个奴仆！如此下去，将来他若有了不轨之心，朝堂上下就是他的一言堂。谁人敢为陛下发声，为陛下做事？

"陛下被他蒙蔽过深。你今日原本应当杀一儆百！那些都是他的人，你放过了，他们也不会感激你，只会去感激那个人！你……你太糊涂了……"

兰太后说到最后，声音微微发抖，显然怒极。

束戬一直埋头翻阅着案上的奏章，这时抬起眼，冷冷地道："怎的？太后是要再打朕一巴掌不成？"

兰太后被噎了一下。

"还有，朕倒是不懂了。你给朕说清楚，你口口声声说的那个'他'，到底是何人？"

兰太后见儿子咄咄逼人，迟疑了一下，脸上挤出一丝笑意，放低声音道："陛下你知道的，还须母后说吗？如今朝堂人心向他，大臣十之七八都是他的心腹，听他号令。陛下你再刻苦，他们也是视而不见。难道，陛下你没有觉察？还有，倘若不是他利用先帝和陛下对他的信赖，刻意引导，会有今日如此局面？"

"太后！"束戬陡然色变，怒喝一声，拍案而起，将手中正在看的奏章重重地摔在了地上。

"太后一个后宫里的妇人，何时起竟也对朝堂了如指掌了？朕都不知道的事，要你替我指出？"束戬盯着兰太后，"莫非你的背后另有高人？不如叫他出来，和朕直说，岂不更好？"

兰太后一惊，连声否认。

束戬喘了几口气，待胸中方才被勾出的怒意平息了一些，冷冷地道："太后请回宫吧，儿子早晚自会问安。此处不是你该来的地方，今日起，莫再叫朕在此看到你！"

兰太后望着儿子那张冷漠异常的脸，一种自己再也无法把握他的感觉从心底涌了出来。

他这一趟出宫，回来之后便如同换了一个人。她为了讨好儿子，不但绝口不提立后之事，还将那个被她调走的宫女送还给他。她以为自己已经修补好了母子的感情。

直到此刻她才惊觉，儿子如竹子般日夜拔节，肩宽腿长，早已高过了自己。不知何时，儿子的唇边也冒出了些许微青的髭须。他又现出如此神情，这神情充满了厌恶和冷漠。他看起来仿佛和大人没什么两样了。

面前这样的儿子，不但令她颇感陌生，甚至，还有几分害怕。

再思及上次儿子出走给自己带来的如同灭顶的灾难，以及那段行尸走肉般日夜担忧的日子，她所有的不满和怒气都消失了。她红着眼，颤抖着声，道了句"戬儿你勿恼，母后走了"，转身慢慢退出。

束戬立在案后，依旧一动不动。服侍他的宦官和宫女聚集在殿外，远远地看见他面容僵硬，神情凶戾，没有召唤不敢擅入，只纷纷跪地，大气也不敢出。

贤王太过谨小慎微了。昨夜和御史中丞来奏报这件事的时候，贤王那凝重而惶恐的样子，和他的身份、地位实在不相符，差点儿就要惹得束戬当场发笑。

贤王以为他是什么人，会受这种阴谋的影响，继而怀疑他的三皇叔？贤王未免也太小看他了。

这个世上，最不可能对他有二心的人，就是他的三皇叔。

他感激他的三皇叔，遇到这样的事没有试图隐瞒他，交给他处理，就是对他的信任。

三皇叔信任他，他自然也要回三皇叔以同等的对待。他想让三皇叔和所有的人都看清楚，任何的挑拨和流言都不可能令他与三皇叔离心。

徐范的儿子和女婿将三皇叔无端卷入是非，万死也不抵其罪。但那两个人不能杀，杀了，才是他和三皇叔真正离心的开始。

他希望自己今日交出的这个答案，能让三皇叔感到满意。

那人是他可亲可敬的三皇叔，扶持他至今的摄政王，这一点，永远不会改变。

但是此刻，他的心里不知为何又充满了一种无处发泄的失落和无力之感。他又站了片刻，最后握了握拳，驱散心头的阴影，走去捡起自己刚才摔掉的奏章，坐回到案后，继续批阅。

一桩原本令贤王也感到棘手无比的举报案就这样过去了，结果令人意外，但细想又合乎情理。区区一句无知的妄议，怎可能撼动少帝和摄政王之间的彼此信任和多年的叔侄情分？恐怕就在群臣为此感到战战兢兢之时，少帝和摄政王二人正相视一笑。

一切的中伤，都如蔽月浮云，风吹便散。少帝对徐范等人的惩处也是恰如其分，既是严酷的警告，也不乏法外开恩，这更说明了少帝和摄政王之间牢不可破的情分。

甚至，这件事仿佛还有了一个不错的后续。因为少帝当日在宣政殿的表现宽严相济，过后，大臣当中还起了一轮赞誉，称他睿智英明，是国之大幸。

然而，谁也没有想到，这一轮赞誉还没过去，半个月后，风波又起。

十二月十六日，有星孛于西方，长竟天。接着，司天台观到荧惑守心。这些都是凶象，往往为天子失德、上天示警之兆。一个便是凶象，何况接连出现。

正当太史令惶恐万分之时，十七日的深夜，梦中的长安百姓感受到了地动，全城惊醒。所幸，除了巨大的惊恐之外，地动造成的实际损失不大。很多人从睡梦里被家人叫醒，还没跑出院落，脚下的大地便归于平静了。次日，京兆尹上报，全城只塌了十来间年久失修的牲口棚，压死了十几头猪羊和一个当时正在牲口棚里的倒霉的人，此外别无伤亡或是房屋坍塌的报告，城内家家户户，最多只是摔破了几只没放好的碗碟罢了。

朝堂上下刚松了口气，谁也没有想到，紧接着又传来了另外一个消息。

原来，大魏皇陵所在的、位于长安西数百里外的那片风水宝地，才是昨夜地动的厉害之处。建在高祖陵内的一座供奉高祖生前衣冠和用具的祭殿出了事，殿顶的一座鸱吻在地动中倒塌。那鸱吻高丈许，重千斤，压破殿顶，砸落下来，竟毁掉了殿内的神坛。守陵官被吓得魂飞魄散，连夜骑快马奔入长安，送来这个消息。

束慎徽此番归来后，除了一些重大的事务还会过问，其余朝政全部转给少帝，由他亲理。与此同时，朝廷从圣武皇帝一朝起便要打的那场战事，也终于被提上了日程。束慎徽拟了一本论战的长折，通告百官，认为时机成熟，预备年后用兵。这些时日，他亲自督促着战事的筹备工作，算计兵马和粮草的调配。兵部和户部在宫中的办事之所夜夜亮烛，直到三更，他也跟着一心扑在这件事上，没想到突然又出了这样的意外。

高祖陵寝损于地动，这是何等令人震惊和不安的消息。他在当天便放下了手中的事，亲自带人赶往皇陵，处置后事。

他走之后没两天，关于少帝德不配位，非天命所在，上天以星动、地动又毁损高祖皇陵的异动来警示天下人的传言不胫而走，朝廷内外皆知。

谁也不知舆论最初从何而来，或许是某个擅观天象的术士，或许是深信天人感应的人们在惶恐之下需要一个情绪的发泄口。总之，这种传言来势汹汹，很快，民间也开始议论纷纷。长安城里甚至有百姓供奉钱财，到处设坛，希冀借此消灾平祸。

这样的传言自然也入了束戬的耳。这是他人生中前所未有的艰难经历。他不信天人感应之说，却没法不去在意外面那已经铺天盖地的对他的非议。

接下来的几天，上朝的时候，或许是真的，也或许只是自己心虚，他总觉得文武百官看他的眼神都带着异样，仿佛恨不得他立刻退位，以平天怒。他觉得自己倒也并不是非要做这个皇帝不可，但若现在就这样认命，便不甘心。

他晚上开始做噩梦，又梦见自己进不去宫门，被宫卫和大臣关在了外面。那个梦是如此可怕，他仿佛被世界抛弃了，变成了无处可依的孤魂。他醒过来，冷汗涔涔。他白天心神不宁，无心做事，又不想令案前的奏章堆积起来无法得到及时处置——从前三皇叔理政的时候，绝不会出现这样的情况，他便是将奏章都搬到寝宫里，通宵达旦地批阅，也定要效仿。

如此几天之后，他便病了。他起先还不想叫人知道，到了第三天，发烧烧得厉害，四更胡乱睡下，为赶五更早朝，下榻时晕倒，恰被那个雁门来的宫女撞见了，病情这才被人知晓。

束戬昏昏沉沉地病了两天。这日午后，他在自己的寝宫里醒来，慢慢睁眼，竟看见一道熟悉的身影就坐在案前。

那人侧对着他，微微低着头，翻着案上的奏章，另一手执笔，正凝神帮他批阅奏章。

他的摄政王三皇叔回来了！

束戬定定地看着这道从容的侧影，半晌，轻声问道："三皇叔，星变和地动，是否真的表明我不配做大魏的皇帝？"

"天变地动，自古不绝，有何可畏？"束慎徽应道。

他放下笔，缓缓转头，对上了束戬的目光，朝对方微微一笑。

"最重要的，是如何应对。"

束戬本不信天人感应，但是仿佛人人都信。自上古起，历朝历代便有专司观察天象的机构，以种种神秘的谶纬判吉凶、测祸福。大魏也专设司天台，内里供着众多的官员。

皇帝既是天子，那么，受天命的昭示，仿佛也是理所当然。

他已感受到了那来自头顶的天命昭示的巨大压力，现在甚至连他三皇叔的劝慰也没法令他的内心彻底释然。但他不愿显出自己的虚弱。

束慎徽走来，探手摸他的前额，试他的体温。束戬立刻翻身坐了起来，意欲下榻："我真的没事了！我可以自己批奏章。三皇叔你事多，不用在此陪我……"

束慎徽轻轻地将双手搭在他的肩上，将他止住，随即命宫女为他穿衣，最后唤入一名官员。

这是一个年轻人，双目异常明亮，炯炯有神，束戬从他的官服认出他来自司天台。青年官员上前拜见，自称陆天元，是司天台下的一名待诏。

束戬有些不解，望向束慎徽。

束慎徽少年时偶然读到过曾担任皇家天文官的陆父所作的一篇文章，证天文地动与风云气色一样，出自自然，并非常人以为的天命之兆。他想见著者，才知陆父已经去世，深感遗憾。不过，后来他又获悉，陆天元子承父学，青出于蓝，便将他擢入司天台。

和司天台里那些须要负责为各种异常天象做出解释的官员不同，陆天元专门观测记录天象，是一个纯粹的星象官。

陆天元向束戬解释说，荧惑一星颜色火红如血，行踪不定，自古以来多次被观测到留在心宿三星附近，而心宿三星又被解成和人间帝王相关，所以荧惑守心一旦出现，便被认为是对天子和国家不利的征兆。但在他看来，并非如此。

固然史书曾有秦始皇"三十六年，荧惑守心"继而应验的记载，但应是巧合居多，而后人附会。荧惑守心与前些时候一道出现的蓬星等异常天象一样，皆是自然造化，不足以司人福祸。

"陛下，微臣研读过能寻到的自上古流传至今的全部星象记录，自七岁起也一直在观测星象。在臣看来，荧惑守心为三星运行，于黄道天区之内连作一线而已。其现突然，其隐必然，有起便有终，长则几年，短则数日，无关人间福祸，最后都将离移。若干年后，亦会再次出现，如此反复，生生不息。

"天地玄妙无极，人之所知，何其微渺？但臣以为，万物皆是有序，星象运行也不例外——臣甚至能够测算。只是其中奥妙深义，变幻无穷，便是臣穷尽毕生之力，也难觅门径。不过，蒙摄政王殿下的许可，微臣今日斗胆冒死上言，据臣之测算，日月运行至明年，将会出现日食之异象。臣如今正在日夜计算，力求算得精准的日期与时辰。"

陆天元禀完，向少帝和摄政王行礼，退了出去。

束慎徽望向神色愣怔的束戬："既然日食可以预测，则蓬星悬天、荧惑守心，又有何可惧？自上古起，史家记载天变，引申成为灾变，目的何在？不过就是谴告人君，身在高位，须觉悟其行，怀敬畏之心，克己修德，以利万民罢了。陛下，国祚长短，在德在能，与天象何干？"

多日以来压在束戬心头的巨石，随着束慎徽的话音落下，终于消失。

束戬本就是聪敏之人，怎会不明白他三皇叔的用意？他迟疑了一下，道："三皇叔，方才你说最重要的是如何应对。那么我该如何应对？"

束慎徽道："陛下想要如何应对？"

束戬对上束慎徽的眼睛，在对方带着鼓励和考问之意的目光中，整理思绪，很快说道："下罪己诏，祭祀天地，宽省徭役，还有……"

他一顿："内库出资，以朕的名义，张布告示，全城凡六十岁以上的老者，不论翁媪，皆可得米一斗、布一匹，七十岁以上另加钱一贯，以表朕对年长者的安抚以及贺岁之意。"

束慎徽听他说完，仿佛有些意外，微微面露讶色，打量了他一眼，随即笑了起来，颔首道："极好！陛下考虑得比臣还要周到！陛下照己之意去办便可。

另外，臣这里也有一个好消息要禀报给陛下。"

束戬不解，就听对方说道："臣前几日去往皇陵修补祭殿，工匠竟在毁损的神坛地下起出了一片龟甲，天然生有古篆。起初无人认得古篆，臣叫了饱学的高人前来，方认出上面竟是'天地大业，日出止戈'八字。此乃极大的祥瑞，臣恭贺陛下。"

束戬起初一呆，见对方笑着看自己，忽然明白过来。他万万没想到，本对他极为不利的祭殿被毁之事竟能如此圆回。

他脸涨得通红，飞快地站了起来，结结巴巴地道："三皇叔……多谢你……"

束慎徽收了笑，正色道："与臣何干？此为高祖显灵，天赐祥瑞。陛下如今只是初执天下，日后还会有无数来自上天的磨砺，须时刻振奋，不负先祖。"

束戬深吸了一口气，目光闪闪："朕记住了！"

第二天文武百官便发现，前些时日因为天显异象而沉默寡言的少帝突然精神振奋，马不停蹄地干了一连串事。

他先下了一道罪己诏，反省自己登基以来的种种失德之举，接着，为引发了极大恐慌的天象和地动举行了庄严而盛大的祭祀天地的礼仪，南郊祭天，北郊祀地。

接着，他颁布了一道宽省民间徭役的旨意，又在长安各处张贴告示，将在第二天于皇城钟楼旁的南安门为全城六十岁以上的老者发放贺岁之物，由禁军将军刘向亲自安排事宜，维持秩序，连放三天。

告示一经张贴，满城百姓奔走相告，当天一大早，南安门外的广场上人头攒动，无数的长安百姓扶着家中老者，喜气洋洋地前来领取贺物。少帝还亲自在城楼之上现身，引得大片民众下拜感恩。

不但如此，高祖庙中起出祥瑞的消息也被传得满城皆知。

"天地大业，日出止戈"，合起来不就是当今少帝的名讳"戬"字吗？原来地动毁庙，冥冥之中另有深意。

到了此刻，谁还再提先前那些对少帝不利的流言？不过短短几天，情势反转，不但民间舆论大变，朝堂之上，群臣别管心里如何作想，表面都是顺势而为，纷纷进献贺表。

天和二年岁末，在一片祥和的气氛里，兰荣那个利用天象巧合推动流言以达目的的计划也被迫中止。

少帝这趟外出归来之后，不只是贤王，兰荣也敏锐地觉察，他的皇帝外甥对皇位的认识发生了根本的变化。

这个认知令他狂喜。

他最怕的，是外甥始终懵懵懂懂，不把皇位当回事。

此前他始终不动，就是不想弄巧成拙。他一直在等待，等着外甥明白皇位的价值。只有外甥自己有了权欲，他才有发挥的余地。

如今终于等来这一天，情势也是到了容不得他再蛰伏的地步。这些年来，他身边已逐渐聚拢了一些势力，当中不乏出身世家高门，就连束慎徽也不能随意拿捏的大臣。他们和他一样，坚信这位权势滔天的摄政王最后必会和少帝反目。为了将来更显赫的富贵和地位，他们选择和他站在一起。

他便小试手段，利用徐范儿婿之事敲打一下外甥。似徐范儿婿那样的私下议论并非个例，尤其在外甥擅自出宫之后，普通官员对少帝的轻视和不满已到了空前的地步，似这样的事，只要用心，想抓把柄并非难事。

虽然那件事的结果并不尽如人意，但兰荣并不着急。冰冻三尺，非一日之寒，外甥对束慎徽的信任由来已久，他没指望一蹴而就。但是，只要持之以恒，一而再、再而三，在皇位面前，任何的人伦和情感都是经不起考验的。

他更不相信，摄政王束慎徽会当真如看起来的那样，清心寡欲，甘为人下。就算他做安乐王时真的如此，但权力如同蛊毒，只要沾上了，尝过这种生杀予夺、万人之上的快感，但凡是人，就不可能再撒手了。所以当天显异相，又出现地动，人心惶惶之时，他果决地再次出手，利用天赐巧合，暗中推动流言扩散，指向少帝。

他希望外甥恐慌之下，猜忌当朝那位最大的权臣；然后他自己登场，利用天相让外甥明白，如今不只是朝堂，坊间民众也只知摄政王而不知皇帝，倘若不加以应对，恐怕真会应荧惑守心之灾，天子轻则失位，重则丧命。此外，他还计划散播暗示摄政王才是真命天子的谶言，将戏做全。他不信少帝会完全无动于衷。

他却没有想到，自己还没来得及进行下一步的行动，少帝便得高人指点，一下就将局面逆转。不但如此，少帝竟还炮制出了所谓的高祖显灵之事，硬是把一桩原本对他极为不利的坏事给变成了喜事。

少帝背后的高人是谁，兰荣当然清楚。

这一场原本足以扰乱朝堂的巨大风波，就这么轻巧地过去了，一度停顿下来的朝廷用兵之事再次启动。

兰荣向来是畏惧这场战事的。至此，他终于开始感到焦急。他知道，自己必须站出来了。

天和二年冬，腊月二十三，家家户户忙着扫尘祭灶，后宫也准备迎接新岁。兰太后抑郁病倒，想念家人，兰荣作为兄长，得以携妻入宫探视。

天子以仁孝治天下，太后身体有恙，少帝自然也早晚探望，便遇到了兰荣。叙话后，兰荣送少帝，跟着来到御书房。

束戬对恣睢而无知的生母颇感厌烦，对这位舅父，感觉却不相同。

兰荣办事从无差错，为人更是低调。明帝在世的最后两年，为了抬举临时上位的太子束戬，曾提拔兰荣的父亲担任司徒。其父去世后，这几年，兰荣从未主动开口向少帝要求过任何的官爵和封赐，在百官中的声誉极好，只有上回立后之事，曾惹束戬不满，继而迁怒于他。

束戬不信他丝毫没有亲上加亲盼女为后的念头，但他知道进退，一明白自己反对，便立刻打消主意。人无完人，只要兰荣大节无碍，束戬便也不欲深究。

三皇叔既开始将朝政放还给自己，束戬便也有了自己的考虑。他有意抬举兰荣，正考虑委派其为行军调度，配合并州陈衡，为雁门的三十万兵马提供军资后勤。如此，等到战争胜利，过后论功，兰荣便能以军功更上一层楼。将来他再令兰荣接掌父职封为司空，正式步入三公之列，想必到时不会有人不服，三皇叔也会同意。

束戬屏退左右后，说道："朕正想和舅父见面，有事要说。"他将自己的想法说了出来，"以舅父之能，应当能够胜任。舅父若也有意，朕便去和摄政王讲，旨意不日便可下达。"

束戬以为兰荣会谢恩，接下自己出于私心给他的这个机会，却没有想到他竟下跪道："臣感恩万分。然而臣不敢受，也不欲受。"

束戬未免意外，问为何。兰荣道："臣冒死进谏。臣以为，这一仗，还不能打。"

束戬蹙了蹙眉："舅父何意？难道不信大将军姜祖望之能？"

"恕臣斗胆，在臣看来，此战乃是国战，与前次八部之战不同。狄国号称铁骑百万，纵然那是虚数，实际战力也极恐怖，一旦全部投入，胜负实在难料。此战，说关乎国运也不为过，如此贸然开战，臣担心，万一不胜，我大魏非但不能收回北方门户，还将元气大伤，从此陷入被动，处处受制。到时，非但国威尽丧，而且连今日的北境，恐怕也难保安宁。"

这样的看法，束戬并不是没有听到过。在大魏，对北狄铁骑的忌惮仿佛深入人心，只要涉及打仗，无论何时，朝廷当中总是会有反对之声，总有人这般考虑、那般担忧。只是这回，因摄政王一手主导，那些反对的声音还没成形便被压了下去而已。

束戬不悦地道："舅父，你过虑了！三皇叔审时度势，又准备了多年，何况雁门还有姜家人坐镇。他不会打没有把握的仗！你们这些大臣，在后方听从调度，各自做好自己分内之事便可！"

他摆了摆手，道："罢了，你若无意任职，朕不勉强。你去吧！"

兰荣非但不走，反而膝行上前，道："惹陛下不悦，臣有罪，愿收回方才的话。但是，此战即便真如摄政王所愿，达成目的，收回幽燕。臣斗胆再问陛下，到时候，谁将是得利最大之人？"

束戬一怔，注视着自己的舅父，再次皱了皱眉："你此言又是何意？"

兰荣叩首："陛下，这一场大战，我大魏先期便将投入三十万兵马，户部计算出的库帑之耗，更是触目惊心，这可是打先帝朝便开始积累的库银和粮草。大魏投入如此巨大的代价，可谓举国之力，若胜，到时候，最大的功劳却不在陛下，而在摄政王！"

不待束戬开口，兰荣继续说道："更不用说，国家大柄，莫重于兵！姜家和摄政王是什么关系，无须臣再多说。他利用摄政之利，这些年收尽人心，又以联姻之名，堂而皇之地将我大魏的军队也掌控在手。等到他此番再取了幽燕，功劳可比高祖武帝，陛下！到时候，他就当真可以为所欲为，天下哪里还有陛下立足之处！！"

"放肆！"束戬勃然大怒，"枉朕一直敬你，拿你当亲长，你竟敢如此中伤摄政王，公然挑拨朕与摄政王的关系！你再多说一句，朕杀了你！"

兰荣分毫不退："陛下此刻便是当真杀臣，该说的话，臣也一定要说！在陛下面前，臣不能有丝毫隐瞒！臣对摄政王确实心有不满，从前迫于淫威，一直是在隐忍，但之所以如此，是因臣的一片忠心，全都在于陛下！臣恳请陛下三思！臣方才说的那些皆是肺腑之言！"

束戬怒目望着跪在面前的兰荣，慢慢地捏紧拳，片刻后，忍下心头烦乱，恨声道："兰荣，朕再警告你一次。你再进谗言，朕绝不会放过你！你当朕是三岁小儿？摄政王待朕如何，没有人比朕更清楚！你若以为就凭你这几句话，能叫朕信你，未免太过痴心妄想！摄政王若真想取代朕，何必如此大费周折！"

"陛下！"兰荣眼中迸出泪光，"陛下心地纯良，焉知人心难测？便是他早年当真无心大宝，但如今摄政多年，大权一旦在手，谁会无知无觉，说放就放？他又一贯看重名声，倘若时机没有成熟，名不正言不顺，自然不会妄动。而如今的北伐之战，就是他的绝佳时机。等他建下不世之功，又有姜家倚靠，到时候根本无须自己做什么，他的拥趸便会将陛下视为眼中钉。舆论非刀，却足以杀人，陛下应当清楚！到时候，陛下若不退位让贤，不用他动手，别人就会把陛下拉下来撕碎，好拱他上去！"

"住口！你给朕住口！"束戬脸色铁青，厉声大喝。

"陛下，凡事要为自己留后路，不能将全部押在旁人的身上！天家残酷，便是父子兄弟，古往今来，为那大位杀个你死我活的有多少，陛下难道不知？他何以超然物外？

"陛下！主幼臣强！元旦朝会，陛下以为那些番邦是为陛下而来？他们都是冲着摄政王来的，伏的也是摄政王的威！更不用说此番天象异常，上至朝堂，下到民间，人人都将罪责指向陛下，哪个不是存了他上位的盼望？！他为陛下所做的一切，都不过是为了谋取陛下的信任，好放手让他北伐建功而已！"

束戬愤怒得整个人都在发抖。

"北方门户，若一定要收，也不是现在，更不能经由他手！如若收复了，天下人也只会将功劳加在他的头上，陛下你将如何自处？八部之战获胜，北狄国中皇位有变，料他们一时不敢轻举妄动。陛下何不再积蓄力量，等权柄完全在握，到时出击，也是不晚！"

束戩猛地奔到剑案之前，"锵"的一声，一把抽出宝剑，奔回来，举剑指着还在说话的兰荣，厉声道："你再说一句试试？"

兰荣昂然挺胸："忠言逆耳，何况臣所对抗的，是那个蒙蔽陛下极深的居心叵测之人！陛下若实在恨臣，杀了臣便是。臣是陛下的亲舅，甘心以血护主，死而无怨！陛下，你知道朝堂里的逢迎之人是如何说他的吗？称他贤比伊尹……"

束戩双目通红，咬牙一剑刺入兰荣的胸口。

血立刻沿着伤口"汩汩"而下，兰荣面露痛苦之色，慢慢佝偻身体，口中却仍艰难地道："伊尹摄政，尽心辅佐，得大贤之名，天下拥戴。他便以幼主大甲无道为由，放大甲于桐宫……都说数年之后，他将改了过的大甲接回还政……"他"呵呵"冷笑，"不过都是后世那些以正统自居的王朝史家粉饰太平罢了……事实是……伊尹自立即位，因大甲七年……大甲潜出桐宫，杀伊尹，得以归位……"

兰荣支撑不住，扑在了束戩的脚下。

一阵寒风从御书房不知何处的缝隙涌入，束戩手里提着被拔出的正在滴血的长剑，立了良久。

"给朕滚出去。"他用冰冷的目光盯着匍匐在脚下血泊里的兰荣，一字一顿地道。

姜含元从云落归来后，便收起了所有的情绪。

他叫她等着，朝廷很快便会下达发兵的命令。

从十三岁遇到他，他对她说出第一句话"西陉大营的兵"开始，到现在，他曾对她讲过的每一句话，无论是引她喜的还是惹她恼的，她都记在了心上，不会忘记。

整整一个冬十二月，她一心投入备战，往返于青木营和西陉大营之间。

中军大帐的作战计划也已制订完毕。

开战后，大军出雁门，兵分三路。其中左路军控制代郡和高柳，主要任务是阻狄国恒州、朔州方向的援军；中路军从灵丘郡出发，以最快的速度攻取燕州广宁和大宁这两座军事重郡，继而向幽燕的中心燕郡挺进；右路军则借道八部攻安龙塞，打向幽州，呼应中路军，两军会师于燕郡城下。

在这个作战计划里，中路军将承担最为艰巨的任务，姜含元麾下的青木营便被编入了中路军。不但如此，她也被任命为中路军的行军副统领，协同身经百战的怀化将军，主攻燕郡。

大军已集结完毕，三十万将士枕戈待旦，各种军需物资也在日夜不停地送抵雁门。

万事俱备，只欠东风。如今只待年后春来，朝廷正式开战的旨意下达。

在岁末这天，姜含元冒着风雪，从青木营回到了西陉大营。这几日边地降雪，天气严寒，她有点儿记挂父亲姜祖望。

父亲对母亲怀了深深的负罪之感，从没有原谅过自己。他活着的每一天，应该都只剩下了孤独和思念。

虽然很早之前就明白了这一点，但是姜含元从前绝不会为此而对他露出半点儿好脸色。而现在不知为何，或许是因为舅父突然离她而去，姜含元感到自己的心比从前软了很多。

舅父的离去令父亲也颇为感伤。姜含元思及他的身体，今日又是岁除之日，士兵加餐，军营无事，再想到他独自一人在帐中，竟感到有些不忍。

她骑着快马，冒着漫天的风雪，终于在天黑的时候入了大营。她到了，方知是自己过虑。今夜父亲帐中来了一位远道而来的客人。

小炉里炭火炙热，壶中温着酒。谈笑的声音不时自帐内传出，飘入姜含元耳中。

并州刺史陈衡亲自送了一批军资来到雁门。他傍晚抵达，被她父亲邀入大帐，温酒小酌。

记忆里，姜含元好似是头回听到父亲笑得如此开怀。她在大帐外的积雪里静静地站了片刻，心情也慢慢地跟着轻松起来。她本不欲打扰，想悄悄离开，但想到束慎徽也曾在她面前提过此人，语气似乎颇为敬重，不但如此，此人也是大军的后勤总督，况且自己又是后辈，过而不见，未免失礼，便唤大帐外的亲兵通报，随后走了进去。

父亲和一个与他年纪相仿的人围炉对坐——那人应当就是刺史陈衡。

姜含元看见此人的面容上有着风霜的痕迹，但并不见郁气，反而目光湛然，若含剑锋，隐隐有铁血余味。据说他早年便带过兵，如今在并州也御着一支隶属地方的军队。

两人正把酒对谈，听到通报声转头看了过来。

姜祖望没想到女儿今夜会来，很是欢喜，立刻呼她上来烤火取暖，又介绍道："天寒地冻，刺史亲来此，又逢岁末，为父便邀客小酌。可惜地方局促，腾挪不开，幸得刺史雅量，我二人相谈甚欢，恰好方才提起了你。你年中不是曾随摄政王去过钱塘吗？如此巧，刺史早年带兵也曾到过那一带，才多说了两句，你就来了。快来拜见。"

姜含元见礼。

陈衡看到她突然到来，显得极为惊喜，连称"不敢"，从座上起身还礼，双目注视着她："王妃勿折杀下官。王妃之名，下官早有耳闻，方才还正遗憾不能得见，没想到王妃就到了。大将军得女如此，人生夫复何憾！"

姜祖望看了女儿一眼，大笑，又连声客气，但表情看起来颇为自得。

今夜父亲有人陪伴，又如此开怀，最好不过，姜含元自然不会过多打扰，笑道："今日前线平安，侄女无事，便转了过来，有幸得见伯父。伯父也不必多礼，快请归座，侄女不打扰了。"

她告辞，退了出来，回到她在西陲大营的住处。亲兵送来暖炉和热水等过夜之物，她掸去衣上的积雪，收拾了，上床休息。

帐门紧紧闭合，将呼号不绝的风雪挡在外，很快，帐内也暖了起来。

战事尚未开启，这个岁除的夜晚，大营内外笼罩着一片祥和的气氛，该当是一个好眠夜，她听着帐外的风雪声，却睡不着觉。

他果然没有想起来。

不过，想来也该当如此。那个时候，她才十三岁，还没从刚过去的一个酷夏的暴晒里恢复，又黑又瘦，看不出半点儿女孩的模样。他怎么可能想到那是她？

或者，其实他根本就已完全忘记了那件事。

那件事于她，刻骨铭心；于他，却如多姿多彩的生命河流里被卵石激起的一簇细小浪花，转瞬即逝，不曾留下半分的痕迹。

姜含元闭目，在榻上翻来覆去，最后忍不住爬了起来，点亮灯，从床底拖出一口箱笼，启锁打开。

箱中装着她带来的华鬘。这是他母亲的心意，当日和他如何龃龉，他说话如何难听，她也不能随意弃之。

在这口箱中，被压在最下面的，还有一件器物，和这华鬘不同，已经在这里很多年了，从她十六岁之后，便再没有被取出过。它就一直静静地躺在箱底，被她遗忘。

她迟疑了一下，终于，慢慢地伸手过去，翻开遮挡的衣物，取出玉佩。

多年过去了，它依然如此温润，便如它的那位主人。它静静地卧在她的手心上，起初微凉，很快就温暖了起来。

姜含元用指尖轻轻地抚摩了一下玉佩，仿佛又变成了当日的少女。她熄了灯，带着它爬回到床上，手里握着昔日那少年赠给她的礼物，心里充满了温暖的感情，最后闭目，在帐外的风雪呼号之声中睡了过去。

长安，同一时刻，在皇宫之中，一场盛大的宫宴刚刚结束。

从小年开始到这个岁除之夜，除了由摄政王亲自盯着的兵部和户部，鸿胪寺的官员是另外一群最为忙碌的人。

明日便是天和三年的元旦大朝会，十几个来自番邦的使团都已抵达。

今夜岁除，少帝和摄政王在宫中设宴招待使团，照例，大臣陪宴。当晚，除了兰荣染病未到，其余四品以上官员悉数到场。美酒佳肴如流水般被呈上，霓裳舞女跳着番邦人未曾见过的华丽舞蹈，人人目眩神迷，如痴如醉。宴会的气氛，极为热烈。

摄政王的话不多，但几次他开口时，满场肃静，那些番邦来的王子和使者更是毕恭毕敬，难掩慕色。

宴是欢宴，但考虑岁除，百官须归家守岁，宫宴到了戌时四刻便结束了。摄政王伴少帝出来。束戬请他早些回去休息，态度恭谨。

束慎徽道:"臣寻陛下,有事要说。请陛下移驾西阁。"

西阁是宣政殿的副殿,平日朝会过后,少帝和摄政王会在那里继续召见大臣,处置各种要事。

束戬"嗯"了一声,低头往西阁去,入内,如往常一样,坐在自己的正位之上,又见束慎徽在他的下首落座。

"三皇叔,你还有何事?"

束戬问完,见三皇叔的目光落在自己的脸上,仿佛在打量自己,生平头回,他的心里生出了一种心虚感,竟不敢与之对望。他垂下眼皮,微微低下了头,一动不动。

"陛下这几日可是有心事?"束慎徽问道。

束戬立刻摇头道:"没有!我很好!三皇叔你放心……"

他抬起眼,对上两道带着关切的熟悉的目光,又急忙解释道:"也可能是最近事情太多,我些累,叫三皇叔你误会了。"

束慎徽颔首:"陛下没事就好。"

他转头,环顾这熟悉的西阁,最后目光再次落到了束戬的脸上。他说道:"陛下,过了今夜,明日便是天和三年了。臣当初蒙先帝信任,临终亲解腰带,将陛下托付给了臣,先帝的殷殷叮咛,至今如犹在耳。臣以无能之身,忝居摄政之位,忽忽数载,回顾往事,如在昨日。"

他说话的时候,神色极为严肃。束戬怔怔地看着他。

"今夜臣请陛下来此,是想告知陛下,臣请辞摄政之位,自元旦始,还政于陛下。"

束戬呆了片刻,突然如梦初醒,冲到束慎徽面前,一把抓住他的衣袖,摇头道:"不行!三皇叔你不能就这样丢下我不管了!我一个人做不来!"

束慎徽看着束戬,原本严肃的面容变得柔和。他起身,将束戬带回到他的座上。

"陛下听臣讲完。臣是三思过后做此决定,绝非随性而为。陛下登基以来,臣最为担忧的,不是陛下不能治国,而是陛下不明君位之重。所幸,仰赖祖宗福荫和陛下的英明,陛下如今已是脱胎换骨。明日元旦,陛下便十五岁,臣相信,陛下能够亲政了。自然,陛下也请放心,臣只是请去摄政之职,其后依旧在朝，以普通臣子的身份与贤王、方清等人一道继续为陛下效力。只要陛下一日不说去，臣便一日不出朝廷，直到陛下对一切政务得心应手，用不着臣为止。如此，陛下以为如何？"最后，束慎徽望着束戬，如此问道。

束戬又定定地看了他的三皇叔片刻，喃喃道："那以后呢？三皇叔你是要去和三皇婶一起吗？"

束慎徽微微颔首，随即面上露出笑容："正是！待收回幽燕，攻破北狄如今的都城大兴，大魏疆域便将北扩。若蒙陛下信任，臣日后愿做封疆之吏，常驻幽燕，和她一道继续卫我北疆，为陛下效命。"

束戬的眼睛早已发红，他听完这番话，流下了眼泪："三皇叔，我知道三皇婶不喜欢长安，你们也不能总是分开，但现在——我还想让你继续做摄政王！你再做下去，不行吗？"

"陛下，臣当年之所以摄政，只是不得已而为之。天无二日，国无二主，只要陛下自己能够担起政务，摄政王便不该存在，此关系到陛下的权威。前次星变地动，引出了诸多的事端，称危机也不为过，陛下却应对有方。臣扪心自问，便是换作臣，恐怕也不能做得更好。时至今日，关于人君之道，臣自觉已没什么可以教陛下的了。"

他收了面上的笑意，后退几步，随即下跪，朝着束戬叩首，一叩，再叩，举起请辞的奏章。

"请陛下恩准！"

束戬忍不住泪如泉涌，终于起身，慢慢地走到他的身旁，接过那本奏章，哽咽着道："三皇叔你起来吧。我答应你……"

束慎徽这才起身，等束戬的情绪平复了些，再道："陛下，此为其一。明日大朝会，待百官朝拜完毕，臣便出列启奏。还有一事，臣恳请陛下明日一并办了。臣这里另外有一道奏疏，请陛下过目。"

他从袖中取出另外一份预先写好的奏章，双手递上。束戬接过打开。

束慎徽在奏章中提议正式任命姜祖望为行军总管，总领三十万兵马，并授下虎符，由他自主选择最为有利的时机，出兵北狄。

束戬抹去眼泪："我知道了。明日我便当朝宣布。"

束慎徽面露欣喜之色，再次朝着少帝下拜，郑重叩谢，最后说道："臣这里无事了。臣告退。"

束戢送他出了西阁，又出宣政殿，还要再送出宫去。束慎徽推辞，笑道："陛下的心意，臣领了，但请陛下留步。"

他顿了一顿："陛下这些天仿佛倦怠，臣再多说一句。奏章源源不断，当中确实有不可延误者，但也有不少通篇废言者，批阅起来徒增负担罢了。陛下无须全部批阅，酌情来办便是。今夜岁除，明日还有大朝会，陛下也早些回宫歇了吧。"

他再三催促，束戢才频频回首、依依不舍地去了。

束慎徽立在宣政殿外高耸的丹陛下目送束戢，看着他在宫人的陪伴下渐渐远去。

刘向今夜亲自执勤，方才一直守候在外，此刻便送束慎徽出宫。

行在宫道之上，束慎徽和他闲谈，笑道："听说你家有一位千金，才貌双全，明年及笄，如今府邸门槛便已被人踏破了？想必挑花了眼，颇为烦恼吧？等定下亲事，莫忘记和我说一声，我也随一份礼。"

刘向一怔，没想到摄政王竟连这种小事也关心，不禁有些感动，"嘿嘿"笑道："多谢殿下！等定了亲事，末将便不客气了，必告知殿下。"

束慎徽笑着点头："不必送了，我认得路，自己走。你也辛劳了一年，今晚无须再在宫中过夜，把事情交代了，回家伴家人守岁去吧。"

刘向心里温暖，道谢后，又送了一段路，方依言止步。

束慎徽便独自出宫，快走到宫门口时，近旁忽然传来一个声音："殿下！"

束慎徽转头，借着宫门附近的灯光，见是陈伦，略微惊讶地道："宫宴早就散了，你怎还没回府？有事吗？"

陈伦道："并无别事。只是今日入宫前，公主特意叮嘱，要我晚上务必将殿下请来一道守岁。公主向来爱热闹，殿下也知道的——家中就只我和她两人，她嫌不够。"

束慎徽一怔，明白了。想必在阿姐的眼中，今夜他孤单无伴，极为可怜。

陈伦夫妇成婚多年，永泰却一直无所出，直到最近才终于传出喜讯，欢喜自不必说了。陈伦也是一年忙到头，好不容易到了岁末，人家夫妇恩爱，他怎好打扰？

束慎徽笑着婉拒："多谢你二人的美意，我心领了。只是晚上我也另有安排，便不去了。"

陈伦再次开口，语气极为真挚："殿下当真不必顾虑过多！不只公主，我也盼着能和殿下围炉夜话！家中已备好陈酿，就等殿下去了！"

束慎徽笑着指了指宫门外的方向："我的人在等着了。以后有空了，机会多的是！"

陈伦知他是不会点头了，无奈应"是"。

束慎徽和陈伦一道走出宫门。王府的侍卫统领王仁带了几人正候在宫外，见他现身，牵马迎上。他坐上马背，拽住缰绳，转头望向陈伦，宫门前的灯光映出了他俊逸的面容。

他大笑道："旧岁除，新岁始！邪祟散，平安至！"说完，他朝着陈伦抱拳作了一揖，驱马去了。

年底这段时日，为了备战，再加上朝廷琐事，他忙得天昏地暗，今夜终于卸了长久以来的重担。

马蹄踏着长安的街道，他穿过悬满了红色灯笼的街道，经过一扇扇隐隐飘出欢声笑语的门，带着满身的寒气，最后回到了王府。

他亲自给王府上下之人发放贺仪后，入了繁祉堂，收拾停当，预备休息。

永泰和陈伦是真的误会了，他并不觉得自己如何孤单。相反，如今夜这样的时刻，比起去别的地方，这间带了几分冷清的寝堂，才是他心中最希望归来的所在。

束慎徽睡前又看了一番搁在枕畔的那几页字。

如今应当是一年当中雁门最为苦寒的时节，营帐中，今夜也不知她是否已经睡下，这样的时刻，又是否想到过自己？

他出神片刻，最后将那几页纸张凑到鼻端，轻轻嗅了嗅她留的墨香。

罢了，她若想不起他，也只能由她，他想她便是了。

束慎徽微微扬起唇角，闭目，等待着又一个元旦的到来。

束戬在寝宫的床榻上翻看着三皇叔今晚给他的那两道奏章，一会儿恨自己那天晚上没有当场杀死兰荣，一会儿又恨自己竟好像被兰荣说动了。今晚的宫宴上，他竟控制不住地留意起了旁人对三皇叔和对自己的反应的差异。

和三皇叔多年的情分，竟也挡不住兰荣红口白牙的中伤和诋毁，再想到今夜发生的这一切，束戬越发感到无地自容，也越发痛恨自己。

他转头，又看见了正站在榻前不远处的那个雁门宫女的纤巧身影。他定定地望着那道身影，神思恍惚，再一次想到了另外一个人。

她对他极好。当日在他不知死活地偷偷跟去战场的时候，她追了上来，在千钧一发之际，救了他的命。

他的眼前，浮现出她的笑靥。

他们怎么可能联合起来算计他？束戬越想越是愤恨，越想越是心头发冷。

"陛下可是要就寝了？"

这个得他允许近身服侍的宫女名叫缎儿。她见少年皇帝直勾勾地望着自己，不免暗暗心慌，迟疑了一下，终于鼓足勇气，轻轻上前，小声询问。

束戬不再看她，摆了摆手，命她出去，自己闭了目，一动不动。

大战在即，兰荣选择在这个时候跳出来，束戬很清楚，兰荣绝不会是单打独斗。像这样的大奸若忠之辈，应该是一群人。他们平日不声不响，暗中却紧紧地盯着自己和三皇叔的一举一动，妄图取代三皇叔，好为他们自己谋取更大的利益。

除了兰荣，还有谁？

他在榻上翻来覆去，最后倦极，两眼蒙眬地睡去之前，在心里暗暗发誓：倘若下回再有人胆敢在自己的面前说出那些离间的话，不管是谁，就算是兰荣，他的亲舅，他也决不会姑息。

杀无赦！

束戬便如此，带着满腔的懊悔和痛恨，迷迷糊糊地睡了过去。他睡得不深，噩梦连连，又不清楚到底在梦什么，只觉得自己的手脚仿佛被千钧沉重的锁链给紧紧地锁住了。他奋力挣扎，却挣脱不开，几番努力，皆是失败。最后他发了狠，用尽了全力，猛挣手脚，一下子惊醒，浑身冷汗。

不但如此，在他的榻前，此刻竟坐了一人。

那是敦懿太皇太妃！

束戬从惊吓里回过神来，猛地弹坐而起："太皇太妃！"

明帝自小由这位姨母抚养，尊她如同亲母，除了称呼一项无法更改，一直命皇子以祖母之礼奉之。

李太皇太妃的目光充满慈爱，他伸手，用手帕替他拭着额头上的冷汗，心疼地低声道："陛下这是怎的了，可是魇住了？方才怎么唤都唤不醒。明日新岁，老身去给陛下许个安神愿，好叫邪祟不侵，陛下安眠。"

束戬还沉浸在方才的梦里，心跳得很快，待惊魂甫定，忽然疑惑：李太皇太妃一向居于深宫，不管闲事，更不喜外出，怎么突然深夜来到自己的寝宫？

他忙道："朕无事，多谢太皇太妃！太皇太妃怎的来了这里？若是有事，叫朕过去便是，太皇太妃自己不用出来。"

李太皇太妃转头看向殿内宫人，所有人都退了出去。她收了手，说道："老身听说，你前几日刺了你舅父一剑？"

束戬吃惊地看着她。这件事，除了他和兰荣之外，别人绝无可能知晓。她居于深宫……突然，他顿悟，心一阵狂跳。

果然，李太皇太妃神色如常，继续说道："他是鲁莽了些，当时或许将话说得重了，刺你的耳。但陛下也不至于急躁至此，伤他如此之重，险些命都没了。无论如何，他是陛下的亲舅。"

束戬双目直勾勾地盯着李太皇太妃，一股凉气从脚底幽幽生起，迅速蔓延到了全身，整个人都发了僵。

李太皇太妃见他如此模样，叹了口气，道："陛下应当很意外吧。兰荣见陛下前，先寻过老身。此乃老身的许可——或者说，此乃先帝之意。"

李太皇太妃的语气极为寻常，仿佛这是一句再普通不过的话而已。束戬却以为自己听错了，双目圆睁，脑子空白，一时全无反应。

李太皇太妃注视着他，神色渐渐转为严肃。忽然，她从榻沿上站了起来，走到近旁的案前。束戬这才看到，案上不知何时多了一个长匣。他认得那是宫中专门用来装圣旨的物件，但心里清楚这不是他宫里的东西。

他呆呆地看着李太皇太妃打开匣盖，从里面取出一个卷轴，说道："此为先帝留给陛下的遗诏。陛下接旨吧。"

束戬瑟缩了一下，胡乱下了榻，跪在冰冷的地上，低下头。

"祁王束慎徽，借摄政之便，欺瞒幼主，图谋不轨，有负朕临终之托……"

束戬的耳中撞入了李氏太皇太妃平静而刻板的声音。

"为大魏国祚之计,赐死。"

束戬不知自己是如何将这东西接到手上的。当反应过来之后,他便死死地盯着诏书,盼望能看出些伪造的痕迹。只要能看出伪造的蛛丝马迹,他便可以直接把这东西扔回去。

然而,上面清清楚楚地盖着两方印玺。那方大的,是他登基之后便由三皇叔指定之人保管的传国玉玺;稍小的则是他父皇生前专用的一方私章,随他陪葬,早已被封入地下陵寝。双章印迹清晰,线条流畅,朱砂印泥的颜色因时日长久,也不复鲜红,变得略微暗沉。

"陛下难道以为老身胆敢以伪诏矫传先帝之意?"

他的耳边再次响起了李太皇太妃的声音。

"陛下应当还记得,先帝临终召见祁王的前夜,是老身带着陛下,伴在先帝身畔的。后来陛下困倦,被太后领走。便是陛下走了后,先帝亲手将诏书托给了老身。"

束戬脑中"隆隆"地响,浑身的血凉透。那东西从他的手里滑出去,无力地扑在了他的膝上。他也瘫坐在地,控制不住地发抖。一开始是手和牙齿,很快,他整个人都开始不停地发抖。

他的父皇和三皇叔不是棠棣交辉吗?父皇临终解带托孤的那一幕,打动了无数人,早被史官浓墨重彩地记下,不但如此,连民间也传得尽人皆知,成为美谈。

这是一个什么样的虚幻世界?

"陛下一时难以接受,也是人之常情。毕竟,陛下涉世不深,不知人心莫测,对祁王的信赖更是由来已久。"

他听见李太皇太妃又在自己的耳边说起了话,语气陡然变得严厉。

"先帝口谕,祁王若僭越身份,借摄政之尊,染指军队,意图北出雁门,那便是他野心的铁证。先帝命老身,一旦有此苗头,便择机将此遗诏传给陛下。陛下须遵照旨意,严加防范,务必除去祸患,保社稷宗庙。"

"不可能!这不可能!"束戬蓦然睁圆双眼,愤然应道。

"陛下何意？是不信祁王大忠外表之下存有异心，还是质疑先帝圣明？"李太皇太妃从他的膝前拿起遗诏，毕恭毕敬地摆回到匣中，"遗诏真伪，陛下自己心中有数。先帝的遗命，陛下也敢不遵？"

束戬猝然闭口。李太皇太妃看了他片刻，叹了口气，上去将束戬从地上扶起，送他慢慢坐回到榻上。

"陛下。"她温声唤了一句。

"先帝本是不希望让你知道有这道遗诏的。不但如此，最不愿看到今日的，应当就是先帝。"

束戬艰难地直起僵硬的脖颈，抬起头，对上了来自李太皇太妃的两道目光。他见她望着自己，面上带着同情和怜惜的神色。

"当年之事，陛下你全然不知。祁王仗着盛宠，窥伺大鼎。英明如圣武皇帝，也一度被他蛊惑。幸而先帝光明磊落，秉守操行，上得祖宗保佑，下有百官拥戴，这才艰难保住了正统。然而祸患依旧未平，先帝继位后，短短数年，你原本和睦的皇兄们便手足相残，背后未必不是祁王挑动。他的手段如何，陛下应当清楚，只是他做得隐秘罢了。及至先帝临终，令祁王摄政，实也是情势所迫，不得已而为之。当时高王、成王势大，先帝虽明知隐患巨大，却也只能加他权威，以压他们一头。

"陛下，先帝当真是仁至义尽。照先帝之意，这遗诏本是迫不得已的最后一步。他生前唯一盼望的就是祁王能感念兄弟之情，以纯臣之心，始终如一，辅佐陛下，待到清肃内朝之后，还政陛下。陛下到时加他王号，尊他如同贤王第二，如此，便又成全我大魏天家的一段佳话。奈何祁王自己辜负先帝。

"他确实是有几分才干，摄政之后，施政步调之快，超出先帝预料。先帝本以为至少六七年后，待陛下成人，也能完全明白事理之际，大魏方具备外战之国力，没想到这么快，他便将此事强行提上日程。从他联姻姜家开始，老身便知不妙。陛下，倘他当真一心是为陛下考虑，就不该谋划对外出兵。一切都要等到陛下真正掌权，由陛下主导，方是利好陛下！然而他迫不及待，如今就要开战！先帝最担忧的事，果然还是发生了。他目的为何，此战何以如今不能打，兰荣已向陛下禀明，老身便不多说了。陛下聪敏，自己一想便能明白。

"这一年来，老身忧心如焚，屡次想提醒陛下防备，奈何陛下对他信赖极深，始终没有机会。直至今日，情势已是退无可退。天下之大，能制住他的，就剩陛下一人！老身再不能苟且偷安无视先帝嘱托，只能将其真正面目展示给陛下。请陛下秉承先帝遗诏，诛杀此贼！"

束戬哑声道："明日大朝会上，他便会当众辞去摄政王之衔！"

李太皇太妃一怔，目光落到他榻上散着的奏章上，略略一想，便明白了过来。她道："陛下以为他在这个当口主动提出还政，是忠于陛下？错了。他心机深沉，做事谨慎。如今出兵在即，他必定也是心虚，唯恐陛下觉察了他的意图，故意如此行事罢了。他去了头衔，依然是朝堂上最大的权臣，百官依然听他号令，陛下依旧孤立无援。他这是以退为进，想叫陛下对他依旧深信不疑罢了！

"唯一可以证明他不存异心的事，便是立刻中止战事，解除姜家人的兵权。陛下可以试试，看他答不答应。"

束戬不再开口，半点儿反应也无。

李太皇太妃静静伴他片刻，又长长地叹息了一声："陛下，先帝一生仁厚，美名传扬，怎会平白对他的手足兄弟不利？他为陛下殚精竭虑，临终之前苦心筹谋，陛下不必有任何不忍之念。当年祁王病重，倘若不是得先帝割肉救治，早就死了。而先帝之所以英年早逝，便是割肉导致的久病体弱。说先帝是用自己的命换来了他的命也不为过，如今他却心存异念，罪无可赦！"

束戬呆滞的眼睛动了一下，终于，目光离开匣子，慢慢地转到了李太皇太妃的脸上。

"先帝既然预料到了一切，也替朕都安排好了，那么，要朕如何杀？今夜便动手？"他问出这两句话的时候，表情极为诡异，似笑非笑，又脸色青白，状若厉鬼。

李太皇太妃往他的身上加了一件衣裳，道："陛下莫误会。如今满朝皆为他的爪牙和耳目，长安城内但凡有些动静，恐怕也瞒不过刘向和陈伦，自然不能和他硬碰硬。他不是自己请陛下收回摄政王之号了吗？上天保佑，这是再好不过的机会了！

"陛下明日顺势应下，夺了他的摄政王之衔，叫他再不可凌驾百官之上，仗着摄政王之尊继续为所欲为。另外，只要有可能，陛下务必速速叫停战事，想法子解除姜家人手里的兵权。否则一旦出兵，局面如何发展，谁也难以预料，到时陛下再加以阻止，恐怕会是伤敌一千，自损八百。

"陛下不必担心，先帝也知祁王不好对付，除了兰荣，还为陛下留了别的人。他们皆为陛下忠臣，根基深厚，从前为免遭排挤，隐忍不发，到时都会站出来。另外，陛下一定要争取贤王的支持。往后非但不能对他有半分慢待，反而要比从前越发抬举他。他是一个明白人，陛下为大魏的正统，只要对他以礼相待，他没有理由不跟从。

"陛下须得暂时隐忍，与那人虚与委蛇，徐徐图之。待时机到了，出其不意，再有遗诏加持，要杀要剐，全在陛下！"

寝殿内的烛火渐渐暗淡，李太皇太妃凝视着少帝那张已然扭曲的脸。

"陛下，老身知事情来得突然，但请陛下想想，亲父和叔父，谁会真心为你考虑？"

束戬双眼通红，慢慢地扭过头去，最后目光定在了那只匣子上，一动不动。

李太皇太妃循着他的视线望去："陛下，你是皇帝，万不可有妇人之仁。防患于未然，祁王定要除掉。除掉他之后，外戚也不可放任。扶持那些人的目的，就是为你所用，助你收权。最后，必然是要陛下独掌大权，以续正统。

"此为先帝留给陛下的最后一言。陛下谨记，勿辜负先帝对陛下的殷殷之盼。"

李太皇太妃郑重地将遗诏托起，放到了束戬的手上，而后出去，行在黑黢黢的深夜的皇宫当中。

明帝死后，她便终日蜷在自己那座渐渐散发出腐朽味道的深宫里，毫不起眼儿。每回只在被需要的时候，她才会被人想起。她是皇家孝道的象征，活着的傀儡，如此而已。

但是今夜，她完全不一样了。她仿佛一只被雷声唤醒的、原本藏在地下的蛰虫。回到敦懿宫，她一个人来到供着武帝牌位的后殿，在牌位的对面立了良久，忽然，发出一阵犹如夜枭般的怪笑之声。这一刻，她只觉得这一生中深深埋藏的所有不甘和怨恨，尽数得到了宣泄，畅快无比。

她抬起手，手指戳着那映在昏暗香烛光中的神位，咬牙切齿地道："陛下，枉你九五之尊，自诩英雄！等你死了，身后之事，你又能奈何？我辛辛苦苦熬了一辈子，换回来什么？那个女人，凭什么夺了我的一切？你不是最宠爱她吗？睁大你的眼，好好瞧个清楚！她的儿子很快就要倒霉了！你的另一个儿子，他为我复仇了！你没想到会有如此一日吧？可惜啊，你已经死了，不过没关系，她仍活着！让她替你好好受着吧！"

李太皇太妃的嘶哑声音回荡在这间阴暗的后殿里，久久不绝。

夜尽，天和三年的元旦，如期而至。

这是少帝束戬登基的第四个年头。去年一年，在肃清高王、成王等一众逆臣之后，朝堂上发生了许多事：摄政王迎娶姜家女、南巡，少帝离奇病隐长达数月之久，又发生了八部之战，最后还来了个星变地动。

臧否得失，总之，全部过去了，最后可谓一切向好。

今日五更未至，包括外邦王臣在内的所有参与大朝会的人员已从长安的四面八方齐聚皇宫，人数多达三千，当中除了京官，还有不少来自外地的地方大员。宽阔的宣政殿也容纳不下所有人，品级低些的官员只能列队排在殿外的广场之上。等大朝会结束后，还有元旦酒宴、百戏、郊祭等流程，全部告终，至少也要三天之后了。

皇帝还没现身，摄政王也未到场，但殿外已是人头攒动，人人穿着崭新袍服，面带笑容，相互作揖寒暄。

今日无人缺席。

年底意外染病而消失了数日的兰荣也到了。

另外一位去年告了长假统共也没露过几次脸的朝廷要员也来了。此人便是兵部尚书高贺。

去年，这位兵部尚书除了在六军春赛时露面主持仪式之外，其余大部分的时间在位于京兆郡的祖宅里，侍奉年迈生病的老母。

高贺之父跟随高祖多年，是为数不多的获得丹书铁券的军功大将之一。高贺本人也能征善战，在圣武皇帝麾下立过大功，又以孝而著称，多次得到重视孝道的明帝的嘉许。去年为侍奉老母，高贺不得已告假，兵部日常事务也转给侍郎挂衔总理。他和近旁久未见面的朝官相互作揖，互贺元旦。

这时，忽然传来"摄政王到"的通报之声。

殿外的人群中间分开了一条道，摄政王走了过来。众人纷纷拥了上去，争相和他作揖，恭贺元旦。

束慎徽面带笑容，一边朝着主殿方向行去，一边和左右两旁的朝臣作揖还礼。兰荣和高贺停在殿门附近，待他走到近前，也慢慢出列，朝他行了一礼。

束慎徽的目光在两人的身上停了一停，他先问兰荣身体，又问高贺之母，两人各应安好。束慎徽略略点头，随即继续迈步向前。

今日大殿东西两侧，向北陈设着演奏雅乐的器具，丹陛、丹墀之上，卤簿仪仗鲜明。殿内和丹陛、丹墀之上立着卫官，又有多达数千的英俊甲士排列出去，队列一直延伸到宫门之外。宫门口张设五色旗帜，列着用作仪仗并参与随后表演的马、犀、象等瑞兽，既显元旦喜庆，更彰显皇家的无上威严。

这时，宫中响起了鸣鼓声。束慎徽领着身后的官员和使节各归其位，没有人再发声，气氛变得庄重。第二次鸣鼓，束慎徽带着众人入殿，分列东西两侧，面北向着前方的宝椅肃立。第三次鸣鼓，执事官行礼，奏请升殿。

殿内发出了一阵悠扬而庄严的雅乐之声，少帝随着导驾官到来。宫人开扇卷帘，少帝升座。

此时天仍未亮，殿内灯火通明，映出了少帝的身影。他身着衮冕，额悬珠旒，足踏云履，腰佩宝剑，现身之时，因其身量颀长，俨然已有几分成人之貌。

百官最近也纷纷有感，少帝自"病愈"再次恢复朝会之后，威严日盛。今日这样的场合，天子之势更是扑面而来。

但很快，一些站得靠前的眼尖的官员，譬如方清，透过珠旒，发觉少帝的脸色不大好。他面透青白，眼睛带了几分浮肿的迹象，仿佛昨夜未曾睡好觉。

今年的这个元旦和前几年不同，意义非凡。很多人猜测，少帝将会在今日宣布对北狄用兵。这是一件关乎国运的大事，他毕竟阅历有限，不似摄政王，惯看风波，昨夜想必过于激动，有些失眠。

殿外鸣鞭报时完毕，方清等人随队列最前的摄政王，在再次响起的丹陛大乐中四拜，接下来，便是喜庆但实则极其烦冗的大朝拜了。有资格参与朝拜的官员按照品级开始进上贺表，黄门侍郎何聪宣读，皇帝赞许，传到殿外，所有人跪、俯伏、平身，依次不停。

这种套路起初还好，多轮下来未免折腾人，但礼制如此，谁敢不耐烦？终于等到全部结束，这时天已大亮，百官当中那些年老体弱的，早就面露疲乏之色。

鸿胪寺官员奏礼毕，宣告典礼结束，在再次响起的乐声当中，皇帝就要退朝。这时，众人看见摄政王缓步出列。

"今日正旦，万物更新，皇帝陛下，奉天永昌。臣这里有一事，想趁今日良机上奏，请陛下恩准。"他说完，双手举起一道奏章。

方清等人心里有数了，知摄政王上的应当是用兵折，便都静静观望。

侍人从御台上快步走下，接过奏章，呈送到少帝的面前。少帝慢慢打开奏章，目光停在上面，久久没有发声，只低着头，仿佛入了定，冠冕上垂落的那一排珠旒纹丝不动。

这实在是反常。往日，对于摄政王的奏疏，少帝无不是当场点头，百官从没见过他像今天这样的反应。

殿内气氛渐渐有变，百官纷纷抬头，望着少帝和摄政王两人。

束慎徽先上的这一道，是请辞摄政王之位的奏章。

这是大事。虽然两人昨夜已经说好了，也没预先排演过，但当着朝臣的面，皇帝起初必然不应；他会再次力辞，皇帝再不应；他再辞——如此三遍，事情也就定下了。

但是，束戬此刻的反应未免古怪。

束慎徽望着侄儿，等了许久，压下心中疑虑，再次开口："陛下，蒙先帝信赖，臣摄政至今，无一日不是如履薄冰，竭尽全力方勉强应对。今日是天和三年正旦，陛下已然成长，英姿勃发，臣以为，陛下足以——"

他正说着，少帝突然猛地站了起来，打断了摄政王的话，哑声说道："今日另有事务，不可耽误。摄政王之事，日后再议。"

说完，少帝快步下了金阶。

这个变故，任谁也没有想到。大臣面面相觑，最后望向摄政王。

束慎徽看着少帝的身影迅速消失在了殿后，凝神片刻，发觉近旁贤王、方清等人都在看自己，便转头朝众人微笑点头，随后迈步出了大殿。

意外很快过去。接下来的三天，少帝领着官员宴乐、观看百戏、祭祀，又举行各种与民同乐的正旦庆典，忙忙碌碌，看起来脚不沾地。束慎徽也没再提正旦朝会那日的事，如往常一样，依旧履职。

直到第三日，祭祀归来，束慎徽领着百官送少帝回宫。百官停步在宫门外，束慎徽继续送少帝步入宫门。

前后左右只剩下他二人，束慎徽停步，打量了一眼一直默不作声的束戬，道："陛下辛劳了一年，又接连三日忙于正旦庆典，应当乏了。朝廷还将继续休朝七日，陛下好好休息，等精神好了再议之前的事，也是不迟。"

束戬始终没有抬眼，垂着眼皮，低声道："之前说的那件事，我想了想……还是罢了……周公也是到了成王弱冠之年方归政成王，我离弱冠还早。我怕我没法把控朝政……"

束慎徽看着他："陛下可是遇到了难处？"

"没……就是我不想……"束戬目光游移，喃喃地道。

束慎徽沉默了片刻，再次开口："此事再论。另外关于——"

"那个事也再说吧！"束戬忽然打断了他，"容我再想想……出兵是大事，朝里也有人反对……"

束慎徽见侄儿终于望向了自己，眼神之中似带了几分哀告和祈求。

"三皇叔你也辛苦了这么久，好好休息几天。这件事以后再说……我走了……"他胡乱说完，转身迈步，匆匆入了宫门，身影随之消失。

束慎徽又在原地立了片刻，转身回去，含笑命百官解散。

接下来是一年当中唯一一次接连七日的休沐，到正月初十朝廷方重启朝会，人人欣喜，和摄政王道别后，纷纷散去。

束慎徽亲自将贤王送回府邸。临别前，贤王屏退左右，低声询问到底出了何事，少帝为何改了主意，既不应他请辞，也不肯下令发兵。

这两件事，束慎徽已提早和贤王说过。贤王见少帝如此，此刻心中不免顾虑。束慎徽安慰了贤王一番，道无大事，只是少帝临时发现尚未做好相关准备，这才推迟。听罢，贤王便也不再多问。

分开后，束慎徽径直回到王府。李祥春已在等他，随他入了书房，闭门低声道："正旦前，敦懿太皇太妃夜探陛下，回宫后，独自在后殿圣武皇帝神位前口出怨言，还似涉及庄太皇太妃，言辞不敬。"

"都说了什么？"束慎徽问道。

老宦官将话重复了一遍。

束慎徽沉默着。

"殿下，陛下宫中或许也有可探之处。老奴在宫中多年，若是殿下许可，老奴也可——"

"不必了！"束慎徽阻止道，"你下去吧。"

李祥春担忧地看了他一眼，欲言又止，最后终于还是什么都没说，躬身应"是"，退了出去。

束慎徽独自坐在书房中，直到日影西斜，才慢慢起身。他走到门外，停在台阶之上，望着北面，身影凝固。

天和三年的元旦休沐还没过去一半，到了初六这一日，休假的气氛便被一个突如其来的消息给打破了。

北狄新皇炽舒送来了议和的国书，称自己吸取前代教训，登基之后决意休战，愿率狄国和魏国缔结友好条约，永不南侵。为表诚意，他声称只要得到魏国皇帝许可，便将派遣使者入魏，到长安进行会谈，商议边界，互开榷市。

这犹如在平静的湖里砸下了一块巨石，消息很快被传开，引发轩然大波。

初七这日本无朝会，但不少大臣纷纷闻讯赶来皇宫，求见少帝和摄政王，就此事各抒己见。

很快，主和派的声音越来越大，认为大魏想要夺回幽燕，也是出于北方门户安全的考虑，战便是凶，于国于民，诸多不利，何况万一战败，后果不堪设想。如今北狄主动释放善意，原本的北境雁门也牢不可破，应当观察利用，不可贸然出击。

持这种观点的大臣，先前只敢私下议论，如今却不一样，回朝的兵部尚书高贺竟站出来带头。有了有分量的领头人，舆论顿时酝酿，继而大作。

而方清等人，原本对这个消息嗤之以鼻，认为这是狄人的缓兵之计，但在据理力争之后，发现本是坚定主战派的少帝沉默了。最奇怪的是，出了这样的大事，接连两天，摄政王竟也没有露面。

不但如此，就在昨日，又传出一个消息，禁军将军刘向手下的人和地门司的人发生了冲突，据说是因春赛结下旧怨，刘向的人不服输，将对方打成了重伤。御史已经拟了参折，预备节后立刻参刘向一本。

刘向和姜家素有渊源，这事满朝皆知，而姜家和摄政王的关系，更是不用说了。

摄政王当政数年，不群不党。除了他从小亲近的宗亲贤王一脉，即便方清这些近年受他重用的大臣，平日出了朝堂，也和他素无往来。唯有刘向，被认为是他的亲信。

这事若放在平日，绝不算什么大事，最多也就是刘向被问责一番罢了，但竟凑巧发生在这个关口，看着还有被拿来大做文章的趋势。再想到元旦朝会那日少帝的反常举动，方清等人无不后背发凉，面对着日渐占优的主和论调，催促发兵的声音不免慢慢地小了下来。

三天后，正月初九，恢复朝会的前一天，入夜，已多日没有露面的束慎徽现了身。他入宫，来到御书房前，求见少帝。

他进去后，就见侄儿不复先前躲闪，急急忙忙地朝着自己走来，口中道："三皇叔！你可来了。你若再不来，我就想去寻你了。大兴那边送来的消息，你应当也知道了吧？这几日虽在休沐，但朝臣无不热烈讨论。高贺上表，论述停战修和的好处。他也是负有盛名的大将，我看他说得也颇在理。你看！"

束戬飞快地从案头的一堆奏章里拿了一份出来，递上，用期待的目光看着他。

束慎徽接过，但并未打开，轻轻地将奏疏放在一旁，又朝着束戬行了一礼，随即道："收复北方门户，此为高祖践祚以来的国策，为何如今就出兵，臣先前在奏疏里做了详述，传阅百官。此时天时、地利、人和，三者皆备。不但如此，雁门已整兵待发，士气正高，倘若叫停，军心涣散。将来等到炽舒坐稳位子兴兵南下再被动应对，想要取胜，我大魏恐怕将要付出比现今更高的代价。臣想不出为何要因对方区区缓兵之计，便放弃这利我之局。"

束戬勉强笑道："可否再行商榷……毕竟，用兵是一件大事……"

"时不我待，战机转瞬即逝。"

"但是那么多人反对……三皇叔你从前不也教导过我，要广开言路……"

束戬又讷讷而言，眼睛左右地看。

"陛下。"束慎徽唤了他一声，"正旦前夜，敦懿太皇太妃见了陛下。陛下态度大变，是否与此有关？"

束戬一惊，倏然看向他："你监视我？"

"陛下元旦起便一反常态，事必有因。我自小便长于皇宫，又摄政至今——这种事，我若想知道，何须监视？"

束戬仿佛被针戳破了的皮球，慢慢垂下眼帘，不再作声。

束慎徽凝视着束戬，问道："可是敦懿宫受过先帝遗命，命陛下防备，乃至赐死臣？"

束戬大骇，心一阵狂跳，脸色更是骤变。他猛地抬起头，对上了两道目光——平静的目光。

风起于青蘋之末，那人谈论着自己的生和死，却仿佛闲庭信步，泰然自若。

束戬的脸顷刻间涨得血红，不知对方怎会一语便说中，如同当时就在近旁，亲眼看到过那道遗诏似的。他下意识地想要告诉他面前的人，自己不信那些话，退一万步说，就算对方当真觊觎皇位，自己也绝不会照遗诏说的那样去做——是的，绝对不会，他可以发誓。那道遗诏上的话，甚至令他想起来就感到愤恨。

元旦的大朝会上，他在冲动之下拒绝了三皇叔的请辞，就是对那道遗诏的无声反抗——然而他发现自己又没法反抗到底。生平第一次，他觉得自己如此软弱。他的心里太乱了，仿佛头顶的天突然破了一个窟窿，他一时不知该怎么办才好。

他和束慎徽对望了片刻，终是狼狈地挪开视线，结结巴巴地否认道："没……没有的事！三皇叔你想多了。她……她只是来看我而已……"

他说完，只觉得心惊肉跳，连手心也捏出了汗，害怕对面的人不肯放过自己，还要追问下去。所幸对面的人没再开口，更没继续追问下去，只那样沉默地望着他。但在这凝视之下，他的侥幸之感很快也荡然无存。不知是热汗还是冷汗，开始涔涔地从他的额头上往外冒。

仿佛并没有多久，又仿佛已煎熬了许久，束戬看到束慎徽缓缓点了点头："臣知晓了。臣告退。"

说完，束慎徽恭敬如常地朝他行了一礼，转身走了出去。

束慎徽出了御书房，步伐如常，不疾不徐，行在黑夜中变成重重暗影的宫阙之间，最后，回到了文林阁。

这里本已开始收拾，却收拾一半便停了下来，整座文林阁，此刻也陷入了漆黑如墨的夜色当中，内外不见半点儿灯火。

他慢慢地停在了阁前的台阶下，伫立。

跟随在他身后的张宝疾步入内，叫醒里头已睡去的侍人。侍人从睡梦中惊醒，点火亮灯，再随张宝出去迎人，奔到了大门外，却见阶前空荡荡的，摄政王已然不见人影。

束慎徽来到了太庙。这个时辰，执掌门匙的值宿官已睡下，忽被守卫唤醒，急忙起身，趋到近前拜见过束慎徽后，也不敢多问什么，打开大门。

束慎徽独自走过昏暗的神道，来到庙前，推开了正殿的门。伴着一阵沉重的门枢转动之声，殿门开启。他迈过高高的门槛，进入这座空旷而神圣的幽深宫殿，来到了供着大魏数位已故君主神位的神坛之前。

那里燃了日夜不灭的长明之灯，每到朔、望之日，祭祀奉飨，明灯魂守着他的祖父、父亲，以及他的兄长。

束慎徽面向神坛，盘膝坐到了地上。

无边的黑暗自殿顶倾泻，将他的身影吞没。他在幽阒的大殿深处，闭目静静坐了一夜，宛如睡去。

当拂晓熹微的光自殿门缝隙里透入，他慢慢睁开了眼睛。

一夜过去，当他睁眼之时，他的面容犹如此刻殿外的那片晓天，蒙上了一层淡淡的苍白之色，他的眼窝也深深地陷了进去，眼底泛出血丝。

他从地上起了身，仔细地整理因坐了一夜而变皱的衣物，随即依次向着高祖和武帝的神位叩拜，一丝不苟。叩拜完毕，他慢慢转头，望向最后一尊神位。他望了片刻，走近，最后停在了神位对面。

"皇兄，自古臣下辅佐君王，从来不是易事，否则何来范蠡鸟尽弓藏之诫？辅臣尚且如此，何况摄政。当日臣弟绞杀高王，他也曾对臣弟发出过怨咒。只是，臣弟原本以为，是陛下自己长大之后，明白君位当独，不愿受人束缚，因而与臣弟离心。臣弟实是没有想到……"

他的声音宛如被冻住，眼中如骤然充血，眼角也是接连泛起了浓重血丝。他默然片刻，接着说道："臣弟没有想到，这一日会如此早，且是因皇兄你而到来。

"臣弟一向自负聪明过人，原来从前还是想得太过简单。如今再想，倒也能理解。于帝王而言，你当有这样的顾虑。事实上，便是臣弟，也一向如此教导戬儿。但臣弟不能叫停用兵。这是最为有利的战机，也是无数雁门将士等待已久的战机，一旦错过，变数太大，代价未知。

"倘若当下用兵会对戬儿不利，臣弟向皇兄告罪。然，既然摄政，便当一切以国为先。于大魏，臣弟问心无愧。

"你放心，戬儿是臣弟看着长大的。臣弟相信，他必将成为一位合格的君王。这也是臣弟向来的心愿。

"等做完了这件事，臣弟不会叫戬儿为难。他也不容易。"

在大殿的深处，隔着缭绕的青烟，束慎徽对着那高高在上的神位，用平静的语气说完了最后一句话，不再停留。他转身，大步走出太庙。

外面，东方既白，寒雾弥漫。他独自行在笔直的神道上，朝外而去，步伐稳健，身影决然。

他必将倾尽全力，不惜代价地去完成这件事。

这是一场关乎大魏国运的战事。这也是她多年以来的夙愿。他答应过她，会将发兵令送到雁门。

束慎徽回到了文林阁。

张宝昨夜寻不到他，惊慌出宫去唤李祥春。老宦官命张宝不必声张，回去安静等着。此刻见他终于回了，张宝暗暗松了口气。

束慎徽入了他往日办公的地方，没有叫人，自己动手，就着窗外的暗淡微光，将原本打包了一半的笔墨和书册等物，一件一件地归置回去。

"殿下，刘将军到了。"外面传来通报声。

刘向应召而至，匆匆入内，纳头便跪拜在地："殿下！末将有罪！只是此事实在突然，手下人说是地门司的人挑衅在先，不讲道理，上来就围殴，以多欺少，他们这才不得已还手。"

几晚没睡好觉的刘向此刻脸发黑，神情焦急而愧疚："末将给殿下惹了麻烦。末将愿一力承担！"

束慎徽将一支惯用的、写得毛已秃了的紫毫放在笔架上，坐下，开了口："你写一封告罪的奏疏，呈给陛下，言身上旧伤时发，也不能再胜任当前职位，求陛下恩准做个守陵尉，出京去守地动后的皇陵。"

刘向一愣，抬起头。

他身处皇宫，担任禁军将军这样一个关乎皇帝人身安危的关键职位，暗中不知被多少双眼睛盯着。这些年，他固然位高权重，人前风光，但在内心深处，总有一种仿佛随时便将踏空坠入深渊的恐惧之感，只是因少帝与摄政王亲善无猜，这才勉强无事。

然而，一夕之间，一切仿佛都起了变化。这几日他也听到了朝堂上传出来的消息，言少帝改了主意，不愿用兵。

此刻刘向已是明白了一切。叔侄之间的裂痕已然出现，暗流涌动，即将掀起的旋涡将会把每一个身处其中的人都卷入，无人能够幸免。这个时候自己请辞，尚能全身而退。

刘向咬牙，压低声音，一字一顿地道："刘向不走，便是被贬为贱吏，也可效忠主上！"

束慎徽端坐，淡淡地道："从前本王便道你智虑不足，果然如此。行伍出身之人，心思总有几分颠顸，自以为是，实则愚不可及！你的主上是何人？你是想害本王吗？你唯一须要效忠的，是当今皇帝陛下。自己不想活便罢了，妻子儿女，你也想带着一道沉沦？"

"殿下——"刘向凝噎，不停叩首。

"就这样吧，我还有事。"片刻后，束慎徽说道。

刘向黯然，最后只能从地上起身，迈着沉重的脚步，缓缓朝外走去。忽然，他又听到身后传来一个声音："贤王有一个孙儿，与你女儿年纪相仿。他曾向我问过令爱。你若愿意，可将令爱婚事暂缓，日后嫁与贤王之孙。"

刘向猛地回头，见摄政王微微面露笑容，看着自己。刘向定定地立了片刻，虎目慢慢蕴泪。

"多谢殿下！"他哽咽着再次下拜，重重叩首。

束慎徽摆手，示意刘向退去。待人走后，他也出了文林阁，踏着微白晨曦，出了宫，回到王府。

他哪里也没去，直入库房，寻到那只去年四月间曾被他开启过的箱笼。它此刻依旧在原地，箱盖密闭，因为许久未曾有人动过，箱盖之上已经蒙了一层灰尘。

束慎徽打开箱笼，取出那把被她弃下的曾用作聘礼的月刀，带着回到了繁祉堂。

他横刀于案，看了许久，最后将它封入匣中，裹紧。他唤来王仁，命其派遣可靠之人将此物送去雁门，交给她。

"再替我传句话，就说——"他站在窗前，望着外面已然转明的晓色，沉默了许久，道，"就说，当初求娶她前，我便备了此物。叫她务必好生保管，以备将来之用。"

王仁携刀去了。

此时晨雾散尽，一道朝阳的光柱从窗外猝然扑入，迎面射入眼中，束慎徽只觉得光亮得刺目，几乎叫他无法睁眼。

他偏过头，闭了闭目，避过这初春的第一道朝阳，随即感到疲倦也朝他袭来。他命人打来冷水，用双手泼扑于面，待精神恢复过来，叫老宦官为自己更衣。一件件，如往常那样，他穿好朝服，最后亲手戴上帽冠，迈步走出繁祉堂。

上天有眼，幸而，她心里的那个人，不是他。

从前曾令他寝食难安的最大不甘，原来才是他此生最大的庆幸。

他的心慢慢地安定下来。他又想到她此刻恐怕正在焦急地等待消息，迅速收神，轻轻催马，朝着皇宫疾驰而去。

正月初十，这日是元旦休沐后的首次朝会，加上前几日发生的事，百官无不早早入宫，却白来一趟。早朝少帝未露面，只传出话，道身体不适。不但如此，摄政王也依旧没有现身。

既然没有朝议，百官循例退朝，各去衙门做事便可。方清却收到消息，道高贺等人不走，知少帝在御书房，竟追了过去。方清自然也不退，一并跟去。他赶到御书房，见少帝坐于高位上，高贺已跪在地上，手里高高托举着奏章，口中正在慷慨陈词。

"朝廷才安稳不久，当维持局面，继续休养生息，而非劳民伤财，穷兵黩武！恰如今炽舒登基，不敢冒犯我大魏天威，主动遣使求和，正是天赐良机。臣听说此人弑兄夺位，不能服众，如今狄廷当中，尚有多股势力存在。如今若我大魏贸然出兵，反而促使狄廷和解，一致对外，得不偿失。不如顺水推舟答应，坐观狄廷内斗，等他们相互厮杀，两败俱伤。到时，我大魏国力更胜如今，陛下再一声号令，挥师北上，岂非稳操胜券？"

高贺这几年虽半隐退，但从前军功显赫——无论是资历还是威望，在明帝一朝，除高王之外，便是他了。他说话颇有分量，这一番进言不但引得他身后那些随他来的大臣极力附和，就连跟着方清来的人里也有人被说动，低声议论了起来，觉得不无道理。

方清不知摄政王为何今日还不上朝，方才已经暗暗派人去请了，正在焦急地等待。见高贺如此，身旁的人都看向自己，他无奈只好出来，叩拜少帝后，斟酌着道："高尚书所言，自然也是有理。但据臣所知，北狄人无忠无义，一切因利而聚，无利而散。不知何为教化的一群人，各有所图，如今不过迫于淫威，聚在炽舒麾下而已，一旦受到大兵压境，说他们便将摒弃内斗同心对外，尚需观望。况且关于炽舒，此人手段如何，摄政王备战已久，想必了解不浅。如今若是不打，万一狄廷最后没有杀个两败俱伤，反而被炽舒坐稳位子，到时候，局面怕就难以收拾了。"

方清这话一出，方才那些摇摆的人又觉有理。

高贺面露愠色，朝着方清道："你何意？莫非暗指我对朝廷不利？"

方清否认道："高尚书勿怪，我也只是道几句我的想法罢了。"

高贺霍然朝着少帝再次叩首："陛下！臣原本只想安心侍奉老母，了此残生，如今实是出于人臣本分，才不得不进言。臣对摄政王的主张不敢置喙。摄政王自有他的道理，但臣绝非怯战！臣当年也曾追随圣武皇帝南征北战、出生入死！倘若朝廷有需，陛下信任，臣愿立刻披甲上阵！"

话音落下，他竟一把扯开身上官袍的衣襟，袒身，指着露出的旧伤，道："此便是臣忠肝赤胆的明证！兵事重大，关乎国运，请陛下三思！"

他声音洪亮，又做出如此举动，气势极为迫人，御书房内顿时鸦雀无声。

方清暗暗看了一眼座上的少帝，见其依然沉默。他实在不清楚，个中到底出了什么差错。至此，他也不敢再多说什么，只能闭口。

"臣恳请陛下，即刻下令，收兵回朝！"高贺整好衣裳，又道。

"臣等恳请陛下！"御书房里跟着响起一片整齐的声音。

摄政王究竟去了哪里？

方清悄悄抬眼，见少帝似被这一片谏声惊醒，动了一下，抬眼望向高贺手中托着的奏章。他不禁紧张得心跳加快。

"陛下！"

高贺正要从地上爬起来，呈上自己的奏章，就在这时，身后传来一阵徐徐的开门之声。方清猛地回头，方才已高高提起的心终于落了下去。

几日没有露面的束慎徽终于到了。他亲手缓缓推开了门，现身在御书房的门外。

很快，其余人也都转头，循声望去。

御书房内寂静无声，他在众人注目之中，迈步走了进来，停在少帝面前，朝少帝行了一礼，并未看向左右，只道："全部退下。"

他的声音不大，却带着无与伦比的威严。

方清反应过来，大喜，立刻带着身后的人向他行礼，随即迅速退了出去。那些方才还跪在地上的人，此刻偷偷瞄着高贺，大气也不敢喘。

高贺从地上慢慢起身，身影略僵。

"本王与陛下有事要议。怎的，你要旁听？"束慎徽扫了高贺一眼，冷冷地道。

高贺面露尴尬之色，朝他微微躬身，道："不敢。"

高贺看了少帝一眼，慢慢朝外去了，剩下的人慌忙爬了起来，乱纷纷地争相朝束慎徽行礼，随即匆匆跟着退了出去。很快，方才因为站满了人而显得逼仄的御书房重新变得空旷。

"臣若告于陛下，臣对陛下绝无二心，陛下信否？"束慎徽望着束戬，开口问道。

早间的阳光从御书房的南窗透入，他的眼中也含着温和的笑意，不复方才面对群臣时的威严。

束戬从座上慢慢站了起来，讷讷地道："信……"

束慎徽点头："多谢陛下信任，臣感激不尽。"

他取出一个卷轴，走到束戬面前，将其放置在案上，用他修长的指缓缓展开卷轴。

"此为诏书，内容是岁除之夜，臣与陛下谈好的第二件事。原本元旦那日就该下发，却耽搁了这么多日，再不送出，雁门军中恐怕会起猜疑，于军心不利。

"臣请陛下发兵。如今是最好的机会。请陛下过目，若无不可，便可签章，交由中书省下发，各部执行。"

束戬没有反应。

束慎徽等待了片刻："陛下若不反对，臣便视为许可了。"

他打开案上存纳宝印的锦盒，取出大印，落章，压在文书之上。

盖章毕，他审视了一番诏书，收起后，又道："听闻陛下早间身体不适，或是思虑过度所致。承蒙陛下信任，许臣继续摄政，臣便拼着这无用之躯，再为陛下效力些时日。"

束戬仍无反应。

"臣告退。"他朝束戬恭谨行礼，后退几步，随即转身。

他正要出去，听到身后束戬喃喃道："三皇叔，一定要这样吗？"

束慎徽停步，慢慢转头，对上束戬一双微红的眼。他望着束戬，点头道："一定。陛下，这场战事的最佳时机已然到了，不可错过，一定要打！"

束慎徽说完，去了。

三皇叔分明知道，自己方才问的不是这场自己已无法左右的战事，却这样回答自己。束戬望着束慎徽的背影消失，一动不动。

他相信三皇叔，真的相信！他之所以对是否开战这件事产生摇摆，也绝不是因为那道遗诏。如果三皇叔能暂时停下战事，自己便有了足够的底气，可以无视那道来自他父皇的遗诏。

束戬在心里，又一次对自己如此强调。

可是三皇叔没有。

束戬感觉到了，三皇叔虽然看起来对自己仍是和从前一样的态度，但其实已将自己抛下了。他的三皇叔变得陌生，不再是他熟悉的那个人了。

这一刻，束戬被巨大的失落、不安，甚至是恐惧的感觉给紧紧地攫住。这个时候，他又想到了姜含元。

如果她在，那该多好。她一定能相信自己，理解他的难处。但是，他又想到她此刻或正在等着朝廷的发兵令——如果她知道他对开战迟疑，又会怎么看待他？

束戬沮丧无比，整个人有气无力地瘫软了下去。

雁门。

转眼，正月便过去了大半。严冬之时，道上积了厚厚的冰雪，随着这几日天气放晴，马匹和士兵不断往来践踏，冰雪也慢慢开始融化。然而，预料中的朝廷委任和正式的诏书迟迟不至。

起初，军中众人也只等待，以为朝廷事多，一时耽搁了下去。但在数日前，随着一个消息的传来，整个军营都开始骚动。

这天，姜含元在青木营中。全营将士早已整装待发，待到发兵之日，这里是大军的必经之路。青木营将作为中路军的先遣部队之一，率先开向北方。

午后，她骑马正在前线巡边，张骏匆匆赶来，道大本营那边传来消息，大将军叫她过去一趟。

姜含元立刻赶了回去。她是傍晚到的，停马在辕门外，迎面遇到刚指挥士兵搬运辎重归来的周庆，便笑着叫了声"周叔"。

先前作战计划定下之后，安排将领时，周庆本欲争一争中路军的统领之位。姜祖望因担心他此前的旧伤，命他领右路军，算是给了他一雪前耻的机会。对此，他只好接受。

看见她来了，周庆眼睛一亮，快步迎上，开口便道："长宁，这些天传来消息，说北面那个新登基的炽舒要心眼，要与朝廷罢战议和，高贺煽风点火，朝廷在重新考虑计划！此话当真？你有无摄政王的消息？"他问完，口中又骂高贺，"那个姓高的，不是被胡儿吓破了胆，就是别有用心，这当口竟信那小胡儿信口雌黄！"

这个传言，最近也在青木营里炸开了，姜含元第一时间便知晓了。父亲今天突然叫她来，应当就是为了此事。她含糊应了几句，朝中军大帐快步走去。

她到来的消息传开，很快，帐外便来了不少将领，又慢慢聚起士兵。

姜祖望叫她来，确实就是为了这事。他皱眉道："军中最近人心浮躁。大战在即，我们日夜动员，就等朝廷最后一道诏令了，倘若当真叫停，这一口气泄下去，影响士气不说，我担心实际也停不了多久。过后，战若再起，敌我恐怕又是另一种局面。囡囡，你可有来自摄政王那边关于此事的确切消息？"

每当夜深人静，独自躺在营帐之中，睡不着觉时，闭上眼，姜含元便会想他。这种失眠，和她从前因噩梦而睡不好觉是完全不同的感觉。

而最近，因为这个消息，她更是不止一次地想到他和自己谈及这个约定时的情景。他彼时的目光和语气，他的身上，有一种能叫她完全信任的稳若泰山的感觉。

不说家国层面上的那些大道理，便是私心里，姜含元也深信，他答应过她的事，绝不会变。对这一点，她从没有怀疑过。

朝廷诏令迟迟不下，应当是有别的原因，不会是他改了主意。只要他主意未改，别说一个兵部尚书，便是少帝束戬不想打了，也不可能阻止他的行动。

她听到帐外传入士兵的交谈声。

"朝廷真的不打了？"

"真要一直不打，也是好事，就怕如今停了，过些时候又来。日夜备战，到底何日是个头……"

"长宁将军方才来了！她不是摄政王妃吗？她说不定已经有消息了！咱们等等！"

姜祖望朝外望了一眼，低声道："你赶路辛苦，先休息一下。爹出去，叫人都散了。"

他待要出帐，姜含元道："爹，你告诉他们，诏令很快必会送达！叫他们不可松懈，等待便是！"

姜祖望看了她一眼。

"分开前，他应许过我的。他没有理由不战。"她的语气极为坚定。

姜祖望略一沉默，出去后，依言抚众。将士便知，这应当是摄政王妃那里有底，连日的浮躁之气这才平息。众人正要散去，大营外忽然又起了一阵喧哗声。

辕门处的哨兵奔入营中通报:"大将军!朝廷圣旨送至,命大将军出帐迎旨!"

姜祖望迅速出去,领着部将来到辕门之外,见一队人马停在那里。果然,那是从长安出发沿途接力方才赶到的信使,送到了那道大家盼望的圣旨。

当今皇帝封姜祖望为行军总管,授虎符,加赐尚方斩马宝剑,可自行斟酌任用部将,择日出兵,收复北境。

姜祖望下跪接旨。

当晚,消息传开,从去年年底开始就聚集在这里待战的将士们沸腾了,军心振奋。姜祖望又连夜召开了一个由军中将领参加的会议,确定出兵之日,安排战前检阅,宣告战事正式启动。

这个战前会开到深夜方结束。

姜含元是最后走的。她看着父亲,见他站在沙盘前,弯腰在各个战略要点插上小旗,丝毫没有困乏之意。他咳了几声,随即压下咳意,精神极为振奋,仿佛陡然年轻了十岁。

她知他半生所盼,今日终于到来,心里不禁有些欣慰,却不知为何,又似带了几分感伤。她站在一旁,默默地伴着他。

姜祖望又过完一遍战略,抬头看见女儿还在,催促道:"你怎还在?不早了,快去休息!"见女儿欲言又止,他顿悟,忙道,"爹也去歇了!你放心,爹如今一切都好,不会耽误战事!"

去年束慎徽召来良医,虽赶不上为舅父医治,但替父亲诊治后,重开了一些药。父亲一直遵医嘱服用。

姜含元点头:"好。"

她退出父亲的大帐,迎着夜风,一边慢慢行走,一边望着远处点缀在大片连营当中的点点营火,心潮起伏。

待行到自己的寝帐前,她看到亲兵领着一个人来,说道:"将军,晚上到了一位长安来的人,道是奉了摄政王的命令,来给王妃送东西。"

那人上前,躬身唤她"王妃"。姜含元认了出来,这人竟是王府的侍卫统领王仁。她不禁惊讶,问是何物。

王仁从身上解下绑紧的东西，双手递上，恭敬地道："启禀王妃，便是此物。"

姜含元接过东西，略掂了掂，觉出包在内中的似是长匣之类的物件。她压下疑惑，点头道了句"辛苦"，又问："他是否有话给我？"

"正是。殿下说，当初求娶王妃之时，便备了此物，如今又送来，请王妃务必好生保管，以备将来之用。"

姜含元听完，越发莫名其妙，又问："他可还有别的话？"

王仁摇头："此为全部。卑职怕路上耽搁了，便自己过来，好亲手将东西交给王妃。物件送到，明早卑职就回去。"

借着近旁火把的光，姜含元见他风尘仆仆，面带倦色，显然是疾行而来，忙叫亲兵带他去休息，自己拿着东西转身入帐，迫不及待地解开了包在外面的封布，露出一口长匣。

这是一口刀匣，她见过的，并不陌生。她已猜到里面是什么了。

她飞快地打开匣盖，果然，那把熟悉的月刀一下子跃入眼帘。

姜含元慢慢拔刀出鞘，只见刀刃映着烛火，泛着雪色，寒光逼人。她看了片刻，将短刀插回那镶着宝石的华丽刀鞘之中，走起了神。

他这是何意，怎么忽然派人送来这把去年出京前被她留下的刀？难道是他终于忆起旧事，悟了她当日对他说的那番话，以这种委婉的方式回应？

她第一反应便是如此，然而心才微悸了一下，想到王仁带来的话，立刻便否认了这个猜测。

完全不像。

那么，难道是他突然想到四月间的事，希望能将这把对两人而言有着特殊意义的宝刀放在她的身边？毕竟，上回两人分开之时，就连姜含元自己也清楚地感觉到，他们之间情感暗涌，关系微妙，和四月间已是完全不同。

她凝视着面前的刀，想起他在云落城的谷地里静静伴她度过的那几日，一阵暖意如潺潺的溪流，缓缓从她的心底涌出。那是微微酸涩，却又带着几分淡淡甜蜜的感觉。但是慢慢地，她又迟疑了起来，觉得依然不大像。

他回到长安后，必是全神投入了备战之事，不会，也不应当在这个时候还专注于私情。尤其关于这场战事，朝廷前些时日应当出现了变数——诏令的迟到，就是证明。

这样的特殊时期，他怎还会分心在这件显得有些不合时宜的事上？

姜含元越想越觉得反常，甚至到了最后，竟又想起那日他们分开之时，她心中生出的那种不祥之感。

这一夜她再也无法安睡。第二天清早，她迫不及待地去寻王仁，询问当时情景。然而一番盘问过后，她只确定了一件事：那些天因炽舒休战消息的干扰，朝廷里确实冒出了一片止战之声。

"殿下说，王妃收好便可。其余一切皆好，王妃不必挂心。"王仁最后说道。

姜含元依旧怅然，随即又暗笑，大约是自己天性悲观，凡事容易想得过多。

能有什么不好的事？朝廷里出现了一些停战的杂声，这也难免，但他必能应对。

原本就没什么事。他送这把刀来，也许只是忙碌之余的一个寄情之举罢了。

她叫王仁稍等，归帐匆匆写了一封信，让王仁带回长安交给他。

她也没时间再多想此事了，毕竟发兵在即。

数日后，大军集合。姜祖望率领全体将士誓师祭旗，随即照着原定计划，兵分三路，北出雁门。

中路大军出青木原的那日，旌旗蔽日，军容威严，队列以两百人为一行军方阵，首尾相衔。斥候、先遣军队、弓弩营、骑兵、步卒依次前行，辎重部队殿后，队列逶迤，长达十余里。

和青木营对峙多年的狄营早已刺探到了动静，数日前便撤退了。

中路大军的统领赵璞是一位老将军，作战素以稳健著称，姜含元对他很是敬重，处处配合。反观炽舒，夺位登基之后，虽也立刻着手调集人马，以应对来自大魏的这场大规模军事行动，但尚未完全处理好的内部纷争还是影响到了备战的步调。

炽舒原本的计划是尽量拖住对方，争取时间。只要大魏再给他三个月时间，他自忖便能彻底肃清内部，如今却未能如愿。魏军这么快便兵分三路扑来，狄军应对不免仓促。两相对比，结果可想而知。

魏军行军数日，挺入燕州之后，接连打了几场遭遇战，均未遇到大的阻力，顺利前行，只用了不过半个多月的时间，便夺下了燕州的军事要地大宁，接着，目标直指广宁。

广宁是燕州郡府所在，也是燕州最大的军事要塞。只要魏军再打下广宁，燕州基本便算到手了，接下来，就可剑指幽州。

广宁有常驻军队五六万人，炽舒自然不会坐看幽州失去左路屏障，早在战事之初，便制订了重点在此迎战反击的计划。这也是魏军起初一路奏凯的原因之一。

炽舒在此做了充分准备，紧急调来另外五万人马，共计十来万的大军，由他的亲信左光王坐镇。此人是北狄贵族，有着"雄狮"之号，到任之后日夜备战。等到魏军抵达那日，广宁方圆三百里内坚壁清野，城关固若金汤，如同一座不可跨越的大山，横亘在了魏军前行的道路之上。

魏军的这支中路大军，也终于遇到了开战以来的首次真正考验。二月中旬，双方加起来将近三十万的人马，在广宁的门户天关遭遇。

魏军挟此前的胜势开道，却在这里遭遇挫败。燕地多山，左光王也非泛泛之辈，不但利用地形以逸待劳，占尽优势，每战更是亲身上阵，鼓舞士气。魏军组织多次强攻未果，损失不小，只能放缓攻势，慢慢由强攻转为对峙。狄军便趁机在关城上往下泼洒腌臜之物，从早到晚辱骂不绝，尽情羞辱魏军。魏军将士无不咬牙切齿，但面对着这头拦路虎，一时又无可奈何。

战局不利带来的负面后果显而易见。这支魏军被阻在天关已经快要一个月了，却没能前行一步，军中不但士气大跌，姜含元和赵璞这对老少组合的最高指挥官之间，也不可避免地开始意见相左。

老将军爱兵如子，向来主张不打没把握的仗，如今双方势均力敌，狄军还有地势之利，便不愿再冒险强攻。魏军派出去的众多斥候也有所收获，探明周围地形，报告数百里外有一大河，原本河宽水急，是一道天险，但去年干旱，加上上游冰层尚未完全消融，如今水流枯竭，有一段河水位最高之处尚不到成人胸部，可以渡过，由此，可避开天关，绕取广宁。听完斥候的禀报，他便生出了退兵之意。

作为副指挥的姜含元却不同意这个策略，认为退兵动静过大，难以瞒住对方。她经过实地考察，认为对岸地形复杂，容易设伏，担心狄军赶在己方之前到达，预先占领有利地形，趁魏军上岸队伍散乱之时予以迎头打击，后果不堪设想。到时候，魏军损失比起强攻拔城，或将加倍。

赵璞却听不进她的意见，认为她年轻气盛，急功近利，不把将士性命放在心上。他召集左右开会，定下方案，在这里留下一支人马，每日故布疑阵，迷惑狄军，魏军大部则趁夜分批撤离，务必要在十天内赶到指定地点，快速渡河，抢在狄军发现并赶到之前占领对岸。

一个是资历深厚、讲究稳扎稳打的老将，不乏旧部支持；一个是近年来无论战功还是名望都如日中天的新锐指挥官，即便姜含元没有姜祖望之女和摄政王妃这双重身份的加持，也足以在军中，尤其是中下层的年轻将士里，拥有说一不二的巨大号召力。

赵璞作为老将，自有老将的坚持，一旦认定一件事，不会改变主意。偏偏姜含元也是一个较真儿的人，同样坚持己见，不肯松口。据说，她在一场有几十人参加的临时军事会议上，当众质疑老将军的方案。没几天，上层有分歧的消息就传开了，军中上下无人不知。很快，军营下层也随之分裂，一部分人支持赵璞，剩下的则迅速追随青木营，愿意听从长宁将军号令。

双方起初还能克制，等待上层争论结果。数日后，二月底逼近，赵璞担心天气转暖水势加大，便以行军指挥的身份强行下令，命人执行下去。这下如同捅了马蜂窝，当夜，一伙青壮士兵在杨虎的带领下，和另外一批老将军的亲兵起了冲突。双方起先只是口角，后来竟大打出手，有人激愤之下竟还点燃了营帐泄愤，一时营中火光冲天，幸而冲突很快就被镇压。

姜含元毕竟是有大局观的人，不至于意气用事，为保杨虎的脑袋，严厉惩处了包括杨虎在内的带头闹事之人。不但如此，当夜，她退而求其次，接受了赵璞的策略，但认为十天依然不稳。她将带领一支轻骑作为先锋，争取在最短的时间里赶到河边，先行渡河，为后面的大队人马探路。

赵璞作为老将，又是姜含元的长辈，见她给了自己台阶，自然也就作罢，应允。就这样，军令立刻得以执行。

当夜，姜含元便领着第一批人马上路。次日天黑，大部人马撤退。不过两个晚上，训练有素的十几万大军便悉数无声无息地离开，只剩一队数千的人马，由赵璞帐下一个名叫雷卞的副将率领。赵璞要求他们用尽手段，务必迷惑对手，坚持十天。

这日，魏军大营内中空虚，昨夜最后一批数万人马也已离开。天亮后，雷卞开始执行任务，分一千人利用天关外的起伏坡地到处虚张旗帜，擂鼓呐喊，做出大军仍在且随时就会进攻的假象，自己则带领两千人马佯装成敢死先锋，朝天关发动进攻。他们一旦进入对方的弓箭射程之内，遇到箭雨袭击，便掉头撤退，少顷，继续进攻。如此反复几次，半日下来，到了晌午，摇旗呐喊的将士口干舌燥，冲锋的将士开始疲倦，还有几十人运气不好，回撤时被流矢射中，个个痛苦不堪，好在身上都穿着护甲，伤处多为腿脚，于性命倒是无碍。雷卞便命将士休息，在营地里生起簇簇灶烟，要求务必分散，以继续迷惑狄军。

折腾了半日，雷卞自己也饥肠辘辘，坐下后，接过亲兵送上的一瓢饭食，正狼吞虎咽，却见天关方向的地表之上，毫无征兆地升起了一大团黄色烟雾。

那是尘烟。它缓缓升空，转眼间遮云蔽日，滚滚而起，十分惊人。

"将军！狄人大队兵马出关，冲杀过来了——"一个负责放哨的士兵骑马狂奔入营，扯着嗓子喊道。

雷卞抬头，丢开饭瓢，又迅速贴耳于地，听着地表传来的声音，猛地脸色大变，厉声大吼："全部撤退！快跑！"

他的经验告诉他，此刻有数以万计的骑兵正往这个方向冲来。不但如此，从那片烟尘的面积和升空的速度来判断，后面应当还有大队人马正在出关。

以数千人对阵如此大军，想都不用想，他们瞬间会被碾成齑粉！

那些在前的魏军士兵纷纷从地上一跃而起，有些正在休息的，连盔甲都来不及穿，翻身上马，掉头就跑。

那狄国的左光王亲自统领骑兵在前，出关后，军队犹如狂潮，迅速冲到了魏军大营之前。他已看得清清楚楚，这里果然是一座空营。他又远远地瞧见那些虚摆阵仗的士兵丢盔弃甲、狼狈逃窜，大笑着命人马照着部署全速追击，追上前方正在撤退的魏军，出其不意，从后杀对方一个措手不及，将其一举歼灭。

上个月，魏军大队人马开到此地，征了许多来不及逃走的当地百姓充当民夫运送辎重，以减轻士兵的体力消耗。左光王和狄廷当中那些一味靠着武力征伐的大将——譬如钦隆等人——不同，他善谋，不但早就了解了几百里外那条大河的情况，更是提早派出投靠自己的汉人细作混入民夫中，暗中窥伺魏军动静，收集情报。

那夜魏营里喧声大作，起了火光，这不同寻常的异动，还有老将赵璞和姜含元之间的意见分歧，悉数在他的掌握之中。他将计就计，引而不发，就等今日追杀。出得关后，他便领着兵马全速追击，不到一个时辰，就远远看见了前方正在行军的大队人马。那正是昨夜刚撤走的魏军最后一批主力，人数共计五万。

左光王今日只留万余人在关内，剩下十余万人马倾巢而出。

开战后，炽舒便将广宁视为给自己争取时间的一道有力屏障，为确保万无一失，派来的军队属于精锐，战马雄壮，骑兵彪悍，整体战力极强。

左光王拟以多围少，以最快的速度全力狂攻，不惜一切代价，吃掉这一批魏军后，继续追击前夜出发走在更前的那批人马，如法炮制，最后将魏军全歼。

现在对方的人数不到自己的一半，又急着行路，全无防备，这样的战机，千载难逢。这一刻，在这位狄国左光王的眼中，前方那些不是敌军，而是助他超越众人获得无上荣耀的军功。

这时，五万魏军已行至一片左右皆为山坡，中间是凹地的野地之上，为加快行军速度，原本长蛇状的队列开始收拢，居高远远望去，犹如地表上有无数蚂蚁在缓缓移动。这正是发起进攻的绝好机会。左光王不再犹豫，一声令下，带着身后全部人马，悉数冲杀而上。

十余万骑兵驱策战马朝前冲杀的马蹄声和发出的呐喊之声何等恐怖，整片山野为之震颤，更不用说前方那些毫无防备的魏国将士。等他们反应过来想结阵反击，根本就来不及了。他们唯一能做的，就是胡乱拿起身边任何能够得到的武器，试图抵挡那些转瞬便如狂风暴雨般冲到面前的狄国骑兵。

左光王一马当先，带着身后的一支精锐骑兵冲入了魏军的中间，不费吹灰之力，一下子将人海撕裂。很快，左侧的大片魏军朝着左侧山坡聚去，右侧的朝右侧山坡而去，希望能以坡势减缓狄骑的冲杀速度，以争取反击的机会。

左光王令部下全力追杀，勿给魏兵留出任何喘息之机，自己朝着最前方露出的那面将旗继续杀去。

正当他深入魏军，如饿狼冲入羊群，所向披靡之时，突然，耳中听到左侧发出一阵震天的战鼓之声。他转头，只见自己左翼的山坡之后，突然杀出了漫山遍野的魏国骑兵。在他们现身之后，那些原本惊慌失措正在逃窜的魏军也突然停止，纷纷从地上拿起预先藏好的长矛和弓箭，转身迅速结阵，组成了一个个严密的弓弩阵和矛阵，等着对面正狂冲而上的狄骑。

左光王大惊，还没反应过来，右路又响起同样的鼓声，再次扭头，看见同样的情景在他的右路发生。

这时，他顿悟，自己上当了！

方才还沸腾着的血转为冰凉，但他迅速稳住了神，发令，命手下所有尚未冲入包围圈的人马全部稳住，且战且退，不必惊慌。

即便魏军全部的人马都埋伏在了这个地方，以自己今日带出的军队数量和战斗力，只要能及时退出魏军还没来得及形成的包围圈，再奋力反击，即便他最后不能扭转局势，想要脱困，依然是有希望的。

但是他千算万算，漏算了一点，此处两头窄，中间宽，是一片葫芦口地形，进入容易，大量的兵马想在短时间里退出，根本是不可能的事。狄军后方的大队人马根本不知前面到底出了何事，那满山满谷的冲天战鼓声和厮杀声，只令后面的骑兵倍加受到刺激，焦心不已，怕到晚了，魏军的人头不够砍。为争军功，他们个个红着眼，争先恐后，骑队如潮水一般，朝前冲杀而去。

很快，正在组队后退的狄骑和冲上来的骑兵遭遇，双方最前沿的那片人马根本无法闪避，也停不下来，被来自身后的恐怖力量推着，冲撞在了一起，相互碾压。

这个时候，人已不叫人了，只是血肉组成的东西，稍稍一撞便支离破碎，满地都是血和各种破碎的残躯。而后面，更多的骑兵还在疯狂地朝前冲。

短短不到半炷香的工夫，胜负便定。不但如此，这里也变成了修罗场，无数狄兵被杀死，但更多的还是死于战马冲撞，相互践踏。

左光王面若死灰，知大势已去，今日是不可能翻身了。此刻他也顾不得后面的手下了，唯一的念头就是逃生。他一刀砍断身边的将旗，迅速聚拢亲兵。几百人将他围在中间，裹成一团，全速冲击，不分是魏军还是自己人，挡道者皆杀，最后终于杀出一条血路，冲出了葫芦口。

他身边的人现在只剩了寥寥七八个。他本人也早就没了平日的威势，披头散发，浑身染血。前方有一条野道，他转马，沿着小道逃窜，刚冲过一个拐角，猛然勒马。坐骑本就受伤，吃不住劲，悲鸣一声，翻倒在地，将他掼到地上。

前方停着一支人马，一个面容冷峻、满身杀气的英武女将横马在道上，挡住了他的去路。

左光王虽没见过魏国女将军，却也知道，眼前的这个女子，应当就是那大名鼎鼎的长宁将军。

求生的本能令他迅速从地上爬起，一刀将近旁的一名亲信砍下马，抢上马背，掉头逃窜。

姜含元喝道："射死他！"

她的话音落下，数十支强弓发出的利箭便"嗖嗖"而至。"啪啪啪"，伴着密集的箭镞穿破甲衣的声音，左光王的后背上瞬间插满利箭，形同刺猬，人在马背上摇摇晃晃地挣扎了几下，一头栽倒在地。剩余数名狄将，很快跟着悉数被杀，无一遗漏。

这一场可以被称作是单方面虐杀的杀戮，一直持续到了傍晚才终于结束，战场上堆着不计其数的狄军尸体。姜含元率领大军，连夜又返回了天关，将砍下的左光王头颅用弹石机射上关楼，亲领魏军，再次强攻。

关内剩余的狄军已从几十个侥幸逃回来的同伴口中获悉了白天惨败的消息，主力精锐已被绞杀，现在连左光王也死了，关外又杀声震天，远远望去，魏军手中高举的火把如满天繁星。

天不亮，天关便破。

至此，燕州狄军所设的两处重要军事堡垒皆是不存，魏军又顺利夺下了广宁郡的郡城。

姜含元领兵入城的那日，看见城外的野地里跪了大片的人，周围由士兵看守。

这些不是狄兵，都是被抓获的想要逃跑的当地人。他们在战中充当狄军的民夫对抗魏军。现在听说左光王死了，魏军杀了无数的狄兵，这些人恐惧万分，怕自己也会遭到报复。他们看到姜含元骑马而来，高声喊着"女将军"，痛哭流涕，恳求饶命。

数日后，姜含元迎老将军入城，提议除了有确凿证据证明其为狄人爪牙的人，其余被迫胁从的当地民众一律不予追究，全部放回家中。

赵璞抚须，"呵呵"笑道："就照你说的办！天关不好打，那左光王也不好对付，此次能够制胜克敌，你厥功至伟。待我上报朝廷为长宁你请功！"

原来，先前天关受阻，久攻不下，老将军日夜不安，忧心忡忡，计划绕道渡河，而姜含元并不赞成，这些都是真的。后来，两位主将离心，导致军中分裂，姜含元最后被迫退让，那些却都是假象了。那是在发现了一个奸细后，姜含元将计就计下的诱敌之计。老将军采纳了她的计策，随后周密部署，假戏真做，蒙蔽住了左光王，诱敌来到那个适合打伏击的葫芦口，一举歼灭了这支原本不好对付的强大狄军，顺利拔城。

经此一战，老将军对姜含元更是打心眼里认可。她说什么，他无不应允。

接下来的数日，魏军以广宁为中心，扫荡周围的残余狄军，彻底控制住了燕州，接着短暂驻扎，一边抓紧时间休整，一边和左右两翼的另外两支人马联系，互通战况。

接着，他们向着下一个目标，南王府所在的中心——幽州燕郡，继续发兵。

第十章　战况频变

开战后，姜祖望亲自领兵，迅速攻占代郡，随后将大帐设在了那一带。

他身兼数职，既为中路军抵挡来自左翼朔恒两地的狄军，令他们没有后顾之忧，也兼顾雁门的防守。同时，他身为这场战事的最高指挥官，更要时刻把握整个战局的实际进展，以随时调整策略，更好地指挥整体作战。

每天三百名斥候接力，快马不停地往返于帅帐和中路军、右路军大帐之间，以便他能够以最快的速度及时掌握战况，将命令传达下去。

开战之后，他这里也打过几场仗。朔恒狄军风闻他亲自坐镇此地，不敢大举压进，局面暂算稳定。

几日前，他刚收到来自右路军的最新战报：周庆与张密领军，在八部的协同下，正稳步推进，人马顺利挺入幽州。

接着今日，他等待了多日的中路军的捷报，也送到了大帐之中。

历时一个多月，经过一段胶着之后，中路军终于成功破了天关，拔掉广宁，掌控燕地。

这是一场大捷，足以表功，自然要立刻上报朝廷，以振奋人心。但和身边那些欢欣鼓舞的幕僚、副将不同，姜祖望很快便冷静了下来。

作为一个久经沙场的老将，这样的胜利并不能令他生出任何的放松之感。

他这一生，经历过太多的阵仗。

任何一场战事，战前固然可以从整体着眼，去评判双方哪一方更占优势，继而得出能否开战的结论，但具体到每一场实际的战事，便没这么容易了。战况瞬息万变，任何情况都可能发生，一个不慎，便将影响整场战事的结果。这绝非他杞人忧天。

姜祖望派人送出发往朝廷的捷报之后，便又习惯性地来到作战用的地图和沙盘前，盯着上面的战略要地出起了神。

此战的终极目标是破北狄新都，将狄人赶回到他们从前的北庭去。幽燕就是北狄新都的后花园和屏障，现在失了燕地，幽州又是从前南王府的所在，炽舒经营了多年，接下来，必会不惜一切代价进行反扑，以扭转局面。

而对于北狄的战力，还有新近上位的炽舒，姜祖望从不敢有半分轻视。

攻取燕地，不过是一个良好的开端，后面还有一场一场须要不断继续胜利的硬仗在等着。

不过，谨慎归谨慎，姜祖望始终信心满满。

他信任他的部下，朝廷则有摄政王坐镇，只要前线稳打稳扎，后方保持稳定，年中结束战事这样一个目标，并不算不切实际。

他拔掉了沙盘里已在广宁位置上插了多日的小旗，插入了代表燕郡的点上。这时，帐外忽然传来一阵急促的脚步之声。

姜祖望那只还没收回的手在空中一顿，心里随即生出了一种不祥的预感。他从脚步声里，听出了几分焦急的感觉。

下一刻，一个吼声传入他的耳中："大将军，出事了！西关告急——"

这边开战后，西关呼应雁门，此前自然也做了相应的部署。西关外，以云落为中心，构筑起了一道严密的防线。

现在竟然出了这样的事，那么云落防线早先已经被破，这是显而易见的事了。

但云落的防线怎么可能被破得如此迅速？只要遇敌，自己这里就会收到消息，云落此前却没有半点儿动静。

姜祖望疾步出帐，看见亲兵带着一个信使正冲过来。那信使的衣物上满是干涸发黑的血迹，面容憔悴，神情仓皇，看见姜祖望，便支撑不住，一下子扑跪在地。

"大将军！燕乘投了北狄！刘将军重伤！"

姜祖望惊呆了，以至无法迈步，定在了原地。

信使定了定神，继续回报，说燕乘趁夜悄悄放入北狄大军，还企图蒙蔽城中守将，夜半伏兵关外，以送信为由想哄开关门。幸好当时樊敬及时赶到，加以阻止，这才没有酿成大祸。但西关遭到了重兵围攻，加上防备不及，一度险被狄人攻入。刘怀远率部奋战，这才夺回关防，但受伤过重，昏迷不醒。

"如今西关危在旦夕，全靠樊将军和剩下的将士拼死撑着。请大将军发兵，火速救援！"

信使在交出了一封发自樊敬的书信后彻底脱力，趴在了地上，痛哭不已。

军中副将们早已闻讯而至，震惊之下，俱望向姜祖望。

姜祖望迅速拆信，看完，手微微发抖，随即无力地垂落。他紧闭双目，整个人如化为雕像，神色惨淡无比。

方才中路军大捷的消息带来的欢欣，此刻荡然无存。

西关和雁门关相互呼应，形成掎角之势，在北面遥遥守着大魏的国都长安。西关之南是为萧关，自古便被视为长安的北大门。倘若西关不保，萧关便成为长安之北的最后一道防线，那里距长安的直线距离，不足千里。

一旦北狄兵临萧关，对长安的安全将会造成何等巨大的压力！在这个关键的时刻，本最不可能出事的云落竟然背叛了大魏。即便魏军攻下幽燕，长安若失，这个胜利还有什么意义？

没有谁敢开口说一个字，那送信人的哭声也慢慢停歇了。四周立满了人，却陷入了一片死寂。

就在这难挨的、如同死亡一般的寂静里，姜祖望蓦然睁眼。当他睁开眼时，他的神色已转为肃穆，如他一贯的模样。

周围的人听到他用沉稳的声音点了两个将军的名。那两人立刻出列，单膝下跪，等待命令。

姜祖望命两人即刻率领左路军三分之二的人马，以最快的速度赶往西关救援；命周庆、张密的右路军继续进攻，但目的不是拿下幽州，而是尽可能地牵制住最多的北狄兵力；命中路军由攻转守，停止对幽州的军事行动；命姜含元火速驰援西关，接管刘怀远的位置；命赵璞合理分配兵力，在守住燕地战果的前提下，速将人马回撤救援。

"所有人，全部听令！"在有条不紊地接连发布了这几道命令之后，他蓦然提高音量，"即刻起，日夜备战，做好战死的准备，随我一道，护卫雁门！"

姜祖望下完最后一道命令，部下当中那些富有经验的人便全部明白了过来。

炽舒既布下如此之局，又已得逞，自然也会预判魏军的后续反应。

所有的战前部署已被彻底打乱，姜祖望必须就近调集大军赶去救援西关。那么，在补充兵力回撤之前，此地防备空虚，不可避免地会有破绽。炽舒必会抓住中路军援兵到来前的这个时间差，倾尽全力，攻打左路魏军。

不得不说，炽舒这一手釜底抽薪玩得极为狠辣，利用燕乘这个谁也料想不到的变数，便将开战以来魏军所取得的全部优势都化为了乌有。不但如此，对于魏军而言，如今已不是何时可以拿下幽州的问题了，而是西关是否能够守住、雁门是否可以守住的问题！

想通炽舒的计策，众人无不后背发寒，但看到姜祖望肃立在大帐之前，神色坚毅，目光凛凛，心中顿时又生出了极大的勇气。

有大将军这定海神针般的人物在，便没有什么不可能的事。他们一定能顶住压力，将即将来犯的狄人给打回去。

"大将军放心！我等必誓死追随，便是战死，也决不后退一步！"

姜祖望的命令迅速被层层传递而下，在将士当中引发了一轮猛烈的躁动。无数人朝着大帐拥来，回应的声音此起彼伏。

姜祖望撑到此刻，已是喉头微甜，口中更是弥漫了一股血的腥味。

就在片刻之前，看完那封信后，他当场便觉得肺腑内血气翻涌，继而胸口发闷，剧痛传来。他是极力忍下，才没叫部下看出他的异样。

这样的特殊时刻，他绝不能有半点儿不好，否则，一旦军心动摇，等待着雁门的将会是一场灭顶之灾。

他强行咽下那一口涌到喉头的血，随即环顾一周，高声喝道："即刻执行！"

姜含元收到来自帅帐的那道紧急军令之时，正在发兵去往燕郡的路上。

数日前，她和老将军赵璞商定了下一步的军事行动计划。由老将军坐镇燕地，她领兵出战。

大军出发后，原本预计会遇到的几个障碍点，狄军兵力空虚，几乎没有组织起什么像样的防线，便叫她攻了下来。

这样的顺利进展，非但没有令她得意，反而叫她暗生疑虑。

这实在蹊跷。按说失了燕地后，对幽州这个大本营，炽舒绝不至于忽视到如此地步。若说他是因为天关之败而溃退，无心再战，更不可能。上次大战的失败，固然令他折损不轻，但还不至于叫他到了无兵可用的地步，他的主力仍在。

姜含元疑心炽舒另有谋划，于是果断叫停，不再继续前行，将军队驻扎在原地，同时派人刺探情报——这是三天前的事。

她的直觉果然没有错，但令她没有想到的是，这反常现象的背后竟是这样的原因。

这是一个犹如晴天霹雳的重大打击！姜含元当场险些喘不过气，耳中"隆隆"作响。

从外祖父一代开始，云落便是大魏在西关之外的最为忠诚的一股力量，几十年来，起起伏伏，风云变幻，这一点始终没有变过。到了现在，那一带更是以云落为中心，联结成了一道有力的屏障。

就在不久之前，舅父更是在对狄作战之中英勇捐躯。燕乘怎会做出这样的事？姜含元不愿意相信，更无法理解燕乘的行为。这怎会是她那个从小便软弱沉默的阿弟能做出来的事？

但传讯之人不是别人，是樊敬。这是事实，毫无疑问。一切都无法改变了。

短暂的混乱过后，姜含元很快便稳住了心神。

战前，朝廷本就起了反对之声，现在竟出了这样的意外，束慎徽纵然是摄政王，但即将面临的压力也可想而知。而且，这个变故会不会令束慎徽对父亲和自己的信任产生动摇？但状况紧迫，已令姜含元无暇再去考虑这些了。

她知道父亲派遣自己前去西关驰援的原因：比起那两位比她早出发一步的将军，她更熟悉那一带的人事和地形。

她迅速地逼迫自己冷静下来，摒弃了一切的杂念，最后心里只剩下了唯一的念头，那便是守住西关，绝不能令长安受到任何来自北方的威胁！

她即刻撤军，拜请赵璞执行来自姜祖望的命令，自己当天便领着一支来自青木营的轻骑，以最快的速度赶往云落驰援。

虽然她比左路大军出发要晚，路程也更远，但她的行军速度远胜大军。不到半个月，这一日，她比出发的左路大军提前数日抵达了西关。

这里早已不复往昔平静。雄伟的关楼内外，变成了一片血地。

三月底的西关，本还带着尚未消尽的几分春寒，但此刻，空气里弥漫着一股散不去的、令人作呕的浓重恶臭味。歇战的工夫，远处有大群的秃鹫盘旋，俯冲而下，肆无忌惮地啄食着地上那些无人收拾的开始腐烂的死尸。

北狄大军压来，出动了十几万的兵马，不分日夜地对这里发动了疯狂的进攻。

炽舒的意图显露无遗。在求和缓兵的策略未能奏效之后，他便再次将目光落到西关。

倘若他谋算得逞，兵临萧关，长安岌岌可危，到时，魏国将不得不聚集兵力来应对都城之危。到了那个时候，幽燕之困迎刃而解。

不但如此，这也宣告大魏这一场雄心勃勃的北出雁门的军事行动彻底失败了。几年之内，魏国休想再发动另外一场这般规模的大战。

更不用说，即便到了最后魏国能够逼退北狄大军，护住长安，但这种变故，将对魏国上下造成何等巨大的心理上的打击，可想而知。

樊敬和西关的将士未必能够全部想明白这些，但有一点，他们每一个人都清楚——西关不能丢。

当日，从刘怀远重伤昏迷之后，樊敬便和剩下的西关守军一道，一次又一次地守住关门，打退来自对面的进攻。战事持续到现在，他们已坚守了快一个月，伤亡惨重，如果不是凭借着雄伟的关城、誓死不退的勇气，加上来自周边民众的支持，这座城关恐怕早已被破了无数次了。

就在这个白天，他们刚刚又一次抵住了一场凶猛的狂攻，但是，最近的状况令关城内压抑和绝望的气氛不断地浓厚。

口粮虽有民众的支持，问题不大，还能再坚持一段时日，用来守关的辎重和所需的武器却是告急，能够抵挡狄军的、具有战斗力的正式士兵也日渐减少。

今日到了最后，竟又出现了第一天时的情景。兵力不足加上武器短缺，临时接受短暂训练便登上关楼的民夫抵挡不住如潮的攻势，防守出现漏洞，令一队狄军踩着堆积如山的同伴尸首成功杀上了关楼。

所幸，最后没叫对方撕开口子。樊敬带着人血战抵挡，近身肉搏，终于将全部攻上来的狄军杀死，最后靠着天黑，才堪堪保住关门。

白天战斗之时，对面的狄将扬言称，北狄皇帝派的新的增援人马不日便到，命他们投降，免得遭到破关屠城的对待。

樊敬总觉得这并非恐吓，恐怕是真的。

此刻，激烈的战斗刚结束不久，他站在因血而变得湿滑泥泞的关楼上。在他的身旁，那些活下来的士兵默默地重复着每战过后的流程，往地上撒着防滑的泥土，为下一次的战斗做着准备。

没有人说话。到了这种时刻，所有的人，包括他在内，精神已是绷到极点，体力更是到了耗尽的边缘。

就是这种时刻，当他听到大将军派来的援军抵达的消息，他的狂喜可想而知。他当即领人快马前去迎接。

当终于见到姜含元，看到她落满风尘的倦容，听到她唤自己"樊叔"，这个平日刚强如岩石的汉子，一时也无法抑制情绪，双眼蕴泪，下跪叩首。

"将军！我对不起你。我没有守好云落……"他声音哽咽。

"守住西关，你们是最大的功臣！"姜含元迅速从马背上翻身而下，上前将樊敬从地上扶起。

樊敬从前便是姜含元外祖父手下的干将，与姜含元舅父燕重的关系也亲若兄弟，又是姜含元的亲信，在云落素有威望，去年奉命归来后，便和燕乘的舅舅钟丞一道担起了辅佐燕乘的重任。

去年年底，燕乘和钟丞一道带了人马外出巡边，遭遇一小股的狄人游骑。狄骑逃窜，燕乘不顾钟丞劝阻追击不舍，结果途中又遇到了另一股游骑。冲突之时，他与队伍失散，当天没回来。

朝廷和北狄开战在即，那段时日，樊敬终日忙于备战，获知消息后，焦急不已，带人到处寻找，几天过去，始终无果。他以为燕乘已经凶多吉少，正想传信给姜含元时，钟丞找到了燕乘，将其带了回来。

燕乘的身上带伤，狼狈不堪。他说那日他和队伍失散后，为甩开身后追兵，马速过快，不慎连人带马一道跌下了山崖，昏迷了过去。等他醒来，狄骑已经离开了。他侥幸死里逃生，风餐露宿，半路遇到了找他的人，这才得以生还。

他能平安归来便是大幸。樊敬当时松了口气，事情也就过去了，又一心接着备战。

年后，随着大魏发兵，西关这边的局势也一下子变得紧张起来。樊敬和西关守将刘怀远互为依托。樊敬陈兵前线，终日戒备。

上月，有天他忽然收到消息——姜含元派了使者来，送来了有关战事的要务，十万火急，叫他立刻回去面见。他不敢耽误，将事交代下去，连夜往回赶，行至半路，却遇到了一个他在城中的亲信。那亲信告诉他，燕乘已经投狄，伙同其舅父，密谋将他骗回城中杀死。那人是获知消息后逃出来的，让他不能回去。

那人受伤过重，报完信便死去了。这时，追杀那人的人马也已赶到。樊敬靠着过人的武力，终于摆脱追杀，担心前线要出意外，不顾一切掉头返回，但还没到，半路就见漫山遍野的狄骑。正在朝着西关的方向而去。

至此，他明白了过来，狄兵应当就是燕乘将他调走之后放入的。现在再回想，燕乘去年年底落单失踪的那几日，必是被狄人俘虏了，之后放归；或者当时全部的冲突本来就是狄人设计的，目的就是拉拢燕乘。

那时樊敬已无力回天，只能走了一条小道，日夜兼程，终于赶在燕乘抵达西关之前将消息传到，堪堪令西关躲过一场浩劫，撑到了今日。

樊敬将经过讲述完毕，见姜含元微蹙眉头，半晌没有发话，咬牙道："待援军到达，请将军给我一个将功折罪的机会！"

他心中的负罪感已是到了极点，早就做好和狄人同归于尽的准备，说出这句话的时候，没有半分迟疑。不料她却问道："出了这样的事，舅父的那些老部将难道全都甘心跟从？"

"燕乘如今带着他的死忠随狄军在攻城，钟丞留守云落，将这些人全部看了起来。他们家人受制，不敢反抗。"

姜含元登上关楼，眺望远处，片刻后，慢慢说道："樊叔，狄人援军还有几天才能到。他们都是舅父的旧人，舅父倘若泉下有知，应当也不愿看到他们跟着燕乘一道踏上死路。我想去云落一趟，和他们见上一面。"

三天之后，狄军增援到达，照原定计划，通过那处本由云落防守的隘口，赶往西关。不料大队人马行至中途，前方树林起火，阻了通道，火势迅速蔓延，战马受惊，止蹄后退。那火又借着风，沿着隘口的两侧不断烧来，狄军被迫后退。就在这时，隘口两侧的崖坡上忽然倾倒下了大片火油，火油又被迅速点燃，顷刻间，整个隘口便被吞没在了熊熊的烈火里。狄骑烧死烧伤者不计其数，剩下的狼狈后退，无计前行。

这里便是樊敬当初备战的前线之地，而云落之所以能成为西关外防线的中心，历多年而不倒，靠的也是这道隘口易守难攻。

樊敬曾在这里备下大量火油，以备不时之需，当时没有用到，如今终于派上了用场。

这边大火冲天之时，正在西关一带随同狄军攻城的燕秉没有想到，他的阿姐姜含元已神不知鬼不觉地潜回了云落。

她一露面便受到满城军民的拥戴，钟丞望风而逃，燕氏那些受到胁迫的旧将也纷纷倒向姜含元。随后，留守云落的士兵和民众便被组织起来，在樊敬的带领下，火烧刚刚赶到的狄军。

隘口的大火还在燃烧之时，姜含元又悄然潜回了西关。

这时，姜祖望派来的援军也已到达。

狄军在此被阻多时，人和战马每日消耗惊人，不计武器，粮草就是一个大问题。

狄人向来没有随军携带辎重的习惯，只会以战养战，到来之后完全是靠云落等地的供应，才得以维持战斗力。到了现在，后援兵马还是没到。不过，这倒是其次，最重要的问题是粮草告急。

人的口粮还能支撑些天，大不了吃受伤或是病弱的马匹，军马的草料却是个大问题，许多战马已吃不饱，只能靠啃食野草充饥。

恰这么巧，就在魏国援军抵达之后，云落也送到了一批急需的草料。

狄军问题得以解决，也不等援军了——事实上，也无法再等，因魏军已集结完毕，主动发起了战斗。

这一战，不再是之前的攻城和守城之战。

姜含元亲自领着骑兵出关，在正前面迎战。

这一战，厮杀激烈，血肉横飞。战况正酣之时，许多狄军发现不对。他们的战马变得迟缓，开始还能勉力支撑，后来纷纷扑地，无法起身。原来云落送来的那一批草料里掺有毒物，马匹吃了之后状若醉酒，根本无法继续作战。

此时又传来消息，云落有变，援军遭遇火攻，被阻在了隘口之外，无法到来。

而与之形成鲜明对比的，是无数挟着强烈杀意而来的魏兵，人人殊死搏斗。狄军之溃，无可阻挡。

西关外的这场大规模野战过后，小规模的战事又断断续续地持续了几天，最终，狄军北去，战事方告一段落。

这一场变故从开端到如今结束，持续了将近两个月，虽然时间不算长，最后的结果也差强人意，西关无碍，云落等地也重归大魏的治下，但是背叛带来的后果，远远没有结束。

樊敬带着人抓住了逃亡多日的钟丞，从他的口中获悉，去年年底燕乘遭遇狄骑落单之后确系落入了狄人之手。对方来头还不小，是炽舒的叔父左昌王目答。左昌王亲自出马，威逼利诱，当夜还安排了一个女子陪燕乘过夜，随后放他归来。

不久后，等到大魏出兵雁门，燕乘私下里将实情告诉钟丞，要其协助自己投靠北狄，日后共享富贵。

那夜陪燕乘的女子也不是普通之人，是左昌王的女儿。左昌王许诺将来联姻，以巩固关系，不但如此，还带来了炽舒的允诺：事成之后，云落地位不变，等到联姻成功之后，炽舒还将考虑将西关也交给燕乘。

就这样，燕乘彻底倒向北狄。

不但如此，钟丞为了活命，还另外供出了一件事。

燕乘在此之前便已鬼迷心窍，在其父燕重受伤之后，为了早日当上城主，以尽孝为名，亲自煎药，实则暗中拿掉了一味治伤的主药。燕重最后没能熬过来，英年早逝，应当就是被他的这个举动所害。

这件事燕乘做得极为隐秘，就连钟丞也是后来才经由燕乘之口知晓的。燕乘告诉他此事的目的，就是拖他下水——倘若燕乘有个不好，两人就是同党。

"燕乘也被抓住了，怎么处置，请将军自己定夺。"最后，樊敬望着姜含元僵硬得如同石像的背影，低声说道。

天黑了，又亮了。姜含元坐了一夜，在第二天的傍晚，来到了那片安葬着燕氏之人的谷地。

这里长眠着她的外祖父、母亲、舅父，还有许多她没见过的燕氏祖先。这里所有的人，无不是铁骨铮铮，为了世代生活的这片土地能得到安宁，哪怕流尽身体里的最后一滴血也在所不惜。

然而今日，燕氏出了一个异数、败类。

姜含元停在了舅父的墓地之前，盯着脚下的那个人。

那是她曾经的阿弟燕乘。他披头散发，满身血污，手脚被缚，趴跪在地上，耷拉着脑袋，一动不动，仿佛死了一样。

姜含元知道眼前这个看起来如同死狗的人还没死。她盯着他的背影，用嘶哑的嗓音说道："炽舒处心积虑地盯上你，设局导致你背叛大魏，你的这个举动，我尚可试图去理解，你或是觉得已无退路。但是舅父，他是你的父亲！这个城主的位置，将来早晚也会是你的！他哪里亏欠了你，你竟要害他？！"

燕乘闭目，依然不动。

"说！"姜含元厉声喝道。

燕乘这才睁眼，挣扎着从地上歪歪扭扭地爬了起来，又慢慢转身，抬起头，冷笑了一声。

"你想知道？那我告诉你好了！你知不知道，听着他在我的面前夸你，恨你不是他的儿子，我是一种什么样的感受？小时候如此，大了依然如此！

"人人都叫我少主，但是从上到下，哪个人真正把我当成了少主？就连云落城里的三岁小儿都知道长宁将军之名！

"长宁将军。"

燕乘用极度厌恶的口气重复了一遍这个名号。

"他既不将我视为儿子，我为何不能为自己打算？他早就该死了。还有你！我有今日，还不是被你害的？世上要是没有你这个人，小时候要不是你来到我的家中，我会落到今日这样的地步？

"全是你害的！你这个不祥的狼女！你会给你身边的人带来厄运。你害死了你的母亲，害死了你的舅父，现在又要害死我了。你以为这就完结了？我告诉你，这远远不够！"

他望着姜含元，眼里放出再也不用掩饰的恨意，唇边露出了一丝残忍而快意的笑容。

"你身边每一个和你有关系的人，你的父亲，对了，还有那个摄政王，无人可以幸免——"他阴鸷的声音戛然而止。

姜含元拔剑，一剑直刺入他的心口。燕乘面露痛苦之色，却仍挣扎着，咬着牙，颤巍巍地吐出了最后一句话——

"阿姐……你，就是一个天生不祥的人……"

姜含元双目赤红，神情冷峻。她冷冷地俯视着在自己的剑上抽搐的燕乘，发力，再次将长剑朝前一送。

剑刺穿了他的后心，透背而出。最后她拔剑，将剑提在手中，任血沿着剑刃不停地往下流，流入脚下的泥土之中。

她就这样，静静地看着倒在地上的燕乘慢慢地停止了挣扎，彻底死去，然后转过身，迈步离去。

她的步伐起先凝重而迟缓。

她的眼前浮现出她幻想中的母亲的模样、燧长女婴握住她衣角的软嫩的小手、舅父那未曾离去的音容笑貌、父亲那孤寂却坚毅的身影……

还有他——那个高坐朝堂，正在为她所做之事劈波斩浪、保驾护航的男子。只要他的信任依旧，她便发誓必不负他。

她的步伐变得越来越快，越来越稳健。

燕乘也错了。他直到死去，仍悲哀地停留在他的幼年，始终没有长大。

不是她不祥，是战祸不祥。

她姜含元要做的，是终结战祸，换一个四域太平、天下无战！

长安，夜幕降临。

风从书房窗中涌入，带得烛影摇曳，忽明忽暗，映照着案头的几封战报。

第一封，束慎徽收到得最早。中路军大捷，姜含元和老将军配合默契，打破了僵持的局面，控制了燕地。

收到这封捷报的时候，束慎徽只觉得无比骄傲。

他无法亲自奔赴战场，更没有能够和她并肩作战、同衣同袍的那种幸运。但即便在京中，闭目，他也能想象到她当时拔剑驰骋、英姿无俦的模样，便如同自己亲眼所见。

她令他深深地感到骄傲。她正在实现她的所想，又令他极为欣慰，更叫他觉得自己所做的一切都是值得的。

然而，他还没来得及回味内心深处那种幽微而深刻的喜悦之感，紧跟着，第二封战报便被送入了长安。

云落背叛了大魏，西关告急。

朝廷花费了大力气经营西线，以为固若金汤，却一夕之间几乎被瓦解。这意味着什么，不言而喻，对朝廷的冲击之大更是前所未有。

整个朝堂为之震惊，物议沸腾，姜祖望首当其冲，朝臣对他的质疑和问责之声铺天盖地。长安危在旦夕的论调也是甚嚣尘上。

风波不但席卷朝堂，也蔓延到了宫外，街头巷尾，民众议论纷纷。不久后就有传言称西关已破，北狄大军杀向了长安的北大门萧关，而萧关防备不足，眼看破关在即，北狄杀人如麻的铁骑就要南下长安。

流言迅速蔓延。据说最初是有人看到大长公主从她位于城北的麋园里悄然搬了出来。这个举动如同引火索，附近的富户纷纷效仿，收拾家当细软，准备马车要逃离长安。这越发坐实了流言。没几天，出城的车马盈道，甚至阻塞了交通。再后来，连普通的小户也没法安心过日子了，到处打听消息。随后天门司出面辟谣，张榜安民，处置了一些人，这才压下了谣言的散播，但人心惶惶，难以平息。

再后来，第三封、第四封，更多关于西关情况的战报如雪片一般飞来。

姜祖望当机立断，采取了在他那个位置上所能做出的最合理的应对。后面的结果也证明了他那些对策的及时和有效。

姜含元平定了云落之乱，解了危局，令西关再次纳入大魏的掌控。

长安将破的论调终于不再响起，但这并不能说明什么。

这只是事后弥补而已，是他们必须做到的弥补。这一切丝毫不能减轻他们必须承担的罪责。

云落叛乱和因此造成的巨大损失、负面影响，总是要有人负责的。

舆论的矛头最初指向姜祖望——他负有不可推卸的责任。到了后来，不知何时起，矛头悄然指向当朝的摄政王。

当初是摄政王不顾众多大臣的谏言，执意重用姜祖望，出兵北狄，才导致了如此恶劣的后果，影响难消。

这种情绪，不但在朝廷里暗暗酝酿，也传递到了外面。甚至，和讳莫如深的朝臣不同，在民间，这样的议论反而少了顾忌。

倘若说，在天下人的眼中，从前束慎徽是先帝股肱、辅佐少帝的完美无瑕的摄政王，那么到了现在，他不可避免地从神坛上跌了下来。

被云落的背叛影响了日常生活的民众心有余悸，亟须找到一个发泄的口子。或许是有人暗中引导，对摄政王不利的舆论迅速酝酿，继而爆发。

很快，摄政王便成了被迁怒的对象。他不再是那个曾经的托孤之臣了。他从前如何光风霁月，如今便如何居心叵测。小民们曾经如何仰望他，交口称赞他，如何将他视若神祇，如今便如何感叹知人知面却不知心。

他头上的光环消失了。他俨然辜负了先帝的信任，变成了一个心机深沉、权倾朝野的大权臣。欺世盗名的冠帽，隐隐地被戴到了他的头上，他当初不顾反对，坚持打仗的目的，再也无法遮掩。

传言，摄政王要登顶，就只差最后一步，这场战事便是其最后一块垫脚石。星变地动，正是上天示警。他穷兵黩武产生的恶果，却要天下人共同品尝。

就这样，民间关于之前星变和地动的各种臆测也开始死灰复燃。

既然高祖陵寝出过祥瑞，证明当今少帝是真龙天子、天命所归，那么，蓬星西出、荧惑守心这种预示帝王有灾的天象，自然是少帝身边存有祸患的证明。

谁是祸患？不言而喻。

流言传到后来，皇宫当中那个从前被人非议，人人盼他退位让贤的少年皇帝，变成了一个可怜的、身不由己的傀儡。

传言，他受到了摄政王的监控和压迫，一言一行皆非己意，包括如今这场劳民伤财的北方战争。

满朝上下，面对摄政王的淫威，无人能够反抗。

自然了，这些都是宫外坊间的小道传言。

朝堂之中的大臣们必定不会如外头的升斗小民那样眼界有限，注定只能人云亦云，被人牵着鼻子走。但，到了今日，摄政王和少帝表面看着依然和气，实则日渐疏离，这一点大家都已是心知肚明。

这些时日以来，因为西关之变，朝中原本坚定主战的大臣，如方清等人，甚至是贤王，面对汹涌的质疑和问责之声，也不得不沉默下去。

与之形成鲜明对比的是那些开战后就沉默了的人。他们又重新活跃起来，暗中积极奔走。

还有一拨人，原本哪边也不想站——或者说，不敢站，譬如以丁太傅为代表的人，现在终究也是身不由己地被卷了进去。

他们无不感到焦虑和彷徨。到底站在哪一边，现在他们必须及时做出抉择。

暗流涌动之中，这样的情绪，在三天之前达到了最高点。

三天前，朝廷收到了一封来自雁门的最新战报。

在西关危急之时，北境雁门也陷入了一场空前的危机。

炽舒抓住雁门兵力空虚的机会，迅速调集所能集结的全部大军，共计十几万众，疯狂攻打雁门。

面对数倍于己方的狄骑，姜祖望积极布防，退守青木原。他亲自披挂上阵，身先士卒，带领将士浴血奋战，竟硬生生靠着不到三万的人马，在这里抵挡住了对方一轮又一轮的攻击，牢牢守住了青木原，未曾后退半步。直到回撤的中路军赶到，两军会师之后，将狄军杀退，再次打回到了恒州一带。

这场保卫雁门之战，真正成就了姜祖望的战神之名。

这许多年来，雁门虽频频发生战事，但多是局部冲突，往往不用等到姜祖望亲自出马，战事便已平息。军中人都知他年轻时便有战神之名，但也仅此而已。

直到这一次，所有人方得以亲眼见证，何为入战场如入无人之境。他曾数次在战局不利之时突阵，神威凛凛，无人可挡，于万军中斩敌将之首级，从而力挽狂澜，扭转战局。以至后来，他的帅旗所至之地，狄军望风披靡，纷纷绕道，无人胆敢和他对战。

然而，纵有擒龙缚虎之能，他也是一个人。就在雁门无虞，所有人都松了一口气的时候，他支撑不住，倒了下去。

据说当时战事刚刚结束。战果来之不易，满场都是劫后余生的欢呼声，却唯独不见大将军。最后部下找到他的时候，发现他一个人在大帐中，倒在了地上。直到那个时候，众人才知，原来西关消息传到的当日，他便旧伤复发，只是一直压着没有显露出来而已。

被发现的时候，他的伤已是极重，人呕血不止，数度昏迷。

这封战报，是他短暂清醒之时口述的，文书由人代笔而成。

他揽下了用人不当的罪责，为西关之变向朝廷请罪，也为自己无法继续统领这场北方大战、辜负皇帝陛下的信任而深感内疚。为避免耽误前线大事，他已临时授命长宁将军暂代他摄理军务，继续号令大军。

最后，他在奏报中说，这并非他任人唯亲，涉及国战，绝不敢徇私，正是为了战事考虑，他才不能为了避嫌而不用最合适的人选。这不但是他个人的举荐，也是军中上下一致拥戴的结果，所以，他斗胆提请朝廷，希望朝廷予以批准。

三天前，朝廷收到这封奏报之时，高贺第一个出言反对。

他的理由很充分：就算姜祖望揽了罪责，单就长宁将军的资历和年纪而言，她担当如此重任，如同儿戏，不能服众。现在西关是侥幸才得以无事，和北狄的这场战事是否还有必要继续下去还有待商榷。即便一定要战，也是另外择选更合适、更稳妥的统帅，而不是听凭雁门那帮军汉目无朝廷，自己说了算。

他的这个看法代表了相当一拨人的看法，就连方清这些人也感到有些迟疑。至于中间派没有当场开口，更只是忌惮摄政王而已。

所有人都以为摄政王会当场反驳，没想到他轻描淡写地说，三日后的大朝会上再讨论此事。

对他这句看似随意的话，很多人下朝后暗中聚在一起讨论，仔细分析，最后一致认定，这是摄政王要在三天内逼迫原本的中间派也做出抉择的意思。

他给出三天时间，就是要让所有人都想清楚和他作对的后果。

虽然刘向已经走了，禁军将军换成了少帝的人，但摄政王的这个退让，被解读成了对少帝的安抚、做给别人看的一种姿态。

他的手里还牢牢地捏着陈伦的人马，更不用说如今还集结在雁门的天下精兵。

这叫人如何不感到惶惶不安？

今夜，就是这场朝会到来前的最后一夜。

夜渐深，束慎徽离开书房，回到繁祉堂，歇了下去。

这是一个平静的夜晚。他睡得很沉，躺下去后连一个翻身都无。

不到五更，夜最深沉的时分，这座皇城里的绝大部分人还在梦中酣眠之时，他醒了过来。

张宝看见寝堂的门窗后透出一片朦朦胧胧的灯光，知摄政王已经起身，带着两名小侍上去，叩门入内。

年后，摄政王就没住过皇宫了。无论多晚，他都会回到王府里歇息。

和平常一样，待洗漱更衣完毕，简单吃些朝食，他便将出门，骑马去往皇宫，开始这一天的朝会。

看起来，今日确实只是一个普通的日子，再普通不过。

张宝的爹爹今年迅速地衰老了下去，摄政王不许他再跟着服侍，于是张宝完全接过了爹爹的差事。不但如此，现在张宝也带着两个干儿子了。

在两名小侍的眼里，张宝不苟言笑，做事沉稳，俨然已是得了他们那位老祖宗的真传。他们对他颇为敬畏。

然而张宝知道自己是怎么一回事。

不知从什么时候开始，或许是从王妃走了之后，他就感到周围的一切慢慢地变得和从前不一样了。他没法再像以前那样无忧无虑，更不知是从哪天开始，值夜不再躲懒打盹儿，不想说话，甚至连笑也笑不出来了。他变成了一个沉默的人，变得越来越像他的爹爹，但他心里又知道，自己其实根本做不到像爹爹那样冷眼看世事变幻。尤其最近，他感到无比压抑，有时甚至暗地气得几乎就要吐血，却又不能表露半分。

此刻，他带人入了繁祉堂，像平日一样，有条不紊地服侍着摄政王洗漱更衣。而后他站在一旁，看着摄政王一个人坐下，低头吃着送上的朝食。

束慎徽就着摆在面前的一碟苜蓿芽吃完了一碗米粥，落筷，抬头，正要起身，见张宝呆呆地看着自己，眼皮有些浮肿。张宝撞见摄政王望向自己的目光，仿佛才回神，开口劝对方再吃些。

束慎徽不觉得饿，也没胃口，道："我饱了。剩下的没动过，你们分了吧。"

张宝却不依，又苦苦劝道："奴婢知殿下要赶早朝，本就备得少。殿下比早先已经消瘦了许多。爹爹吩咐过，要奴婢服侍好殿下。还有王妃！下回她和殿下见面，会以为奴婢又偷懒了，没有用心。"

张宝说完，便见摄政王看了自己一眼，随即笑了笑，再次执筷，竟真的继续吃了起来。

　　张宝见状，本该欢喜，心里却在发酸，眼睛也跟着热了起来。他怕被瞧见，暗暗转过头眨了几下眼，忽然听到摄政王的声音在耳边响了起来："怎么了，哭丧着脸？"

　　张宝慌忙回头："没有！奴婢是高兴。"

　　束慎徽抬眼，目光落到张宝的脸上，挑了挑眉，道："高兴你哭什么？"

　　张宝被戳中心事，却辩解起来："奴婢是真的高兴！这些时日，好事接二连三。王妃又立了战功，西关没事了，还有殿下今早吃得比往日要多……"

　　张宝恨自己无用，口里说着高兴的事，眼睛却再次红了。他又见摄政王依然那样看着自己，实是绷不住，忽然双膝落地，哽咽道："奴婢该死，扫了殿下的兴！奴婢是有些难过，更是为殿下感到不甘不值……外面的人，他们为何这样说殿下？！"

　　束慎徽淡淡地"哦"了一声："都说了我什么？"

　　他们说他欺弄幼主，内控朝政，外联强姻，以战养功，无异于高王第二……

　　政敌也就罢了，无知小民也不必去较真儿，可叫张宝想不通的是，别人就算了，怎的连少帝也仿佛变得和从前不一样了，竟放任那些毫无根据的攻讦，如一支支毒箭射向摄政王？

　　少帝从小到大不是一向最为信任、依赖殿下的吗？这到底是为了什么？

　　张宝慢慢地抬起头，对上了摄政王含着淡淡笑意的平静目光，突然一凛，顿悟：他是怎么回事，竟冒失愚蠢到了如此地步？劝食便劝食，当着殿下的面，他竟提这种可怕的晦气之事？

　　他迅速抹了抹眼睛，随即拿出自己从前插科打诨的本事，装模作样地扇了自己一耳光，随即捂住脸道："奴婢想起来了，是昨夜没睡好，方才还糊里糊涂地说梦话呢！亏得这一巴掌，这才刚醒！殿下快些用吧，晚了怕要赶不上早朝了！"

　　束慎徽没再说什么，继续吃着朝食，用完，又不紧不慢地漱了口，接过张宝急忙递上的面巾，轻轻拭了拭唇，最后望向张宝，笑道："还早，我去了。

你去睡个回笼觉吧。"

他说完，将面巾搁回到托盘上，转身走了出去。

王仁带着几名手下正候在王府的大门之外，待摄政王上了马，跟着同行。一行人便顶着漆黑的夜色，伴着马蹄踏过石板路发出的清脆之声离开王府，如常去往皇宫。

不远处巷弄深处的一个角落里，在浓重夜色的掩盖下，一双窥探的眼紧紧地盯着那道背影，待其渐渐消失于夜色之中，那人跟着悄无声息地离去，抄着长安城中的近道，很快便将消息传到了指定的地点。

昨夜于束慎徽而言是一个平静而普通的夜晚，但对于某些人来说，是一个无眠的夜。

随着北方战局的一变再变，朝堂当中的斗争也日趋白热化。虽然少帝至今态度暧昧，叫人有些吃不准，但有他的沉默就够了——沉默，从某种角度而言，就是最大的纵容。

一切都已计划好了。黑暗之中，他们正屏住呼吸，紧张地等待着最后一刻的到来。

以其人之道，还治其人之身。正如当初束慎徽对付高王那样，他们会在他全无防备的情况下，给出致命一击。

三百人已埋伏在了束慎徽入宫的必经之路上。

开年后，每逢上朝的日子，束慎徽的行动极其规律。每日寅时中，他会准点从王府里出来，路上用时两刻钟不到，抵达皇宫，从南门入内。

这个时候，朝臣还无人到来。入宫后，他会先去文林阁，在那里继续待上片刻，处理事务。等到卯时将近，朝臣齐聚，他再出来，去往宣政殿参加朝会。

他的这个行程，雷打不动，从没有变化过。

三百人全部隐藏在宫外那条通往南门的御道两侧的暗道上。等到他现身，全部人拥出，乱箭齐发，他便是大罗神仙，也不可能逃脱死局。

当束戬获悉南门异动这个消息的时候，已过寅时中了。束慎徽从王府出发，正在往皇宫来的路上。

向束戬禀报异常的，是现今的禁军将军贾獟。他便是当初那些曾在贤王府梅园里试探姜含元武功的人的领队，亦是束戬的心腹。

御道位于宫外，由宿卫管辖。凌晨过后，宿卫里的一个小头目悄悄递进来一个消息，说上司称北方正在交战，为防长安城里又混入北狄奸细，须要临时加强布防。

这本没什么，但皇宫的南门外是这个小头目的管辖之地，好好地要将他调去别地——因是上司之命，他当时不得不从，但更换班防过后暗觉蹊跷。

须知，像南门这种地方，突然连夜更换班防，这样的做法非常罕见，往往是某些变化的预兆。这小头目也是办差多年的老人了，暗中送入消息，问宫中是否确实有令。贾狄对此分毫不知，收到消息，立刻赶来通报少帝。

"蒙陛下看重，卑职自从上任之后，便照陛下之命，暗中在陈伦、兰荣的两司以及宫外的各宿卫军当中联络了不少旧相识，叫他们一旦察觉异常，无论何时，都可用秘密通道及时将消息送入。这小头目便是当中之一。南门外的通道虽属宫外之地，却为百官入宫上朝的必经之路。宿卫下半夜连夜暗换布防，今早便是大朝会，卑职怕万一生变，特意前来通报。"

束戬已早早起身，也在准备今日的朝会，闻言面露怒容，不假思索，当即命贾狄将昨夜值守南门的司官传入问话。

贾狄正要出去传令，忽然听到少帝又道："稍等！"

他忙止步，回身，见少帝立了片刻，面容阴晴不定，忽道："朕自己出去看看这些人究竟意欲何为！"

贾狄忙应"是"。

束戬匆匆更衣完毕，转身正要迈步走出寝宫，忽然听到一个声音传入耳中："离卯时还早，这天还黑魆魆的，连百官都未入宫，陛下这是要去哪里？"

束戬抬起头，只见对面来了一队人，最前面两名宫人挑着灯笼照路，李太皇太妃被人搀着，缓缓到来。

束戬看见李太皇太妃缓步走来，用充满慈爱的目光看着自己。她面上露出心疼之色，叹气道："这些时日，朝堂内外接二连三地出事，没有一件是能叫陛下省心的。今日又是大朝会，想必至少是要一两个时辰的。听你母后讲，你最近食欲不振，老身也很是担心，特意给陛下备了些朝食，都是陛下打小爱吃的。此刻时辰还早，不必赶，陛下用完早膳，待百官到了再去宣政殿也不迟。"

她说完话，几名宫人便提着描金食盒疾步入内，将带来的朝食一一摆出。

"陛下，先去用膳吧！"李太皇太妃又软声劝道。

束戬对她的话置若罔闻，继续迈步朝外走去，才走了几步，身后传来喝声："站住！"

束戬停步，转过头，见李太皇太妃面上的慈蔼笑容已消失不见。她扫了一眼左右，随她来的侍从立刻纷纷退出，只剩下了帝宫的人。

"你们也退下！老身和陛下有话要说。"李太皇太妃对贾獬吩咐道。

贾獬望向少帝，见少帝神色僵硬，却未发声。他迟疑了一下，躬身行礼过后，带着人也退了出去。

寝宫之中，最后只剩下了束戬和李太皇太妃两人。

"昨夜南宫门外临时秘密换防，你们意欲何为？"束戬开口便问，语气生硬。

李太皇太妃道："老身看陛下仿佛下不了决心，如今已是到了紧要关头，恰又有了好机会，迫不得已，便只能帮陛下下定决心了。"

束戬神色大变："你们是要在他入宫之时下手？！"

"陛下！都到了这个时候，难道你还顾念旧情，犹豫不决？"

束戬一顿。

"他先前罔顾陛下意愿，逼迫陛下下旨发兵，光这一条便坐实了他的谋逆之心，便是千刀万剐，也不足以抵消其罪！及至西关之变，上天降警，他却不思悔过，一意孤行！

"用兵也就罢了，我堂堂大魏，难道除了姜氏，朝中再无可用之人？高贺乃先帝留给陛下的一员宿将，忠于陛下，将来足以为陛下平定天下——他却弃之不用，那几年逼得高贺不得不以尽孝为名暂避锋芒，以求自保。如今都这样了，果然，他还是不顾满朝反对之声，坚持要举一个女子为天下兵马之统帅！奇谈！闻所未闻！那女子是他什么人，陛下难道不知？说什么等到今日朝会再议此事，分明是他以此施压，逼迫朝臣站到他那一边去！

"若他今日还似从前，以伪善面目笼络陛下，陛下受他欺瞒也就罢了。事到如今，他如何对待陛下，陛下不知？独断专行至此，他将陛下置于何地？陛下难道至今还没有醒悟？

"再不动手，等他将先帝留给陛下的忠臣一一除去，我怕陛下将来悔之晚矣！"

束戬的目光落到她的面上，他一字一顿地问道："去年他于大婚之夜遇刺，如今看来，也是太皇太妃的意思了？"

李太皇太妃其实年纪还未满五旬，却因虚胖，平日又不大动，站了这些许工夫，说了这么多，有些体力不支。她喘了几口气，自己慢慢坐了下去，这才道："是老身的安排。可恨当时未能成事！"

她抬臂，恨恨地拍了几下座椅扶手，掌下发出"啪啪"的声音。

"倘若那个时候成了，早早便替陛下将此獠除去，这天下，这朝廷，何至于乱到如此地步？"

束戬看了一眼外面的天色，一言不发，迈步再走。

李太皇太妃蓦然起立，喝道："陛下难道忘了先帝的遗诏？先帝一番苦心，天地可鉴，陛下难道要抗旨不遵？！"

她的声音尖锐无比，仿佛一支利箭从后刺入束戬的身体，将他的双脚钉在了地上。他已走到寝宫的门口，一时顿住，竟再也无法抬步。

李太皇太妃从后追上："陛下便是怪罪老身，老身也只能一力承担。值此存亡之际，诛杀此獠，正当时候！老身所做的一切，包括今日的安排，全都是秉承先帝遗命，为了大魏的江山，为了陛下的帝业！"

束戬又在原地僵立了片刻，微微仰头，看着殿门之外皇宫南门方向那片漆黑的夜空。

忽然，他的耳中传入了一个拖长的报刻之声。

那是每逢大朝日，帝宫内的掌时宫人为提醒皇帝准点起身而报的提醒。从寅时四刻开始，每过一刻钟，这声音便会响起一次。

束慎徽今年以来的出行时间，束戬自然一清二楚。他知道，当这报时的声音响起时，他的那位三皇叔应当已经接近南宫门了。

倘若他听之任之，当下一次报时之声响起时，他的三皇叔恐怕已是血溅南门，魂飞魄散……

束戬打了个冷战，蓦然清醒过来。他咬牙切齿，一字一顿地道："便是真要动手，也当是我自己来！"

他说完，撇下李太皇太妃，朝外冲了出去，不料兰荣已立在阶下，见他出来，疾步迎上。

"陛下！陛下三思！切勿冲动！高尚书的人已埋伏下去，事已至此，再无回头的可能了！即便陛下此刻叫停，此事也不可能瞒得过他了！我等也就罢了，不过是为保护陛下，遵先帝遗诏行事，下场如何听天由命！但是陛下万万不可！出了这样的事，他必会对陛下恨之入骨！陛下不能令自己陷入险地！"

"拦住他！拦住他！"李太皇太妃惊惶中也跟着追了出来，却因体胖喘得太急，最后被迫扶着殿门停住，朝着兰荣尖声大喊。

束戬充耳不闻，一把推开兰荣，一边继续朝前狂奔，一边吼着贾猊之名。

兰荣一时间惊呆了。

他真正明了李太皇太妃的心思，始于去年年初束慎徽求娶姜含元一事。李太皇太妃通过被蒙在鼓里的兰太后，和他暗中达成了共识。

也是那个时候他才知道，原来这位从前被自己忽视了的敦懿太皇太妃竟不简单，连自己见了都要敬几分的高贺也是她的人。她恨束慎徽入骨，必欲除之而后快。他虽不知个中详情，但猜测应是和从前的后宫争宠脱不了干系。不过，不管敦懿太皇太妃出于什么原因要除掉束慎徽，这正中他的下怀，除掉束慎徽，对他有百利而无一害。就这样，他毫不犹豫地以谦恭的姿态，投到了这个阵营当中。

束慎徽大婚之夜在王府门外遇刺，此事并非兰荣主导。他只是以手中权力暗行方便，让刺客顺利地埋伏进去。具体负责此事之人，便是当时已淡出朝臣视野的高贺。

兰荣本以为那回必定成事，谁知事败，当夜自己就被束慎徽召去问了话。过后他后怕万分，再不敢贸然行事，对李太皇太妃要他协助之事也不肯轻易点头。直到去年岁末，他得知李太皇太妃手中竟有先帝遗诏，这才彻底明白过来，为何高贺做事竟有如此胆气。

这一回的行动，也是高贺率先提出来的。

此人和李太皇太妃关系匪浅，从前一直蛰伏，如今终于能有机会上位，表面上忍辱负重，口口声声以忠臣自居，拥戴少帝，实际打的是什么主意，兰荣岂会不知？

高贺有一个适龄的孙女，也是冲着后位去的——据说，这还是先帝的意愿。

兰荣对此嗤之以鼻，知高贺不过是又一个借妇人之势企图取代束慎徽独掌大权的野心家而已。不过，这些都是后话，当务之急是他们要对付共同的敌人——束慎徽。

这次行动，在经过再三斟酌之后，就连一向谨慎的兰荣最后也认为可行。

瞒着少帝先斩后奏，引发少帝的不满，这是此事可能会造成的最大不利后果。但于兰荣而言，有李太皇太妃在前顶着，还有先帝遗诏，事后即便少帝当真怪罪，自己也完全可以用身不由己来求得少帝的宽宥。

最重要的是，时至今日，少帝虽还未公然和摄政王交恶，但内心必然已是有所戒备，这一点确定无疑。

高贺这只老狐狸胆敢如此行事，也是看透了这一点，又认为只要除去束慎徽，少帝将来便可由他拿捏。于是，这次行动就如此策划实施了。

兰荣什么都算过，甚至算过事成之后，自己当如何去对付李太皇太妃和高贺，唯独没有算到少帝对此事的反应竟会如此之大。他骇得面无人色，又连滚带爬地冲了上去，扑跪在地。

"陛下！万万不可！"他不顾一切地抱住了束戬的腿，"陛下！开弓没有回头箭！事已至此，陛下难道以为撤了人手就什么事也没了，你们便能回到过去？纵然陛下愿意，他也不会放过陛下，必然不死不休……"

这时贾貅带着人冲了进来："陛下！"

"贾貅听令！胆敢阻拦朕者，杀无赦！"

兰荣见少帝低头目露凶光，正恶狠狠地盯着自己，顿时想起去年岁除之夜自己险些被少帝一剑刺死的情景。他打了个寒战，手一松，便被少帝踢开。

贾貅反应过来，见少帝朝外狂奔，急忙跟了上去。

这时，李太皇太妃被人扶着，终于也气喘吁吁地奔到了束戬近前。她面色铁青，两颊松弛下来的肉在不停地颤抖："快！快带人，务必去把皇帝拦下来！有事老身担着！这回若是坏了事，叫他逃过，皇帝或可无事，你们这些人，一个个全都别想好！"

兰荣知个中利害，仓皇地从地上爬起，追出寝宫，跟着往南门的方向追去。

从帝宫到皇宫的南门,隔着三道宫墙,门禁不下十处,平常走路即便是快走,取最近的中间直道,至少也需一刻钟。贾猁一路高吼让前方禁军速速开门,守卫迅速照办。

束戬狂奔,畅行无阻,一口气冲到了最外的宫墙前。谁料,就在他们距南门不过一步之遥的时候,他的脚步忽然又慢了下来。

南门到底是怎么回事,贾猁方才已经猜到了。

他虽是少帝的人,也知如今摄政王和少帝隐隐势同水火,但其内心对摄政王夫妇颇为敬重。如今外面的传言,总令他感到不大真实。他知少帝是要去阻止那场即将发生的杀戮,方才暗暗松了口气,恨不得插翅飞到南门才好。到了这里,他却发现少帝停住了,不禁一怔,跟着停步望去。

只见少帝一手扶墙,喘息着,红着眼道:"你立刻替朕传令出去,谁敢杀他,朕必株连九族!"他顿了一下,又道,"你再亲自带人送他回王府,等朕的命令!"

他的声音颤抖得厉害,但言语十分清晰。

贾猁便知这是软禁摄政王的意思,心一沉,但还是立刻行礼道:"遵旨!"他转身,带着禁卫继续冲出宫门。

束戬下完命令,目送贾猁一行人消失,突然腿一软,好似浑身的力气都被抽光,连站也站不住了。他背靠着宫墙,慢慢地软倒在了地上。

"陛下!"

兰荣追了上来,见状,吃不准到底出了何事,不敢再出去,只能跪在一旁,心里盼着高贺那里千万不要出差池。

时间一点儿一点儿地过去,束戬始终坐在宫道之上,宛若石化。他的近旁是陪跪的兰荣,远处是一长溜跟着到来同样跪倒在地的宫人和侍卫。

钟鼓楼的方向,缓缓地响起了寅时六刻的报时声。往日这个时间,束慎徽已入了南门,正在去往文林阁的路上。

片刻后,兰荣看见贾猁狂奔回来,心不禁一阵狂跳,却见贾猁一口气冲到少帝面前,禀道:"陛下!摄政王不见人!他并未从那里入宫!"

束戬猛地抬起头,愣怔了片刻,从地上一跃而起,朝外奔去。

他冲出南门,天仍是黑的,街道之上空空荡荡,什么人也没有。

天光熹微,五更将至。百官如常陆续从南门入宫,最后齐聚在宣政殿外。

今日的朝会,必然不会轻松。上从贤王、方清,下到末位的普通官员,人人不敢放松。

等待升殿之时,众人意外发现,平日从不缺席的摄政王不知何故还没有到来。不但如此,兵部尚书高贺和兰荣两人也不知何故不见人影。众人不免意外,低声议论。

这时,五更的鼓声响起,百官立刻噤声,迅速列队,照着次序步入大殿,随即意外看见殿内有人。

那人静立在大殿最前方靠近金阶的地方。殿内明光照来,在他的脚下拖出一道长长的黑色阴影。

正是摄政王束慎徽。

原来他早已到了,只是不知为何今日一个人提早入内,站在了他的位置上。

待百官各就各位,束慎徽如常望向殿侍,用平缓的声音开口说道:"请陛下升座。"

寅时六刻左右,高贺未能等到束慎徽现身。皇宫南门一带看似依旧平静,实则陷入了混乱,正如高贺当时的心情,充满恐慌,甚至是类似于绝望的情绪。

显然,消息走漏,计划失败了。

但在短暂的恐慌过后,高贺很快就冷静了下来。

他从未敢轻视对方。在等待今日朝会到来的时候,他起意谋划此事,便不敢笃定能够当场将人击杀。

万一事不成,对方必会反攻,而陈伦便是其手中的刀。

高贺也早做好了应对。昨夜起,他便派人严密盯着陈伦及其手下,严防陈伦的任何调兵之举。

现在到了这样的地步,刀兵相见,无可避免,就看最后谁手里的刀更利了。今晨事败之后,他第一时间绷紧了神经。只要陈伦那里有任何的异动,他将毫不犹豫地立刻以阻止陈伦作乱犯上的名义加以干涉。

谁知陈伦那里静悄悄的，始终毫无动静，不但如此，束慎徽也不见了人。

但据昨夜藏在王府附近的暗探报告，今晨摄政王确实如往常那样出发了。那么出了王府后，他去了哪里？他到底在暗中谋划着怎样的行动？

正当心急火燎之时，高贺突然收到消息，说那人竟早已入了宫。不但如此，此刻，那人就在宣政殿内，如常主持今日朝会。

高贺做梦也没想到，今晨的事情会是如此一个结果，如同重拳打在了棉花堆上。他措手不及，彻底乱了章法，更是猜不透他的对手究竟想做什么。

束慎徽会就此作罢，当什么事都未曾发生过？这是不可能的。

这样的情况之下，高贺怎敢贸然前去上朝？

不只是他，至此时刻，少帝也未露面。

今早少帝冲到南门之后，在那里站了许久，最后失魂落魄地回了寝宫，闭门不出。看这样子，他今日是不打算去宣政殿了。

毕竟是一个小儿，出了这样的事，不敢直面束慎徽，很是正常。

高贺并不在意那少年皇帝此刻如何作想，当务之急是应对接下来束慎徽的反击。

五更鼓后，百官聚在宣政殿内等待升殿的这个时刻，高贺正在李太皇太妃处紧急商议对策。他原本寻了兰荣，兰荣却不来，只让手下带了一句话，说什么少帝受惊过度，需其保护。兰荣还叫他不必顾忌，无论何等对策，悉数赞同。

高贺当场破口大骂，知兰荣是见势不妙，吃准自己还要一搏，现在躲到少帝身后去避风头了，把事全都推给了自己。

兰荣是可以躲，高贺自己却真的没了退路。

高贺神色阴沉无比，李太皇太妃则是气急败坏。她面带惊惶之色，厉声斥骂他无用，成事不足，败事有余。

"这回是你的主张！埋伏人在他入宫的道上，一举击杀！如今成这模样！你是要害死老身和陛下不成？！"

高贺的眼中闪过一丝阴沉的杀气，他手握紧拳，捏得骨节发出一阵"咯咯"的声音："事到如今，只有一个办法了——先帝遗诏！"

他要在朝会之上当众宣明先帝遗诏，随后当场将人击杀。

不管束慎徽意欲何为，对于高贺这一方而言，刀剑既已出鞘，只有见血方能收回。

事实上，那道遗诏也是他们一直以来有恃无恐的原因。那是一把拥有无上权威的利剑，是能够凌驾在当今皇帝之上的至高法宝。有了这法宝，他们便拥有了正当的理由，还有可以随时发难的主动权。

李太皇太妃咬牙道："照准！"

安排人手不是问题，现在最大的变数，反而在于少帝。

她再想到今早少帝的反应，懊悔不已："怪我当初大意，高看了他，竟将先帝遗诏给了他。如今遗诏在他那里！你这就随老身过去！"

高贺暗怨这老货糊涂，心里转瞬便做了决定：倘若少帝不予配合，那便休怪他强索。他见李太皇太妃喘着气在宫人的搀扶下匆匆起身要往帝宫赶去，自己忙紧随在后，不料刚到殿门口，脚步一顿。

原来少帝不知何时已经来了，正立在阶前。贾貅站在少帝身后，腰间佩剑，神色森严。

其时，宣政殿的方向又响起了一阵催朝的鼓声。少帝身后的天光已是微亮，映得他的面色带了几分苍白，眉目却透着肃杀之气。他的视线扫了过来，高贺竟感觉到了几分天子的威势，不由得微凛，只得跪地拜见。

李太皇太妃道："陛下来得正好！事已至此，再无退路，须立刻拿出先帝遗诏了！"

高贺觉察少帝的目光从李太皇太妃那里移向自己，再次一凛，抬身解释道："陛下！如今已是鱼死网破之局，他不可能当成没事。即便他先前对陛下还有几分假意顺服，往后也必会发难。陛下，如今实是已经到了危急关头，再不可犹豫！"

他说完，见那少年盯着自己，只得低下头，再次跪伏在地。

片刻后，正当他忐忑不安时，听到一个声音在头顶缓缓响起："都给朕去上朝吧！今日朝会之上，管好你的人，不管摄政王说什么，一概照他的意思去办，休要再争。"

高贺下意识地直起身："陛下！他要推举的姜家之女——"

"朕叫你上朝去,管好你的人,你没听见吗?!"少帝蓦然提声,厉声打断了他的话。

高贺一惊。

"不推她,难道推你?"少帝又冷哼一声,"她是不是最合适的统帅之人,朕比你更清楚!不曾发兵也就罢了,战事已进行到如此地步,国力消耗了,钱花了,全部铺排开了,就这么收住?朕不得不怀疑,你们这些到了此刻还在叫着退兵议和的人,不是真的蠢到一叶障目的地步,就是有心要亡我大魏!"

高贺从未见过这少年露出如此咄咄逼人之态,不禁心中发虚,慌忙叩首:"陛下明鉴!臣一片忠心,日月可鉴!只是从前受过先帝遗命,担心束慎徽以战揽功,要对陛下不利,是两害相权取其轻而已!"

他说完,再次俯首下拜,不敢抬头,片刻后,耳边除了李太皇太妃焦急的劝告声,不再听闻少帝发声。他再抬头,见面前的少年自顾自地微微仰头,目光落在头顶的方向,仿佛在凝神看着什么。他悄悄扭头望去,发现那是一尊耸立在殿顶上的高大的琉璃鸱吻。

从这角度看去,那鸱吻仿若在睥睨凡尘。

他一时不明所以,也不敢再贸然出声,只得再次低头,心里吃不准这少年到底意欲何为,又见贾狄盯着自己,心里焦躁,却不敢乱动。他正无计可施,突然,耳边又响起一个声音。

"叫你的人配合兰荣控制天门司,把陈伦阻在宫外。今早朝会过后,朕自会留摄政王。"少年淡淡地说完,转身离去,贾狄紧紧跟随。

高贺回过了神,胸中心脏狂跳,又一阵狂喜。他明白了!这位少年皇帝,终于是下定决心了!

如今北方战事还没看到成果,以束慎徽的心计,今早朝会之上,当着群臣的面,他不可能和少帝翻脸,除非不顾天下悠悠之口,公然造反——倘若这样的话,他也不必费尽心力去筹划这场北方大战了。何况殿内还有贾狄带着殿卫盯着,他是翻不出大浪的。

即便束慎徽要反击,也须等到朝会结束之后。他应是急着要将姜家之女推上统帅之位,这才坚持照着原计划上朝。因而对于少帝他们而言,牢牢控制住陈伦,是整件事的关键——他不会想到,少帝比他更快一步。

今日朝会过后，待百官散去，难道少帝是要将摄政王当场诛杀？

高贺很快就否定了这个猜测。倘若他是少帝，那么他只需夺权，然后将人囚禁，留其性命，以继续稳住雁门大军。待战事结束之后，少帝收回兵权，到了那时，那人是生是死，不过就是一句话的事了。

"臣遵旨！"高贺朝着那道离去的背影叩首，心中终于大定。

束戬走在去往宣政殿的宫道之上，脚步如同踩在云堆之中，虚浮无比。

这个清早，他从南门回到寝宫，整个人是浑浑噩噩的。当听到宣政殿的方向隐隐传来上朝的鼓声，他只想将殿门关得紧紧的，从此再也不用出去，不用和他的三皇叔面对面。

然而，在第三次接到宫人传话，说摄政王领着百官在等待皇帝陛下升殿后，慢慢地，他彻底地清醒了过来。

事已至此，他是不可能再逃避了。这是他必须直面的一个死局。

倘若在从前，有人告诉他，今日会发生如此之事，他定会嗤之以鼻。他会用坚定的语气直接说，倘若他的三皇叔想要皇位，他巴不得让位。

然而现在，他做不到了。

他更不知道，究竟是怎么一回事，自己为何走到了这一步？他竟会亲口下令去对付那个他原本最为信任的人。

一切看起来都是如此荒唐、不真实，如同一场噩梦。

他想起来就恨，恨他那个死了还不放过他的父皇，恨活着的李太皇太妃，恨高贺和兰荣，恨所有将他推向这万劫不复的深渊的人。倘若没有他们，一切都还是从前的模样。他们联合起来，令他陷入了如此绝地，再也没法回头。待到将来，他是绝不会放过这些人的。

束戬停在宫道之上，抬起泛红的眼，透过垂在额前的道道珠旒，望着前方那座在晨曦掩映之下的大殿之顶，在心里冷冷地想着。

时间不停地流逝。宣政殿内渐渐映入曙光，照出一张张神色各异的脸。众臣疑虑不已，但见摄政王始终稳稳地立在前方，背影平静，也只能按下情绪，随他一道等待。

终于，在天大亮的时候，兰荣匆匆入殿。他微微低头，在众人的注目之下，快步走到自己的位置上，随即垂目，一动不动。

接着是高贺。他却和兰荣不同，昂首阔步，隐隐面带笑意，和闻声望向自己的人点头致意。经过兰荣身旁时，他用带了几分鄙视的余光扫了兰荣一眼，最后停在自己的位置上。

殿内起了一阵短暂的骚动，立在最前方的那道身影却仿佛未曾觉察，始终平静。

再过片刻，忽然自殿深之处传出一个拖长音调的响亮传报之声："陛下驾到——"

众人纷纷举目，看见少帝在仪仗的引领下入了殿。束慎徽带着身后的文武百官跪迎。

少年登上高台入座，开口命众人平身，用低沉的嗓音称今早体感不适，休息过后，方始到来。群臣纷纷进言关心君王身体。

这时已是卯时四刻。

今日的这场朝会，整整推迟了半个时辰。开始议事之后，起初和众人料想的一样，摄政王提请少帝复议三日前曾引发轩然大波的来自姜祖望的奏请。

他说："先帝因功而封其长宁之号，岂因她是谁人之女？她深谙北境之势，屡立大功，又得部将推崇，以她之能，足以担当行军总管。臣以为除她之外，此重要之位，也无人可以胜任。"

贤王紧随在后，出言赞同。方清等人也陆陆续续地表了态。

接着，那些不敢出声的人便发现，三天前原本带头反对的高贺此刻竟默不作声。高贺不发声，跟着他的那拨人自然也不敢擅自发话，只不住地暗暗望他。但他今日竟好似哑了一般，始终没有反应。

在很多人的眼里，高贺的意见应当就是少帝的意思。

事情就此迎刃而解。在满朝的赞同声中，摄政王的主张被通过了。

姜含元将临危受命，接替其父之位，主导这场正发生在北方的战事。

今日朝会上的头等大事，竟没有想象中的针锋相对，就这么容易地被解决了。

此事议罢，束慎徽便不再发声，脸上看不出喜怒，仿若隐身。随着他沉默下去，大殿里的气氛一下子变得轻松，一些大臣便如常上奏了一些杂事，呈上奏章，等待少帝批复。

就这样，朝会进入尾声。

很多此前夜不能寐、担心今日要被逼站队的人如逢大赦，暗暗松了口气。没有人留意到，在殿门附近一个不起眼儿的位置，贾狄不知何时佩剑悄然入内，静静地站在那里。

退朝的时刻终于来临。

"陛下有言，今日若无别事上奏，退朝——"

殿侍站在高台之侧，再次拖长音调宣道。话音落下，群臣正待拜送少帝，不料此时摄政王再次出列。

众人停下，纷纷望去，只见他朝着座上的少帝行了一礼，直起身道："臣还有一事，须奏报陛下。"

大殿之内鸦雀无声，只有摄政王的声音继续响起："陛下应当记得，去年年初，臣大婚之夜曾遇刺客。当时若非臣命大，侥幸逃过一劫，此时早已不在。如今，臣终于查明背后主使之人——"

他停了下来。

一石激起千层浪，谁也没有想到，今日朝会临近结束，他竟突然提起这件已经逐渐被人淡忘的事。

殿内气氛陡然大变，众人惊讶过后，神色各异。只见摄政王转身，视线缓缓地从每个人的脸上扫过。每一个被他目光扫过之人，无不心惊肉跳。他逐一看过近旁之人，最后目光在兰荣的脸上停了下来。

兰荣脸色微变，额上渐渐沁出汗珠。忽然，摄政王又收了视线，转向近旁的另外一人，道："幕后主使之人，便是兵部尚书高贺。"

少帝猛地一动。然而他才离座，又在空中顿住，而后慢慢地坐了回去。但此刻，也无人留意他的反应如何，满殿的人全都看向了高贺。

高贺起先脸色微变，但很快便恢复镇定，高呼冤枉，请少帝为自己做主。一个平日追随他的死忠也跟着发声："高尚书虚怀若谷，威望素著。殿下当初遭遇刺杀，意欲追查真凶，乃人之常情，但无凭无据，下此论断，未免不能服众！"

束慎徽眉间充满戾气，两道目光宛若雷电，射向方才那发话之人。他厉声道："你算何物？！此处有你开口的资格？"

多年以来，摄政王以性情谦和、礼贤下士而著称，莫说对待朝臣，便是面对宫中的普通卫士，也从无任何骄矜之态，像此刻这样斥责一个大臣，实是前所未见。

他的话音落下，众人又震惊又不解，偌大的殿内变得鸦雀无声。那受他斥责的人脸一阵红一阵白，再不敢出声，慌忙下跪，低下头去。

"陛下！陛下！臣冤枉！请摄政王拿出证据！倘有真凭实据，臣任由摄政王处置！倘若摄政王拿不出证据，那便是诬陷臣！"

殿内随即响起高贺的辩白声，但很快，这声音也停了下来。高贺和众人一道看着束慎徽迈步朝贾貅走去，一时迷惑，不知他意欲何为。

贾貅没有想到，临近退朝，竟会发生这样的变故。

他原本接到的指令是在退朝之后，待大臣离去，带人上去留下摄政王。这是他必须做的事，也一定会完成。

他不知这个时候摄政王朝自己走来到底是想做什么。

他站在大殿的角落里，看着摄政王朝着自己缓步走来，越走越近。他控制不住地紧张起来，下意识地一寸寸地抬起手，摸向自己腰间的长剑。就在他的手要抓住剑柄的时候，他看见摄政王停在了自己面前，双目望着自己的眼，然后伸手过来。

电光石火间，贾貅明白了对方的意图。此刻，他的手指碰到了剑柄，却抓了个空，他感到腰间突然一轻，低头一看，发现剑柄已被对面的人握住了。

起初，一分分，一寸寸，那剑从剑鞘内被拔出。短短几息过后，突然，伴着清越的长剑出鞘之声，眨眼之间，剑便到了男人的手上。

在这个过程中，贾貅本是有机会加以阻止的，然而，在对面之人的眼神威压之下，他的身体竟做不出任何的反应。待他回过神来，便看见摄政王已携着那柄从他腰间抽走的剑转身而去。

没有人料到朝堂之上还会出现如此一幕。

见束慎徽手中提着那柄寒光闪烁的利剑，目中亦突然凝聚出杀气，迈步朝高贺走去，众人吃惊万分，却无人胆敢阻拦，纷纷避让。

高贺本是有恃无恐的。即便方才束慎徽突然提起去年刺杀之事，向他发难，他也并不如何担心——他已经知道了少帝的意图，束慎徽又能拿他如何？

直到此刻，对方目带杀气，提剑向自己而来，他震惊过后，整个人打了一个冷战，一阵极端的恐慌之感迅速从他的脚下蔓延开来。

他怎会糊涂至此？！

眼前的这个人是武帝的皇子！在谦谦君子的外表之下，倘若没有武帝的霸烈和狠绝，他怎可能除掉高王，引朝廷走到今日？！

就在这一刻，高贺明白了，束慎徽根本就不打算事后再对付自己，他是要当着百官的面，直接就这样杀了自己！

高贺大骇。出于本能，他猛地伸手探向腰间，却摸了个空，这才想起来，他的身边没有武器——照着惯例，朝会入殿前，所有的大臣都要接受严格的检查，身上不允携带任何利器。

"你想做什么？当着陛下的面，你竟要作乱不成？！陛下！陛下！臣请退朝！"他一边不停地后退，一边朝着少帝高声喊道。

然而，此刻大殿之内已是乱成一团，他附近的人只顾退散，包括方才那个为他开口辩白的人。殿前的几名侍卫反应过来，慌忙朝着少帝奔去，将少帝围在中间。

束慎徽对这一切视若无睹，一边继续大步朝着高贺走去，一边厉声说道："本王乃先帝驾崩前亲指的摄政王。你这逆贼，竟敢谋刺本王！这就罢了，你欺瞒少主，表面退出朝廷，实则暗中结党，居心叵测。最不可忍的是，如今已经开战，此为自圣武皇帝一朝便开始准备的国战，你竟还带头作乱，蛊惑人心！你居心何在？如你这般大奸大恶之徒，留下何用？！"

贾鉽这时已经带着先前埋伏在殿外的手下冲了上去。

束慎徽猛地停步，转头喝道："谁敢挡我？！"

他神情森严，目光慑人，厉喝之声更是宛若惊雷炸响，余声回旋在大殿的四角。

贾鉽和那些来自禁军的士兵被他镇住，陡然停步，竟无人胆敢上去，眼睁睁地看着他提剑到了高贺的面前，出剑。

高贺头皮发麻，被迫狼狈滚地，凭着一身功夫才堪堪避开。紧跟着，他从地上一跃而起，想扑向少帝所在的高台，去夺殿卫身上的佩刀。

然而下一刻，他的道便被阻住。那剑尖如蛇而至，一下子就抵在了他的咽喉之前。高贺全身血液凝固，猛地抬眼，对上了对面那双冰冷的眼眸。

这一刻，当他如此近地和这个武帝的皇子面对面，近得甚至能看清对方眼底每一道血丝的走向时，他才彻底地明白过来：面前的这个人，今日是要当众拿自己开刀，从此震慑朝堂，好叫朝臣无人再敢和其作对。

然而，他明白得太晚了。一股死亡的寒凉气息，从他被剑尖抵住的咽喉迅速地蔓延到了全身。

"住手！"

就在他浑身寒凉、彻底陷入绝望之时，生机却来了！

他的耳中传入一声尖锐的喊声，他用余光看见李太皇太妃在兰太后的搀扶下冲入了宣政殿。

李太皇太妃圆睁双目，高声大喊："我有先帝遗诏！祁王束慎徽，借摄政之利，欺瞒幼主，意图篡位，有负先帝临终之托，赐死！来人！杀了他——"

李太皇太妃的嘶吼声还在耳中响着，高贺又燃起了生的希望。然而这时，他看见眼前闪过一道白光。

除了脖子一凉，什么感觉都没有似的，他觉得自己的头仿佛控制不住地晃了一下，眼前的世界陡然颠倒，地面朝着自己疾扑而来。他脑中残留的最后一丝意识令他感到自己重重地坠在了地上，接着，眼前迅速蒙上了一层浓重的红雾。

人头落地。束慎徽收了剑。

他一剑便斩了当朝兵部尚书高贺的头。血从仍立着的人的腔子里喷出，溅了一地。高贺的身躯摇晃了几下，歪了下去，最后倒在地上。那颗被斩落的头颅坠在平滑的大殿地面上，骨碌碌滚了出去，拖出一道长长的血痕，最后停在一名官员的脚下。

满殿之人为之色变。那倒霉的官员面如土色，惊恐万分，和附近的人猛地后退。几个人挤作一堆，脚下相互钩绊，一屁股全都跌坐在了地上。

兰太后尖叫一声，再也站立不住，晕倒在地。

李太皇太妃从惊惶中回神，冲着少帝悲鸣："陛下！你都看到了！有先帝遗诏在，还不叫人杀了他？！"

束慎徽缓缓回首："你是敦懿宫的主位，且回你的后宫颐养去。"

李太皇太妃抬臂指着他，手不住地发抖，忽然身体一晃，一头栽倒在了地上。她肥胖的身体倒在地上，口角慢慢溢出白沫。她用怨毒的目光盯着前方那道提着剑的身影，嘴巴一张一合，但除了含含混混的"嗬嗬"之声，再发不出别的声音。

殿外的天空中，燃烧着如火如血般的朝霞。红日喷薄而出，光芒从殿门之外射入。

束慎徽的脸上沾着几点血痕，他目光凌厉，充满了利剑出鞘的气势。殿内百官无人胆敢和他对望，跪了一地。宣政殿中再无半分声息，只剩下李太皇太妃那叫人听了后背生寒的不甘的喘息之声。

"锵"的一声，束慎徽扔了手中的剑，取出一块白帕，擦去面上沾的血，随即转向前方呆坐如同石像的少帝，跪地道："臣惊了陛下，容臣过后请罪。"

他恭敬地行了一个叩拜之礼，随即起身，转向身后之人，说道："今日事已毕，退朝。"

他的声音平静。话音落下，无人停留。

后宫跟出来的人将李太皇太妃和兰太后弄了出去。贤王、方清，包括兰荣，所有大臣无声无息，相继退了出去。

贾猷是最后走的。他见少帝没有任何反应，迟疑了一下，捡起地上那把染了血的剑，命手下抬走尸首，也退了下去。

这座大殿之中，最后只剩下了束慎徽和束戬，还有充满了整座殿堂的阳光。

白日明光之下，一切无所遁形，无数微尘在大殿的光柱中抖动、飘浮。

隔着一片充满微尘的光，束慎徽凝视着对面座上的那道人影，道："陛下，今早臣等在这里，陛下可知，臣最怕的是什么？"

束戬的面容微微扭曲，他僵硬地慢慢抬起脖颈，望向面前这个和自己隔光而立的男子。

"臣最怕的，是陛下选择逃避，不敢来此见臣。幸而最后陛下还是来了，做了陛下当做之事，没有叫臣失望。臣，从此可以真正放心了。"他一字一顿地说道。

耳边响起了那人说话的声音，束戬终于从片刻前那令他震惊到几乎失魂的一幕中清醒了过来。

他知道他的三皇叔有提笔安天下之能，也知道他的三皇叔是如何除掉高王、成王之流的。然而，三皇叔给他的印象是英华深敛。他从没想到，三皇叔会在今日的朝会之上，用这样的方式持刃，终结了所有的暗算和阴谋。

便如他眼前所见——明光之下，微尘无所遁形。

果然，在他三皇叔的面前，他从来便毫无秘密可言。或许，就连他心底那连自己都刻意不去想的最阴暗的东西，也早就被他三皇叔洞悉了。

束戩隔光和对面那双眼睛相望。这一刻，他的心里涌出了一阵极大的羞耻之感，令他无地自容。然而与此同时，他又被另外一种情绪攫住了。

他的双手一直死死地攥着身下座椅的边缘，从方才束慎徽当着百官和他的面斩杀高贺的那一刻开始。

这张宝座是用黄金打造的，然而人坐在上面极不舒适。此刻，他浑身僵直地坐在上面，黄金的座椅边缘早已布满了来自他掌心的冷汗。他的手指几乎就要打滑，快攥不住了。

他说道："我承认，我是在殿外布了人手。现在，你要如何对付我？"

当终于说出这句话的时候，他忽然松了一口气，仿佛身上的束缚一下子解开了。

他再也不用自欺了。他本将一切都归咎于他人——仿佛今日如此之局和自己全无干系，他只是被那些在他身后的力量推搡着，迫不得已才走到今日这个地步的。

然而这一刻，他了然了。

最初，是兰荣到他面前诋毁三皇叔。接着岁除那夜，他知道了这世上原来竟还有那样一道遗诏存在。再然后，他的三皇叔和他面对面，问自己是怎么一回事。

他本有无数次的机会。倘若他当真毫无保留地信任他面前的这个人，那么早就应该将实情告之了，然而，并没有。

他身下这张坐具，或许当真带着蛊惑人心的无穷之力。倘若他从没坐上去过，那么面前的这个人，必将永远是他心目当中那个地位比先帝还要高的亲人。然而他坐上去了。更不幸的是，他又见识过了壮阔无边的河山，知道了何为唯我独尊、主宰一切的无上权力。甚至，建不世之功、创乾坤之业、谋亿兆子民之福祉，实现这一切抱负的机会，都是属于坐在此位上的那个人的。

当皇宫于己而言不再是囚笼，他却发现在他身边一直有着另外一个人。那个人能够轻而易举地将他赶下去，取而代之——他当真可以毫无芥蒂，不改初心？

他再也做不到了。再深厚的信任，在害怕失去这一切的恐惧面前，也会变得脆弱不堪。

或许在兰荣第一次到他面前指出这种可能的时候，他的心里就已被埋下了恐惧的种子。他在犹犹豫豫的沉默当中，放任世人对这人的诋毁从最初的几阵微风变成风暴，却又将一切的罪责都推给别人。

一切是他自欺欺人罢了，仿佛这样便能减轻他心中的负罪之感。

束戬一下子离座，站了起来，红着眼看着对面的人，又说："三皇叔，你敢说，你就从无半分私心，从未有过半分想当皇帝的念头？"

"现在，你想怎样？！"他重复了一遍刚才的话，开始控制不住地不停发抖。他勉强站着，看见对面那人忽然朝着自己走来。

束慎徽穿过那道隔在两人中间的光带，仿佛一柄利剑劈开了水面，在他踏过之后，水又迅速地聚拢在一起。他开始登上金阶。

随着他朝自己越走越近，来自他的压力也仿佛越来越大，束戬颤抖得越发厉害了，盯着他的衣襟——那上面染着血。

下一刻，束慎徽停在了少帝的面前，抬臂朝他伸手，手掌搭在了他仍稍显单薄的肩膀之上，轻轻地压了一下。束戬感觉浑身的力气仿佛都已离自己而去，被压着一下子便坐了回去。

"陛下，你要掌权，做真正的皇帝。你的一切顾虑都是合理的。人心莫测，皇帝是孤家寡人，这些也都是臣从前教你的。你没有半点儿错处。"束慎徽慢慢说道。

束戬吃惊，几乎不敢相信自己的耳朵，慢慢仰起头，听到他说："年后诸事一起涌出，何况陛下还有先帝遗命当头，重压之下，实属不易。不但如此，臣很是感激陛下。元旦大朝会之时，陛下非但没有照着先帝遗命行事，反而继续让臣占着摄政之位。臣却犯下了忤逆之罪，未将陛下放在第一位来考虑，坚持开战。当日若将战事缓上一缓，或也不至于走到今日的地步。

"还是那句话，陛下无一错处，错在臣。"

"至于今日——"他顿了顿，转头望了一眼大殿地面上那一大摊触目惊心的血，"今日，臣更是犯下了不赦之死罪。方才臣对朝臣讲，过后，臣会给陛下一个交代，此乃臣之肺腑之言。不过，不是现在。臣请陛下再给臣一些时日。臣可对天发誓，待长宁打完此仗，收回幽燕，臣代圣武皇帝完成遗愿，到了那日，必会给陛下一个满意的交代。"

束慎徽的语气平静，正如他此刻的神情，口中说出的话却是掷地有声。

束戬的心跳猛地加快。

那人的神色依然平静，他继续说道："姜家对大魏之忠，长宁对陛下之诚，陛下必然了然于心。至于臣立她为王妃一事，前因后果以及臣当初的用意，陛下应当比任何人都清楚。她不过是被迫屈服嫁臣为妻，与臣谈不上有丝毫的夫妻之情。臣不妨直言，她的心实是另有所属。

"当初臣请贤王带着聘物去往雁门求亲，聘物是圣武皇帝早年赐臣的一柄腰刀，陛下应当知晓。它曾随圣武皇帝南征北战，可惜还没来得及饱饮狄人之血，圣武皇帝便驾鹤归去。臣以此刀为信物，目的也在于此，要叫姜家父女知道，他们是在替圣武皇帝完成遗命。不但如此，臣在贤王出发代臣求亲之前，也早早便将一纸休书置于刀柄之中。

"长宁名为臣妻，然自始至终，只是一个被臣利用的人而已。目的达到，臣与她，或是她与臣，皆是两不相干。"

束戬吃惊万分。

"陛下，百足之虫，死而不僵，何况北狄？即便此次得以收回幽燕，也不过是我大魏稳固北方门户的开始。将来，她会再为陛下驱逐敌寇，诛灭北狄。假以时日，陛下也必将实现心愿，创不世之伟业，成为比陛下的皇祖父更加有为的皇帝，为我大魏开创一个前所未有的太平盛世，令四方来朝！

"臣相信，陛下一定可以做到。"最后，他望着座上的束戬，如此说道。

束戬至此已经完全惊呆，定定地坐着，失了反应。

束慎徽从容地走下金阶，而后朝着座上的少帝下拜，郑重叩首，最后起身，后退了几步，旋即转身迈步，如往常那样走出了大殿。

朝会上发生了那样的惊天巨变，百官怎会离去？此刻大多还聚在大殿之外等候上朝的广场上，忐忑不安，不知事情将会如何收场。贤王更是焦急万分，正向前方张望着，忽然看见一道身影从殿内走出，急忙快步上前。其余人见状，也纷纷跟上。

束慎徽停步，立于丹陛之上，对着其下一众屏声敛气的大臣说道："本王已向陛下提交高贺之罪证。陛下宽宥了本王的冲撞之举。朝中奸佞既除，从今往后，本王将与尔等一道，继续共同辅佐陛下。此处已是无事，尔等各归值房做事。"

他这话一出，众人心中雪亮。

高贺被他如此斩首，事先谁能料想？那颗满地滚动的人头所造成的震慑无与伦比。到了这个时候，就算敦懿太皇太妃口中所嚷的那道所谓的遗诏是真的，那又如何？无人能够执行，它便如同一张废纸。

显然，失了最大助力的少帝已被摄政王就此死死拿捏住了。

今日将会是一个转折——从今往后，朝堂之上，再无杂音。

众人暗暗向他身后那座大殿的门内望了一眼。长安暮春时节，阳光已转灿烂，但从这里望去，内中幽深一片，什么也看不见。再无人多说一句，众人诚惶诚恐，纷纷应是，随即转身各自离去。

这时，陈伦也匆匆从宫外赶入。束慎徽朝他微微颔首，示意稍等，望向贤王。

贤王的心绪依然无比紊乱，他总觉得事情不会如束慎徽方才所言的那样简单。他望了一眼大殿的方向，低声问道："三郎，当真无事？"

束慎徽笑道："会有何事？皇伯父不必过虑。先前是奸佞小人从中离间而已。如今恶首已除，陛下与我消除误会，同心如初。倒是今早之事，叫皇伯父受惊，是我的不是。请皇伯父放心，只管坐等北方捷报便是。"

他言笑晏晏，神色已不复有杀气，又恢复了往日的模样。贤王也知，有些事他未必会全部叫自己知道，只得按下心中隐忧，无奈离去。

第二天，朝廷便下旨，高贺诸项罪名坐实，满门抄斩。有司连夜查证，高贺同党共十来人，依律或同罪论处，或夺官降位，不予姑息，立刻执行。剩下那些平日跟在高贺后头的附庸，则给予改过之机，免于追究。

这些人在那日的朝会上，早就被吓得魂不附体。此番高贺被杀、李太皇太妃倒下，少帝虽还有兰荣为靠，却也是孤掌难鸣，摄政王从此真正一手遮天。他们本以为，像他们这些人，从前站错了队，此番定是在劫难逃，个个愁云惨雾，惶恐不安，却没想到事情就这么过去了，无不暗呼侥幸，从此老老实实，莫说明着，便是暗地里也再不敢论摄政王半句不好。

不但如此，一道委任之令在当天以八百里加急的方式递送了出去，发往雁门。

姜含元从西关赶回雁门之时，姜祖望撑着一口气，在等着她回。

他卧于大帐内的一张简榻上，双目微闭，仿若睡去。姜含元从外冲入，看到他睁了眼，望向自己。倘若不是他的面色过于苍白，姜含元会觉得他只是倦极了，此刻精力有些不济罢了。

和女儿四目相对，他的脸上露出一丝微笑，他低声说道："兕兕，等到你回了。"

姜含元扑跪到榻前，抓住父亲的手。

帐内原本站着的人，悄无声息地走了出去。

姜祖望凝视女儿。

"爹知道这么多年来，你一直在怪我。爹也没脸求你谅解。还有你的母亲，恐怕也是不会原谅，不想再见到爹了……

"爹一定要等到你回，是希望你能答应，日后把爹葬在离她近些的地方……这样爹就能陪她了。万一她哪天寂寞了想和爹说话，也能方便些……"

姜含元再也忍不住，潸然泪下，紧紧攥住父亲的手，用力摇头："爹，你会好起来的！你会长命百岁！"

姜祖望唇边露出一丝微笑："傻丫头，活那么久做什么？爹必定是会比你走得早的。这么多年了，爹也很累了。如今终于能休息，还有机会去见你的母亲，爹反而很是高兴……爹唯一的遗憾，就是不能亲眼看到大魏打赢这场仗。"他喘息了片刻，"不过，爹不担心。这里有你，有三十万战士，朝堂之上有摄政王坐镇……"

他应当是真的太累了，说完，慢慢闭目，喘息也缓缓平息了下去。

姜含元始终紧紧攥住父亲的手，不愿放开，在以为他睡过去的时候忽然听到他喃喃地说："囡囡，那个年轻人……虽是皇家之人，却极为不错……爹很是喜欢他……爹看他对你，也很是用心……爹先去找你母亲了，去告诉她……这样，她也就放心啦……"

姜祖望面上仿佛带着一丝笑意，合目而去。姜含元无声垂泪，静静跪坐在榻侧。

深夜，姜含元纵马出营，再次来到铁剑崖。她高高地站在崖顶，任猎猎的风吹干了她面上的眼泪。及至天明，她听到一个声音自她身后传来。

她转头，看见杨虎双手高举着一个卷轴："将军！朝廷委任状到！命将军接替大将军之帅旗，挥师北上！"

姜含元展开卷轴，就着微明的曙光，一眼便认出了诏书上的字迹。那是她无比熟悉的字——她曾一笔一画地认真临摹。

被风吹了一夜才终于被吹干的眼眶，忽然再次一热。她的眼前，仿佛浮现出了他端坐案后，提笔亲手撰写这一道封她为帅的诏书的情景。

就像父亲说的那样，他是她足以信赖的最亲密的战友。他稳稳地站在她的身后，令她再无后顾之忧。

她须做的，便是一往直前，摧毁敌人！

姜含元闭了闭目，将这个画面深深藏在心里，逼退眼中再次涌来的泪意，将满腔的悲痛和仇恨尽数压下，缓缓卷起这道诏令，一手紧紧捏住，转过身，大步下了铁剑崖。

整座大营白茫茫一片，将士无不同仇敌忾，持矛列阵，整装待发。

姜含元一身战衣，肩披白色斗篷，流星白羽紧插腰间。她纵马疾驰如风，来到万千甲士所列的阵前，倏然拔剑，迎风高声喝道："接朝廷之令，即日北上！"

她所发的命令，立刻被一层层地传达下去。

任前方坚甲利兵，此处青天紫塞，天兵照雪，云虎风龙，无敌不摧！

五月初，因西关之变和雁门保卫战而停滞的北方战事再次开启。姜含元阵前受命，接过了父亲的帅旗。

她没有辱没姜祖望的英名，经过短暂调整之后，战事节节推进。她用一场接一场的胜利，来回报那位遥坐朝堂之上的人对她的信任。

五月初十，大军夺回代郡；十九日，再次控制住了恒朔之地，恢复了西关之变前的局面；月底，姜含元顺利行军到了广宁，和老将军赵璞碰头。

到了六月上旬，一封发自姜含元的最新战报，再次被送到了束慎徽的手上。

这是一个宁静的黄昏，他在王府昭格堂的书房里。

这里便是当初新婚后的某天晚上，他带她来过的地方。当时他为了避开二人在床上相处的尴尬，一时兴起带她来了这里，却没想到来了后，仿佛遇到知音，竟相谈甚欢。

那样的时光，再不会有了。

束慎徽站在曾和她共同修订过的舆图及一起指点过的巨大沙盘之前。

她在奏报里向他通报了她那边的最新进展。

右路军经过血战，也推进到了潞水之东。那里距燕郡只剩不过数百里的路，周庆率着那支有八部士兵加入的联军暂时驻扎下来，只等战令下达，渡河会师，进行最后一战。

历时将近半年，终于到了决定这场大战最后走向的关键一战。

如果大魏夺下燕郡，便意味着离攻破北狄新都大兴之日也不远了。相反，如果大魏不能尽快拿下燕郡，那么作为一支出击之师，不计别的，光是大军每日所耗的军粮和草料便将是一个惊人的数目。若双方长久相持，军队的消耗犹如无底洞，对于大魏来说，必将致命。时间久了，不用对方如何，他们自己恐怕便先支撑不下去了。

炽舒显然也深谙个中道理。西关之战，他功败垂成，如今一改先前的反攻之态，收缩兵力，几乎将全部精锐都调集到了燕郡一带，利用地势和各处关隘严密防守。看样子，短期内他不打算再次和魏军进行大规模作战，而是想把魏军拖垮。

此战关系重大，姜含元自然也是慎重万分。她不打算立刻会师直接进攻燕郡，而是另有所想。

燕郡的北边是北狄南都大兴，两地相通，南都为燕郡提供了源源不断的援军和物资，所以炽舒才有底气和她打消耗战。

在这条南北向的通道上，有数座城池，而崇山峻岭之间，有一个名为鸾道的所在，地处隘口。她拟攻下鸾道，先断燕郡后路。

束慎徽对照着沙盘察看，越看越是心潮澎湃。

这确是打破僵持局面的最佳对策。固然这对策实施起来不会容易，但比起对大魏军队更加不利的长久消耗战，实为良策。

换作是他自己，恐怕也未必能这么快就在这纷繁复杂的乱局里抓准头绪，创造出克敌制胜的机会。

如果她的这个计划成功，燕郡将会变成孤岛。到时，就不是炽舒拖垮她，而是她的大军困死燕郡，瓮中捉鳖。

世上怎会有如此女子，集英勇和智慧于一身？他想到她还是在父亲刚去世不久的情况下临危受命，压下悲伤执掌起这一切，他的心底更是涌出了一阵强烈的感情。

倘若上天当真能听人愿，他有一心愿，希望将来那个叫她至今上心的少年能和她再度相逢，伴她一生，从此再无遗憾。

他在这个地方盘桓了许久，反复察看地形，直到天黑掌灯，方走了出来，回往繁祉堂。

最近张宝的心情终于好了一些。自从殿下斩杀高贺之后，不但朝堂顺遂，就连宫外那些乌七八糟的对殿下的诽谤也渐渐少了。

明日还有一件重要的事，他要送他爹爹李祥春去往钱塘养老。这是殿下的安排，殿下让他爹爹往后跟着庄太皇太妃在江南享清福。

这应该是他们这样身份的人在老了之后梦寐以求的日子，张宝很是替他爹爹高兴。明早就要出发上路，东西也都收拾好了，晚上他跟着他爹爹一起去辞谢殿下。

天黑，待摄政王回到繁祉堂，张宝随李祥春入内，一起下拜。摄政王面带笑容，从座上起身，亲手将老宦官从地上扶起，说他是圣武皇帝和庄太皇太妃身边的人，本就地位尊崇，又跟随自己到了现在，如今年事已高，咳喘的老毛病又总是养不好，既然太医讲江南气候对此应有好处，便让他过去之后安心养老。

摄政王之所以这么说,是因李祥春起初不愿去。但摄政王坚持,他只得答应。

在张宝看来,这是极大的荣耀。果然,他爹爹没再多说别的,只是坚持要给殿下叩完头。殿下便也随他爹爹了。张宝在旁看着,等他爹爹叩拜完毕从地上爬起,忙将人扶了起来。这时,他见殿下转向自己,听殿下吩咐他路上定要照顾好人,不必赶路,慢慢走。他连声答应。

摄政王看了一眼张宝,又说:"等到了那边,应当是七八月了。正当酷暑,你也不必急着回来,留下陪你爹爹,或服侍太皇太妃。我这边不缺人。"

张宝道:"奴婢不怕热,到了就回,继续服侍殿下。"

"太皇太妃以前夸过你,说你机灵。你留下,伴她便是。"

既然摄政王这么说了,张宝只好应"是"。

摄政王又唤来王仁,吩咐他挑选一队精干之人,护送张宝二人去往江南。不但如此,最后两人告退之时,摄政王还亲自将老宦官送了出去。

张宝扶着爹爹走了一段路,回头,见摄政王竟还站在院门之外,目送他们离去。

"爹爹,殿下对你实是看重。这样的脸面,恐怕连朝中官员都不曾有过。"

他说完,却见一旁的李祥春咳个不停,佝偻着身体,耷眉垂目,神色阴郁,仿佛心事重重。他便也不敢再开口,将人送到房中,服侍着歇下。因明早行路,他自己也早早去睡了。

次日,王仁挑选出来的人手早早便在外面等着。两人行李不多,都已被搬上了马车。张宝跟着爹爹坐上车,出了长安,往江南而去。那车夫得了张宝的吩咐,怕颠到老宦官,不敢走快,赶着马车不紧不慢地行了一日。

当夜,张宝和李祥春入住沿途的一座驿舍,共住一屋。张宝亲自端来水,扶着李祥春坐下,而后蹲在地上,挽起袖子正要服侍他洗脚,忽然听到他低声道:"明早你不用跟着我了。"

张宝一怔,抬起头,见李祥春已不复平日那病恹恹的样子,正盯着自己,神情极为严肃。

"我这里有一样东西要送去给王妃。你拿上,带着护卫,明早悄悄上路。"

张宝越发迷惑:"爹爹要我送的是何物?"

老宦官一字一顿地道:"比你、我,所有人的命加起来都还要重要的东西!"

他顿了一顿,又道:"王妃如今应正在打仗。你直接去并州找刺史陈衡,交给他,让他转给王妃。"

张宝定定地看了老宦官片刻,突然想起先前发生的那些事,一凛。他虽还不知到底是怎么一回事,但此物必然是和摄政王殿下有关。

他立刻下跪,叩首道:"儿子记住了,一定会将东西送到!"

姜含元不知自己为何要给束慎徽发那样一封战报。

这原本并非必要。将在外,君命有所不受,何况是别事。她唯一必须做的,是在每战之后将战果及时送达朝廷,战果之外的一切事务,则无须知照任何人。

但她还是告诉了他。她的目的也不是征求他的意见或是得到他的肯定——她知这个对策的大方向没有问题,只是想让他知道自己所想。

那种想要和他分享所思的冲动,敦促她在深夜无法入眠之时起身点灯,于大帐之中给他写了那样一封关于战前自己所思所想的战报。她觉得,他收到信的时候应当会欣喜。

因为信中涉及的内容不宜公开,走的自然也不是公文的传递路径,而是开战之后由并州刺史陈衡所建以做备用的另外一条消息通道,速度不亚于公文急件。

虽然信中满篇都是和战事有关的内容,没有半句私语,看上去和战报无二,但它实是一封她写给他的私信。

信被送出去后,姜含元如常做着战前的各种准备。大约半个多月后,她收到了他的回信。叫她略感意外的是,他的回信走的是公文通道。和回信一起被送到的,还有一道来自朝廷的嘉奖令。

此时大军已从雁门开拔,驻扎在幽燕边境的一片野地里。此前她曾暗中派人去往鸾道一带刺探,摸清守备状况,从而确定下一步的具体计划。那天她恰也收到回报,正和老将军赵璞等人开着军事会议。

据刺探,驻守鸾道之人正是炽舒的叔父——北狄左昌王目答。此人不但诡计多端，是前次西关之变的主谋，而且其部族兵马在各派势力当中也是首屈一指，拥有极大的影响力。此前炽舒之所以能如愿登基，左昌王在其中起了很重要的作用。

显然，炽舒也看到了鸾道在接下来的战事当中的重要性，才会如此排兵布阵。

左昌王亲自坐镇鸾道，对魏军而言无疑极为不利。强攻从来都是在没有选择的前提下的策略。

军事会议上，众将各抒己见，虽无人怯战，但一时也拿不出稳妥的方案。气氛正有些低落，朝廷信使到来，当众宣读了这道以皇帝之名颁下的嘉奖令，此前上报过的在前段战事当中有功的诸将和作战殊勇的士兵无一遗漏。来自青木营的人里，杨虎得封四品明威将军，张骏被封六品昭武校尉。

少帝还独赐姜含元金帛若干，数目不小，她便下令举行全军演武，金帛由最后的优胜者分得。

如今前战告终，双方对峙，军中每日都是战备训练，不免枯燥，演武既是训练，还有彩头可得，人人都兴奋了起来。士兵又听说彩头实是当今皇帝赐给长宁将军的奖赏，她却分文不取，用这样的方式转给将士，对她更是衷心拥戴。

营中上下，气氛热烈。姜含元避开了人，特意出营来到一处僻静的地方，这才取出那封来自束慎徽的回信看了一遍。

她不得不承认，看完他的回信之后，她的心里充满失落之感。她一直隐隐期待着什么，期待却忽然就此落空了。

他回信的内容很简单："知悉。一切依汝心意而行。"

信上就这么寥寥数语而已，没头没尾，没有一个多余的字，语气好似上级发给下级的公文回函。

他是怎么了？姜含元手里握着他的回信，一个人在野地里站着，微微愣怔。

其实从年初王仁给她送来那把月刀之后，她便觉得他仿佛变了。

去年两人分开时的情景，至今历历在目。当时他那欲说还休、依依不舍的情绪，或许也是令她一时冲动追上去和他说了那一番话的原因。后来她也说不上他到底是哪里变了，但这种感觉越来越强烈。

那时她叫王仁给他带去了一封信，告诉他，她已收到宝刀，会照他所言妥善保管，叫他放心。他必定收到了信，却就此没了下文。

此后将近半年的时间里，前线常收到来自朝廷的公文，但他始终没有给她写来哪怕一封私信。直到父亲去世，她才收到了一封他发来的吊唁信。

虽然他在信中安慰她，让她节哀顺变，但和这次的回信一样——在那封他写给她的吊唁信里，她读到的是摄政王对下属的劝慰和关心，感觉不到来自他自己的任何情感流露。

舅父去世之时，他还担心她太过悲痛，掉头追她到了云落。他伴她度过的那些天，令她现在想起来，心底还倍感温暖。而今她父亲走了，他却冷淡至此？

无论如何，至少他们名义上仍是夫妇。他到底是怎么了？出了什么事？为何对她冷淡如斯？

她怔怔地立着，心中有些难过，一时竟连身后传来的脚步声也未觉察，直到张骏停在她的身后唤了她一声方回神。她迅速藏起手中的信，敛了心事，转身问何事。

张骏禀道："将军，手下人刚送来一个消息——晋国要复辟了！"

姜含元一怔。张骏向她解释，这是之前潜入燕郡的探子传回来的消息。

据说，一批早年投奔北狄的故晋旧臣近来终于寻回了逃亡多年的小皇子皇甫容，将他迎到了燕郡。炽舒不但给皇甫容以礼遇，还许诺待到战事结束，打败魏军之后，便将本就属于晋国的幽燕之地归还，复立晋国。相应地，世代生活在那里的民众也将恢复从前的身份，成为晋人。

如今幽州各地到处都在传扬，说皇甫容便是早年洛阳伽蓝寺中那位年轻的高僧无生。无生曾在洛阳开坛讲经，舌灿莲花，引得信众如痴如醉，受到信众的顶礼膜拜。这事在民间流传甚广。后来他离开伽蓝寺，西行求法，如今归来，被旧臣寻到。北狄皇帝炽舒对他十分敬重，也愿意善待故晋子民，遂做出如此决定。皇甫容也怜悯他的旧日子民，决定还俗，并号召幽州当地民众抵御魏军，以便将来复国。

这个消息被传得沸沸扬扬，在幽州几乎尽人皆知。

倘若刚开始听到晋国复辟，姜含元还只是感到意外的话，那么此刻听到无生的名字从张骏的嘴里冒出来，她的内心则是震惊无比。

无生先前被束慎徽秘密囚禁，迄今连她都不知他到底在哪里，怎可能突然就在燕郡冒出，还要还俗复国？

姜含元从震惊中回过神，知这件事只有两种可能。

一种可能是，燕郡之人真是无生。那么，他极有可能是受到了胁迫。她不相信无生自己会做这样的事。对于无生的为人，她绝不怀疑。

另外一种可能是，无生如今依然在束慎徽的手里，现在燕郡的这个所谓的"晋国小皇子"，是假冒之人。

燕地已被魏军掌控，只剩幽州。这个时候炽舒要扶持幽州的旧政权，目的显而易见，是为配合他的固守策略，拖死她的大军。

这事牵涉无生，她不能坐视不管。她匆匆赶回大帐，写了一封信询问无生的下落，命人以最快的速度发给摄政王。

信被送出后，她心神不宁，独自在大帐中沉思。忽然，炽舒当初潜入长安的经历给了她启发。

战局陷入僵持，一时没有妥当的破敌之策，现在又出了这样的事。燕郡距此地不远，何不亲自去探察一番？

除了无生之事，深入虎穴之后，她说不定还能有别的收获。

燕郡古又名蓟，曾是战国时燕国的都城。几十年前，末代晋帝慑于魏国威势，恐将来不敌魏国，便逃到此地，依靠北狄继续和魏对抗。虽然后来计划破灭，没等到国破，燕幽的大片土地便先被北狄占了去，然晋室对此地的营造也是实实在在的，不但加固城墙，还大兴土木，在城中仿当时的洛阳皇宫修建起了新宫。

昔日晋国宫室变作了南王府。不但如此，这些年来，因北狄计划以此地作为大军日后南下的基地，故管控人口，严防流失，对待当地人的政策也渐趋和缓，以减少居民抗拒心理。尤其在炽舒做了南王之后，这几年更是将"以晋人治晋"的方法用得极为顺手，效果也显而易见。到了现在，城中道路有序，集市繁华，居民多达四五十万之众。若不是近来气氛紧张，街上到处走着手持兵器、身穿狄人军服的巡逻士兵，这里看起来就和南方的大魏城池并无多大区别。

这日，城中一处热闹的街头围满了路人，一个雷公嘴的说书人手持竹板，正在那里说书。靠得近了，声音渐渐入耳，原来他是在讲魏国那个如今正领着兵马就要打来的大名鼎鼎的女帅长宁。

只听那说书人道："那女子身长八尺，双眉直竖，血盆大口，里面还生了一口白森森的尖牙利齿！你道她为何能凶恶如斯？原来她竟是狼女化身！每逢月夜，她便吞小儿心肝，须血淋淋地入口，方能压下狼气。不但如此，她手下士兵更是如狼似虎。大军每到一处，必大肆屠掠，那叫一个血流成河，所过之处，寸草不生！男子拉去杀头，小儿剖心吃了，女子拉去充作军妓，逃得慢的无一幸免！"

说书人龇牙瞪目，表情狰狞，听得近旁许多妇人和胆小之人纷纷面露惊恐之色。

说书人又话锋一转："不过，也不用怕！咱们都是晋人。上天有眼，北皇帮咱们找回了当年的小皇子！他可是神佛转世，天命所归！只要这次咱们同心合力，有钱出钱，有力出力，把狼女赶走，往后就又能做回晋人，好日子指日可待！"

说书人讲得口沫横飞。人群里有人和身旁之人轻声嘀咕："先前我在燕州广宁的亲戚托人捎信来，怎的和他说的不一样？亲戚在信中道魏军当日入城，不但秋毫无犯，女将军还赦免了帮左光王运过粮草的人。我那亲戚就在当中，看着女将军飞马从他面前过去，根本不是什么罗刹模样，一身盔甲比男子还要英气几分……"

他身旁之人一声不吭，不敢接话。此人也是有感而发而已，随口说完，摇头叹了口气，迈步正要离去，却听到身后传来喝声："抓住奸细！"

这人浑然不觉，以为要抓的奸细是别人，回头看了一眼，发现近旁扑出来几个豪奴打扮的人，竟恶狠狠地朝着自己冲来，对着自己拳打脚踢。直到被锁住，他才反应过来，挣扎喊冤。

这时人群里又走出来一个狄人军官模样的青年，指着他叱道："你方才都讲了何话？还想抵赖？本将听得一清二楚！你不是奸细，谁是奸细？！"

说完，他也不管那人如何奋力喊冤，命仆从将人带走。

周围的人都认了出来，此人便是最近风头正盛的新宰李仁玉的儿子。他亲自上街抓人，谁敢发声，纷纷避开。

青年面露得色，环顾众人，高声说："承蒙北皇器重，我爹将任大晋右相！最近世道不宁，须严防魏国奸细！发现可疑之人，隐瞒不报者，同罪论处！"

他又指着那个满脸谄媚的说书人道："他方才讲得极是。要是咱们这里也守不住，让那个魏国女人带兵打进来的话，你们都是给北皇磕过头、纳过粮的，她会饶了你们？到时怎么死的都不知道！好在北狄兵马强盛，北皇陛下麾下能人无数，只要魏人敢来，就叫他们有来无回！不但如此，我大晋也复立在即，这是你们升官发财的好机会！南门正在征兵，现在过去应征，立马就有钱领！等将魏人打败，陛下论功行赏，更是要什么有什么，还不都快去？"

在他一番恐吓加利诱下，有人被他说动，纷纷掉头，往南门赶去。

姜含元带着杨虎以及张骏、崔久，四人扮作普通狄人，于三天前潜入此地。因能说一口流利的狄人语言，他们通行无阻。此刻，几人分散开来，就藏在附近。

姜含元盯着前方李仁玉的儿子，尾随而上。

天色将晚，李仁玉从南王府出来，回到府邸，独自在书房中踱步。

去年，炽舒召见他和陆康，问起小皇子皇甫容的事，称若是寻回人，必将其奉为上宾。起初他不敢相信，不过很快便猜到了炽舒的意图：大战在即，燕幽之地又多晋人，炽舒不过就是利用他们对故国的归属感收拢人心，为获得助力和缓冲而已。

不过，他当时的想法是：哪怕是被利用，若晋室血脉当真能够再次封王，待将来见机行事，总比看不到希望要好。这是一件天大的好事。他们多年以来始终没有放弃寻人，为的不就是这个吗？

经过多年的查访，他们已确定，早年洛阳伽蓝寺内那个声名鹊起的法号无生的年轻僧人，应当就是小皇子。但等他们查到这里时，已迟了一步，无生已离开——据说是西行前去求法。就这样，寻访被迫停了下来，然后便是年初那回，在炽舒的授意之下，他们又动用了一切旧日关系，终于再次从伽蓝寺那边得到一个消息：无生应当在数年前便已西行归来并应当先行返回伽蓝寺，却不知为何始终未回。

西行之路风险重重，人当回而未回，失踪了好几年，极有可能已是死在了外面。

月前，他和陆康将结果上报给了炽舒，想到寻访多年，最后竹篮打水一场空，不免悲戚。不料隔天，炽舒竟称他已替他们找回了人。他和陆康能混到今日，自然都是聪明之人，当时哪敢多问半句，一切都照炽舒之命行事。

就这样，北皇炽舒亲自带着迎回来的故晋"皇子"来到燕郡，南王府变成了晋宫，陆康做了左相，他也从原本的闲散大夫一下子变成了晋宫右相。亡国之时北逃的晋朝旧人纷纷冒头前来投奔，个个封官。城中到处张贴着复国和征兵的告示。

一切看起来都有模有样，他在人前也是风光无比。此刻到了人后，他却紧锁愁眉，长吁短叹。他的心中总有一种不安之感，令他坐卧不宁。

当初，他是想着大魏和北狄两强相争，打个两败俱伤。没想到西关之变过后，魏军虽然失了主帅，士气非但没有衰落，甚至在新帅的统领下，反而比从前更锐不可当。

局面已是急转直下，大魏兵锋直逼燕郡。

如今的局面，便犹如暴风雨来袭前的异样平静，令他联想到多年前晋都被破之时，那种濒临死亡的压迫之感。

北狄贵族在狩猎猛兽之时，往往会先派出鹰犬对猛兽进行攻击，等鹰犬将猛兽消耗得体力不支。那时他们再亲自出马，狩猎成功的可能便将大大得到提升。

他心里很清楚，如此局面之下，自己和所有这些被"复国"给搅得狂热无比的人，不过就是炽舒操控下的鹰犬而已。

倘若这回北皇炽舒能够打败那支已经攻到幽燕边境的魏军，自然一切好说，但是倘若无法抵挡，自己的下场……

他想起了原本驻军安龙塞的黄脩。那是他的一个旧交，当年一同逃亡来此。

黄脩就是在去年八部战事发生之时，死在了大魏那个女将军的手下。据说，他当时被一杆长枪钉在门上，是被活活钉死在了那里。

他和已下决心大不了最后殉国的陆康不同——即便复国无望，他也不愿死。

他忍不住打了一个寒战，忽然又想起自己的儿子。他就这一个儿子，因为心里实在没底，不想令其掺和最近的事，但儿子不知死活，求来了一个武职，整天做梦都想着复国之后怎么建功立业。他不敢在明面上限制儿子的行动，只能暗中叮嘱其少惹事。

今日眼看就要天黑，还不见儿子回来，李仁玉更不放心了。他正想派人出去找，这时家人跑来通报，说公子在城中的一间酒楼里和几个吃酒的狄人起了冲突，被扣住不放，还说对方发话让李仁玉亲自过去评理。

李仁玉吃了一惊，立刻在心里叫苦。他如今虽被封为右相，却不过是晋宫里的官，用来吓唬当地民众或还管用，可若遇到狄人，莫说是贵族，便是军中稍微有点儿地位的军官，怕也不会给他面子。

他问了几句，得知对方看着像是狄军里的低级军官，心中便有数了。狄人无不贪财，尤其喜好黄金。对方应当是认出了他的儿子，想要借机向他索要钱财。

如今的局面之下，多一事不如少一事。他急忙带了些金子，叫上几个护卫一道，匆匆来到酒楼。他们上楼刚进了一间包间，迎面走来一个精瘦如猴的狄兵，操着狄人语言，凶神恶煞地命他的人都出去。

李仁玉在狄廷做官多年，自然能够听懂狄人语言，知对方这是为了方便勒索，只好无奈地命手下人听从，自己一个人走了进去。

他关心儿子，朝内里张望，却不见人，只看见靠窗的椅子上坐着一人。那人正端着酒杯自斟自饮，头上压着一顶狄军惯戴的便帽，侧着脸，似乎在眺望外面的街景，姿态悠闲。

李仁玉猜测这应是头子，便问道："我儿子呢？只要他没事，一切好说！"

话音落下，只见那人放下手中酒杯，转头朝向他，接着抬手摘下头上的帽子，随手搁在桌上。李仁玉这才看清那人的脸，没想到对方竟十分年轻，生得英眉秀目，目光炯炯。他一愣。

"李相，恭喜升官。"那人朝他一笑，招呼了一声。

李仁玉不再怀疑了，对方果是一名女子！

他起初诧异万分，不明白此地怎会有这样一个女兵，愣怔了片刻。突然，他双目圆睁，死死地盯着对方，眼里露出了难以置信的神色。他抬起手，指着对方道："魏国女帅？长宁将军？！"

姜含元再次笑了笑，指了指自己对面的座位，示意他入座。

李仁玉骇得齿根发冷。

郡城方圆百里的地界驻满士兵，自从炽舒亲自到来之后，周围几条通往此地的路更是戒备森严，普通人已被禁止出入。

两军正在交战，谁能想到魏军女帅竟会在这个时候冒险越防到了这里？

他方才也只是因对方那非普通人能有的气度和女子身份，加上如今局面，才做出了那样的大胆猜测。话说出口后，实是连他自己也觉得不大可能，却没想到，这竟是真的。

他脸色骤变，下意识地接连后退了几步，正待扭头呼人，却见她冷眼瞧着自己，依旧端坐，纹丝不动，没半点儿阻拦的意思。他忽然回过神，想起了儿子，猛地抬眼："我儿呢？！"

"令郎好得很。我有求于右相，怎会怠慢了他？"

李仁玉早年以亡国之臣的身份投向狄廷，又做官到了现在，岂会不明白她的言下之意？再想到此处就是炽舒的眼皮子底下，她便是有通天之力，料也不敢过于为难自己。他这才定下了神，慢慢走到她方才示意过的座位上落座，看着对面的魏国女帅，提起酒壶，取杯为自己斟酒压惊。

"敢问将军，今日将我唤来，所为何事？"他压低声问道。他虽极力想显得泰然自若，但话语的余音依然带了点儿颤抖。

姜含元将倒好的酒推到他的面前，道："听闻你之故国即将复立，皇甫容是怎的一回事？"

李仁玉听到对方是问这个，方微微松了口气，很快若无其事地道："小皇子天生不同凡人，幼时便有高人摸骨断言他乃圣人之相。当日洛阳城破，他带着国玺出走，下落不明。他乃晋室仅存的血脉，更是我晋室复兴之兆，晋国万民之望。陆康——你应当是知道的——乃是他的舅父，这些年一直在暗中寻访。总算皇天不负有心人，他查到小皇子便是数年前洛阳伽蓝寺中的无生。等到小皇子西行归来，陆康历经艰辛，终于寻到了人，于不久前将小皇子迎奉至此……"

他说着话，觑见对面那魏国女帅神色渐渐转冷，漫不经心般地拈了桌上摆着的一双木筷，忽地两指一拗——"咔嚓"，伴着木裂之声，一双坚硬木筷应声在她指中被折断。

李仁玉只觉得被拗断的仿若是自己的脖子，说话声戛然而止。

"我来此也有几日了，听到满城都是对我的漫骂之声。你说巧不巧，白天在街口，我恰就看到令郎当街唆使民众敌视我。令郎不但仪表堂堂，辞令也是张口就来，天生一张巧嘴。见到右相，我便明白了，这是家学渊源，有其父必有其子。"

李仁玉知她是不信自己的话，又不知哪里出了岔子，盯着那双被她拗断的木筷，心中忐忑不已，强笑道："我已将我所知的悉数告知了将军，不敢隐瞒……事情都是陆康做的，我不过是跟从罢了……"

"看来你过得很是不错，逃来此地后，不但得到狄人重用，如今又复国在望，官居高位，往后荣华富贵唾手可得。"

李仁玉讪讪地道："还请将军勿要取笑……"

"我怎敢取笑右相？我只是想提醒一下，安龙塞守将黄脩的下场，你应当知道。"

李仁玉面上那勉强挤出来的笑意再也挂不住，他沉默了下去。

姜含元冷冷地看着他，道："我大魏结束战乱，九鼎归一，然雁门以北，金瓯待补，这还是你的旧主拱手让出去的。幽燕便是不毛之地，也当寸土不让，何况此为大魏的北方门户。当今摄政王有踔厉之志、卓绝之能，承圣武遗志，誓补全天裂，永固丹宸。我的大军也已压境，战力如何，你应当也是知晓。狄人不日必将北退，回到他们的旧地去，此乃大势，不可逆转！

"李仁玉，我不妨和你直说，你比你的那位旧相识黄脩幸运。至少，今日我给了你机会。"

李仁玉本冷汗涔涔，忽觉她的语气变得和缓了一些，仿佛有了转机，心暗暗一跳。他抬起眼，对上了她的两道目光。

"你虽失大节，替狄人做事，但我也有所耳闻，你这些年并未为虎作伥犯下不赦之罪。你若迷途知返，将来我保你平安，便是叫你继续做官，也不是不可能。

"自然了，你若执迷不悟，定要和我大魏为敌，做无国无家之人，甘愿跟着狄人再次北逃，终生不归，死后葬身异域，我也不勉强。人各有志，你和你的儿子，此番我不会动你们一根头发。"

李仁玉做梦也没想到，魏国的这位女帅竟说出了这样的话，字字句句，宛如重锤，直中他的心底隐忧。

昔年北逃之时，他还自诩晋室遗臣，而今两鬓苍苍，早已没了当年的志气。

做晋室的臣和做大魏的臣，于他而言有何区别？他连狄人都委身侍奉了。他唯一的顾虑，就是魏廷不会放过他这种人。现在，他这最后的顾虑也不存在了。

这女子身份殊重，不但掌着大魏几十万兵，还是大魏当朝摄政王的王妃。倘若连她说出的话都不作数，那便是上天之意，合该他亡。

几乎称不上有什么抉择之难，他不过在心里摇摆片刻，便做了决定。他从座上起身，朝对面女子下拜道："我不过一丧家之人，庸庸碌碌，苟全性命至今，每每想到故土难归，夜半难寐。如今蒙将军看得上我，给我机会，李某感激不尽。"

他恭恭敬敬地叩首，起身后也不用姜含元再问，主动将那所谓晋室皇子的内幕说了出来。他道皇甫容应当已是死了，如今的"小皇子"是炽舒不知从哪里弄来的一个年纪相仿的僧人假冒的。那人虽无国玺在手，但炽舒说那人是皇甫容，谁敢质疑？至于普通民众更是信以为真。就这样，假无生摇身一变，沐猴而冠，在炽舒一手操纵之下，复国闹剧提上日程。

只要那不是真的无生就好！姜含元在心里长长地松了一口气，接着便问起如今正驻兵在弯道的左昌王目答。

李仁玉既下定决心投靠她，只恨自己拿不出有力的投名状，听她问起左昌王，自是知无不言。他说，狄廷之中，皇帝之下，以左、右昌王和左、右光王四人地位最高、最有权势，其中左光王在大魏攻打广宁天关一战中已死，右光王则因和炽舒不合死得更早，在炽舒发动宫变的当日便被杀了。

如今炽舒之下，还有左昌王和右昌王两人，是他的左膀右臂。狄廷以左为尊，左昌王目答的地位比右昌王高一些。

"不过，不但这两人相互角抵，右昌王不服目答，就连炽舒，如今也不像从前那样和目答亲近了。"

"为何？左昌王不是炽舒的叔父吗？我听闻当初炽舒也是靠他才夺了皇位。"姜含元问了一句。

李仁玉见她似乎对此颇感兴趣，顿时来了劲头，继续道："将军你有所不知。右昌王势力也是极大，从者众多，左昌王对他一向颇为忌惮。当初左昌王之所以支持炽舒夺位，未尝不是想靠炽舒去压制右昌王。左光王死在天关之后，他余下的部属裂成两半，不少人只服目答，暗中投靠。将军你想，炽舒怎会不生芥蒂？"

姜含元颔首道："不错，这个消息很有价值。"

李仁玉得她称赞，很是欣喜，极力表忠心："只要能为将军效力，哪怕是微末之用，也不枉李某在狄廷忍辱多年。"

姜含元笑了笑，又问道："听说三日后，这假冒皇子之人要到城郊举行祭天之礼？"

这消息早已传遍全城，此刻李仁玉听到她问起，倍觉羞耻——到时他便是主祭。他称"是"后，又提醒道："炽舒也会同去。到时城里城外戒备加倍，将军若是还没走，务必小心。"

李仁玉说完，她不再发声，望着窗外街景，仿佛在想事。他便也不敢出声打扰，更不敢托大再坐回去，只站在一旁等着。

不料片刻后，她转回头来说道："到时我去。你想个法子，叫我可以接近些。"

李仁玉吃惊，慌忙阻止道："将军身份贵重，万万不可再去冒险！"

"你想法子便是，其余我自有数。"她的语气并无咄咄逼人之势，却由不得人不从。

李仁玉只得应"是"，问来联系之法，随即匆匆离去。

第十一章　心有灵犀

三日后，祭礼如期而至。

清早，舆驾和仪仗从已成为晋宫的南王府内出来，去往南郊。

这是皇子皇甫容流亡归来登基复国后的首次露面。随行百官虽是一个临时搭成的班子，当中用来凑数的人占了大半，文官有目不识丁者，武官有没摸过刀的，但衣冠和礼仪都依着晋室从前的礼制而行。覆亡了的晋朝便如此粉墨登场，俨然重生。

先前已造势多日，及至新帝露面，道旁百姓终于亲眼见到了传言中那位神明转世、能给世人消灾除祸的皇子。他高坐在舆车金帐当中，冕服加身，尊贵无比，民众见状，不免先生出敬畏崇拜之感。再有一群预先安排好的路人跳出来，有作狂热之态引人高呼万岁的，有跪在路边激动下拜乃至涕泪交加的，氛围感染之下，其余人情不自禁地也投入其中，纷纷跟着下拜。

理所当然的，即便是神明转世如晋帝，也当奉北皇为尊。

炽舒的车驾在前，目光扫过道路两旁那些下跪膜拜、神情里透着虔诚的民众，在这个已统治多年了的地方，他头回看到民众如此顺服，而不是过去在重压之下的逆来顺受。

果然只有晋人才懂如何去驾驭晋人，他也总算没有白养陆康和李仁玉这帮人，他们不但拉起了人马，而且人数还在不断增加。

魏国那女子必定希望速战速决，他自然不能让她如愿。他耗得起，可以利用崇山峻岭为障，设下重重防线，再让晋人打头阵，先去为他们那子虚乌有的皇帝而战。

这些乌合之众自是无法和魏军抗衡，但只要他调动幽州全员，光是拖，就能拖垮对方。远征最忌久战，待到姜含元疲于应对，他再以逸待劳，必将事半功倍。

今日的祭天场地也是陆康、李仁玉这些人选的，说什么"圜丘祀天""方丘祭地""祭天须在南郊选取合适之地"诸如此类的话。炽舒对这些不感兴趣，叫他们自己看着办，唯一的要求便是场面必须隆重盛大。所以原本按礼制，祭祀场地周围百丈之内不得有闲杂之人，但今日，照炽舒之意，允许郡民靠近祭祀场地观礼。

时辰到，鼓乐齐鸣。

炽舒坐于祭坛正北方的尊位之上。他的四周列着仪仗和众多参祭的官员，再过去则是等待献舞的三百乐生。大约数十丈外，则密密麻麻地站了许多郡民。自然，为保证不出岔子，所有进入戒备范围内的郡民都事先经过遴选，要么家中有人从前就在替南王府做事，要么是如今那些晋官的亲眷，不但如此，今日还须持凭照才得以靠前。

今天场面之大，令炽舒感到很是满意。

陆康因这晋帝乃是冒名，疑皇子无生已死，近来沮丧无比，办事不像从前那样积极。这祭天大典之事，是李仁玉一手操办的。不得不说，李仁玉虽没真本事，但做这种事还是十分在行的。

炽舒收回视线，望向他一手打造的晋帝。

那人身着冕服，头戴冕旒，手持镇圭，正坐在他下首的座上，撞见他投去的视线，知是要自己上场了，慌忙站了起来。

此人本是荒山野庙里的一个普通和尚，每日只知念经打坐，突然摇身一变做了皇帝，至今仍如在梦中。所谓小人得志便是如此，他除了对着炽舒诚惶诚恐，其余场合已渐渐真把自己当成了皇帝。此刻，他便照着事先得过的盼咐，面向西方，立于祭坛东南方向，等今日的主祭官右相李仁玉主持完烦冗的仪式,便迈着方步来到放置着牺牲、璧圭、缯帛等祭品的柴垛前,点燃积柴。

粗壮的烟柱仿佛黑色游龙,从地面喷涌而上,朝天升腾,接着,祭酒官,再是乐生献舞,三百名身穿祭服的乐生列队等在旷野之上,闻声而动,跟随节奏开始踏着舞步,献上乐舞。

这样的场合,气氛本当庄严肃穆,从而达到震撼人心的目的。但因这复国太过仓促,连百官都是拉人凑出的班子,一时哪里能找到须接受长期训练方能掌握祭祀乐舞技巧的乐生?这三百人大多不过是当地读书之人,匆匆学了几日便被赶鸭子上架。乐舞开头还算整齐,进行过半,场面便混乱了起来。左边的抬手,右边的伸腿,有些人发现自己和近旁之人动作不一,又慌忙纠正;有些茫然无措的,干脆停了下来,左右张望,场面顿显滑稽。

炽舒见此,有些不悦,望向李仁玉。李仁玉擦了擦额头上的汗,慌忙朝手下之人丢去眼色。那手下之人匆匆奔向最靠前的那群郡民。这些人事先便得过吩咐,会意后下跪,带头高呼万岁。后面那些看不清前头的郡民听到了,不知何事,但也纷纷跟着下跪。一时间旷野之中呼声四起,总算将乐舞的尴尬给遮掩了过去。炽舒这才面色稍霁。

这时,执爵官以爵盛着酒醴上前进献皇帝,以表上天赐福于晋国。那假晋帝接了,但怎敢压炽舒一头,和执爵官一道,毕恭毕敬地将爵转奉炽舒。炽舒起身接了酒,举起,用唇虚虚碰了碰杯缘,做饮酒状,随即递还。

这时,旷野之中来自万千郡民的呼声还未停歇,人人叩首在地,然而谁也没有料想到的一幕发生了——空中陡然出现了一道笔直的黑线。

那是一支袖箭,破空而来,朝着中央的炽舒疾射而去。

炽舒身边从前的那支亲卫,包括头领奴干在内,因那一趟长安之行几乎折损殆尽,如今的人虽不及从前的得力,但依旧是好手。他上位后,为防意外,无论走到哪里,他的亲卫必定不离左右,今天也不例外。

但这支袖箭来得太过突然。谁也没有看见它出自何方,是何人所发。它如幽灵一般,转眼便射到了炽舒的眼前,待他左右之人反应过来,已是迟了。纵然众人奋不顾身地朝他扑去想要救驾,却根本无法追上那箭。而炽舒此时正高高地独立座前,周围之人低他半个身子。他的身前没有任何遮挡,他就如靶子般显眼。

此时，他的右手还端着酒爵，而那支袖箭已离他不过数尺了。好在那支袖箭几乎是迎面而来，在距他还有数丈远而旁人未曾觉察之时，他便已发觉。他眼皮一跳，甩了酒爵，一把攥住离他最近的执爵官，将人拽到身前一挡。那执爵官还没明白过来是怎么回事，已然后背中箭，惨叫一声，当场倒地。

炽舒堪堪躲过袭击，下意识地抬眼望向袖箭射来的方向。然而他万万没有想到，几乎就在同一时刻，又一支袖箭已从另一个方向射至。

原来方才是有两箭从不同位置几乎同时发出，待他发觉时，手边再无能够抓来替他挡箭的人，他又躲闪不及，眼看就要被这第二支袖箭射中。然而他竟临危不乱，猛地抬起左臂，露出了袖下的铁爪，直接朝袖箭挥去。只听"锵"的一声，铁爪将袖箭格开，袖箭飞了出去。

虽然他接连避开了两支朝他射来的暗箭，但这一切其实是发生在一瞬间的事。直到第二支箭飞了出去，他的左右亲卫方拥到他的身前，周围人也才反应过来。

伪帝被吓得第一个钻到案下，抱头不敢出来。剩下那些晋宫官员目瞪口呆，也是恐慌不已，怕自己遭池鱼之殃，也顾不上别的了，保命要紧，有的矮身趴低，有的朝无人的地方跑。

李仁玉自然明白这是怎么一回事，学晋帝的样子，蹲下趴在地上，一动不动。

这时，炽舒已被冲上来的亲卫护在了中间。险情解除，但他后背仍是被惊出了一层冷汗。待惊魂稍定，他面露暴怒之色，猛地转头，目光扫向方才那差点儿要了他命的第二支冷箭射来的方向。他抬手指着那边，命伴他同行的右昌王立刻去抓刺客。

那里正跪着那一大群被许可接近场地的郡民，好些人仍不知道到底发生了什么，有的依旧垂首跪地，有的直起身茫然四顾。

姜含元和崔久就乔装混在这群人当中，两人各据一头。第一支袖箭是崔久所发，她紧跟着发了第二支。

可惜虽有李仁玉做内应，他们还是没法携入更具杀伤力的武器，只能暗藏袖箭。且他们距离炽舒过远，等弩箭抵达炽舒近前，力道已是消减，速度也随之减慢，方给了他反应之机，竟被他用连在断臂上的铁爪给挡开了。

实在可惜!

不过,他们本来也没指望今天必定能刺杀成功。造出这样的惊险一幕,便算是达到目的了。此刻,他们再多留一刻,便多一分危险。

姜含元迅速收起袖箭,呼了一声"刺客"!周围人方如梦初醒,又看见前方冲来大队手持利刃的狄兵,顿时乱作一团,在惊叫声中四散奔逃。

姜含元和崔久隔着人群对望一眼,约定撤退。她趁乱往预定好的西南方向迅速奔去。右昌王带着手下几名都尉冲到了近前,很快,在无头苍蝇般乱跑的郡民当中留意到了这道背影的异常,立刻大声吼叫,召唤周围守卫全部追上包抄。

不料就在这时,附近临时马厩的方向又起了滚滚浓烟。

今日两千骑兵随同炽舒出行,充作仪仗和护卫。举行祭祀之时,所有马匹都关在了马厩之中。也不知这火是如何烧起来的,起火点到处都是,又因地处城外旷野,风中火势很快连成一片。马匹受惊,宛如洪水一般在头马的带领下冲出了临时所设的围栏。负责看守之人如何拦得住,眼睁睁地看着马群朝着祭祀场地狂奔而去,声势惊人。

场面顿时乱上加乱。场地周围到处是奔马和惊慌逃散的郡民,追捕受阻。等到局面受控,马群也渐渐恢复秩序,众人方才发现的可疑之人早已不见了踪影。

祭天仪式以惊魂收场。炽舒被亲卫护送着,迅速返回晋宫。

经检查,两支射向他的弩箭均淬过毒。替他挡了第一箭的执爵官虽中箭部位并非要害,但尸体早就僵硬。很明显,刺客不但是要置他于死地,且对今日的现场安排了如指掌。由此推断,刺客应有内应。

他已下令封锁郡城周围所有出去的通道,满城搜索,务必将刺客抓住。

等待消息之时,李仁玉跪在地上,炽舒余怒未消。

"刺客是怎么混进来的?哪里来的凭照?"炽舒将目光射向李仁玉,凶狠无比,"今日诸事是你安排的!是不是你?!私通刺客,借机害我性命?"

李仁玉将头磕得"砰砰"响,喊冤道:"右昌王方才已是查明,当中有两人贪财,私下将凭照让了出去,微臣半分也不知晓!那两人已被抓来。陛下若是不信,可以亲自审问。"

原来，昨日有人找到获得凭照的两个人，称敬慕北皇，想进入今天的场地好瞻仰天颜，愿意出钱让他们把凭照让出。那两人本是无赖，平常专门替狄人做事，狐假虎威，无恶不作，是普通郡民看见了都要绕道走的主儿，遇到这样的好事，当场就将凭照交了出去，这才给了刺客可乘之机。

"待右昌王来，他可为微臣做证！"

他刚为自己辩解完，右昌王便匆匆入内，向炽舒报告了一个消息。

他的人马循着刺客逃离的方向追踪，最后在郡城西南百里的一座山下失了刺客的踪迹。他们搜山之时，意外发现了一条被杂树和野草遮掩的通道。那道路开在山岭之间，状若羊肠，无法通过大军和车马，但能容单兵内外交通。

经查证，那竟是晋国早年暗中修的一条用来递送消息的捷径，本来的目的是对付北方强敌，但后来连晋国也投靠了北狄，这条消息通道便荒废了，不但少有人知，连晋国一般的地图上也寻不到踪迹，只在极为详尽的、用作战争的舆图之上或还能见到标注。

刺客已从这条旧道走了，不知所终。

听完右昌王的回报，李仁玉终于彻底松了一口气。

三天前那魏国女帅宛如从天而降，他想不通她是如何入的燕郡，也不敢问。方才他还担心她和同行之人无法走脱，麻烦便大了，没想到竟还有这样一条密道。只是，这密道连他都不知，她又是如何知晓的？

李仁玉在心里思忖着，耳中听到炽舒发出了狂怒的咆哮声："是谁？！到底是谁？！安敢如此谋害我？！"

今天若不是他运气好，加上自己确有几分本事，恐怕此刻已和那执爵官一样早就丢了性命。

右昌王昂然说道："这还用说？必定是左昌王了！他表面服从陛下，实际早就想自立了！他先前就暗中拉拢左光王的人。陛下宽宏大量，不和他计较，反而叫他野心更大。如今魏国大军压境，万一陛下遭遇不测，他就是最大的得利之人。到时，谁能和他去争？"

炽舒没有发话，脸色却慢慢地阴沉下去。

李仁玉暗暗看了一眼身旁的右昌王，小心翼翼地道："此事原本轮不到小臣置喙，但小臣方才被陛下怀疑，少不得自证清白。小臣以为，右昌王所言极是。"

右昌王平日就瞧不起李仁玉这些人,连他们说话文绉绉的也觉得是罪。此刻他听到李仁玉竟附和自己,一喜,问道:"怎讲?"

李仁玉忙道:"今日之事,若非有人里应外合,刺客怎能顺利逃脱?放眼陛下身边,除了左昌王,还有谁有如此之能?"

右昌王大声说道:"李相说得极是!"

"所谓鹬蚌相争,渔翁得利。如今陛下陈兵燕郡,直面魏军,他守在后方。小臣知陛下此战必然会胜,但魏军也非弱旅,到了最后,陛下麾下恐怕难免有所折损,而他毫发未伤。到时,他若再发难,便占尽上风。"李仁玉继续说道。

右昌王恍然,转向炽舒,恨恨地道:"难怪他主动向陛下请命去守鸢道,原来打的是这个主意!万万不能叫他如愿啊,陛下!"

炽舒的眼神变得越发阴沉,他一个人慢慢地来回踱了片刻,停步,转向右昌王,下令:"你速速带上人马赶去鸢道,控制住他,接替他的位置,再命他速来燕郡见我!"

左昌王能立而不倒,自然不可能全无心机,眼线火速便将炽舒遇刺险些丧命的消息传到了他的耳中。虽然无从得知事后炽舒和右昌王谈了什么,但他当场后背生凉,心生不妙之感。

右昌王和他势同水火,而炽舒上位后,对他也是日渐防备,他岂会不知?

西关一战,魏军元帅姜祖望战死,这成了炽舒用来激励下层军士的可夸耀的战果。然而无论怎么粉饰,明眼人心里清楚,这就是一场惨败。

为了那场战事,他们不但精心策划,还投入了极大的军力,原本的目标是彻底打乱魏军的全盘计划,将战场的压力从北方转移到魏都。如果顺利的话,他们的铁骑甚至可以直逼长安,那将会是何等辉煌的战果。

然而,结果如此不堪,功败垂成。

也是西关之战过后,他开始意识到对手的可怕之处。魏军那种于绝地里反击的韧性和能力,足以叫这世上最强大的对手也为之战栗。

军队尚且如此,何况是最高统帅。姜祖望虽战死,却没有战败,而他的继任者更是用扭转战局的方式,证明了她继承于姜祖望的强悍战术素养和对部下的绝对号召力。

这样的统帅，这样的军队，足以摧垮任何敌人。

他对后面的战事已是失去了信心。

此次他自己请命来此，便是深思熟虑过后的应对。自然，他存了几分私心，却也有自己的无奈——敌手叫他看不到战胜对方的把握，而炽舒不是一个能叫他放心效命的人。

自己的地位足够高了，他无意再以战养威。此战如果得胜，他不至于有积功之嫌。

如果战败——虽然没有一个人在公开场合里提过这样的可能，但作为一个和中原皇朝厮杀了半辈子的北庭之王，他比任何人都清楚，从前遇到晋室那样的对手，只是运气太好而已，而他们的运气不可能总是那么好。一旦他们失去幽燕，毫无疑问，南都必然跟着不保，到时候，他们的唯一选择就是离开这片膏腴之地，再次北迁，回到他们旧日的王庭去。到了那时，残酷的内部争夺战必将再次上演。

他若现在保住实力，将来便有余地，不谈进，即便是退，也足以据守自己原本的地盘。

然而他万万没想到，现在竟然发生了这样的意外。

是谁要取炽舒的性命？

如果不是右昌王，他能想到的另外一个人，便是魏国女帅。甚至，如果单从炽舒身亡后谁能获得最大的好处来看，比起右昌王，他觉得后者的可能性更大。

他不信炽舒想不到这一点。但是，右昌王会放过攻讦他的机会吗？最重要的是，即便他自辩，炽舒真的会相信他吗？对这一点，他毫无信心。

为防万一，当天他便派亲信暗中赶往燕郡监视。

才两天，他就收到了紧急回报，亲信侦察到右昌王已带了人马悄悄往这里赶来。据说，炽舒是要以前方战事吃紧为由换防，调他去往燕郡。

两地之间，急行军的话，五六天便能到。现在右昌王已经上路，也就意味着留给他的时间更短了。

目答惊出了一身冷汗。如果不是他谨慎，提前防备，刺探到了这个消息，等几天后右昌王赶到，自己必定凶多吉少。

他立刻召亲信商议对策，众人无不怒火冲天，有的说等右昌王到来便将其杀掉；有的更狠，鼓动他占领鸾道，堵死这条炽舒和南都之间的交通要道。

事已至此，目答知自己没有退路了。照炽舒的意思办的话，往后即便对方不杀他，他也如自断双臂。至于杀右昌王占据鸾道，这事不难，但办了之后下一步怎么走才是个问题。

炽舒起初虽同意他驻在鸾道，但也同时命右昌王的亲信驻在了南都。这一手，应该就是为了防备他，令他和右昌王形成牵制。

如果他动了鸾道，炽舒必定会先将魏军放下，和南都两头夹击他。那样，局面便不好收拾了。

现在，他是进不能，留，更不能！

这个多年以来在北狄皇廷之中威望素著的左昌王，如今竟也焦头烂额，彷徨、无计可施。经过反复权衡，终于，他做出了最后的决定。

紧密监视着狄军动向的姜含元很快便收到了消息。

在夜色掩护之下，北狄的左昌王带着他的亲信和主力连夜撤出了驻防地，往北退去。她推测他是要绕过南都，提前退回北庭，以便谋划将来。

这个结果令她颇感意外。她设计离间，料到左昌王会和炽舒发生冲突，但也仅限于此。只要那两人不复同心，她就能寻到谋取鸾道的良机。她没有想到，左昌王竟会走得这么干脆！

鸾道现在只剩不到千人常驻，当中大多还是负责运输辎重的老弱残兵，以晋兵居多。而这个时候，要接管鸾道的右昌王还没赶到，仍在半路上。

这样千载难逢的好时机，怎容错过？

两天之后，还被蒙在鼓里的右昌王带着他的人马赶到。那个时候，他还在想着如何趁左昌王不备将其控制，却没想到，等待他的是一个晴空霹雳——

左昌王几天前便已逃走，魏国女帅领着埋伏在附近的人马现身后，几乎没有遇到抵抗。此处的守兵悉数投降，叫她不费吹灰之力便夺了鸾道。

不但如此，毫无防备的右昌王还在鸾道前方中了埋伏。若非身边亲卫殊死抵抗，杀出一条血路，连他也要葬身于此。他带着残兵，仓皇逃回燕郡。

对于当日刺杀的主谋，炽舒除了怀疑左昌王，也曾想过或是他敌对的那魏国女子的手笔。

但是鸾道太重要了。如果没有鸾道,燕郡和南都之间想要往来,就必须绕走山岭,没有一个月根本走不下来,而且,路上还要防备敌袭。他担心,万一刺杀是左昌王所为,鸾道便会成为其威胁自己的软肋,所以才会派右昌王前去接管鸾道。

现在他明白了!这是那魏国女子的离间计!他上当了!

更叫他气得几乎呕血的是,他派人去抓那个极有可能私通魏国的李仁玉时,那晋人已带着一家老小往八部方向逃走了。

狂怒之后,他冷静下来,知必须趁局面还未失控,要不惜一切代价夺回鸾道,否则,非但拖死魏军的谋划全部落空,先被拖死的恐怕会是自己。

七天之后,当炽舒亲自带兵压来,姜含元已陈兵在了鸾道口,静待他的到来。

高大的关门城楼上,旗纛迎风"猎猎",将士在垛口间架设强弓,一字排开,宛如长线。她居高临下,立在关门正上方的城头上,身上的甲衣在正午阳光的照耀之下,闪烁着森冷的光芒。

从空中俯瞰这里,两侧山麓连绵扩展,中间山脊高耸,好似一只正展翅飞翔的鸾鸟,所以此地才会得名鸾道。而鸾道,便是从"鸟首"位置往北延伸的一条天然通道,长达数十里。左昌王先前驻守的地方,便是一座修在"鸟首"位置的方堡,堡墙依山而建,有关有门,扼守南北。

对面,大批疾驰而来的狄兵不断压上,却被阻挡在鸾道口外。人马越聚越多,马匹狂嘶,狄兵怒骂,尘土飞扬,杀声震天。

与之形成鲜明对比的是垛口后的魏军将士。他们起初岿然不动,直到敌军渐渐进入弓箭射程内,一名指令官突然发令,万箭齐发,"噼里啪啦"地射向对面。冲在最前的几排狄兵虽也举着盾牌遮挡,但架不住箭矢密集如雨,试着冲了几次,冲得人仰马翻,被迫后退,叫骂声更响。

这时,一面高达数丈、极为显眼的华丽王旗从后卷来。旗下,炽舒在一支披甲骑兵的簇拥下现身。他面带怒容,厉声喝道:"姜含元,祭天那日刺杀我的主谋果然是你!你这诡计多端的妇人!若真有本事,出来,战!我告诉你,你别以为据了此地便能制胜!趁早投降,你或还有生路可走,否则等到破关之时，莫怪我不给你机会！"

姜含元冷冷地看着他狂怒的脸，岿然不动。

敌阵中的叫骂声随着炽舒和甲骑的到来，迅速变成了狂热的啸声。不计其数的狄兵高举手中马刀，齐声呐喊："杀死魏人！杀死魏人！"吼声如雷，扑向对面阵地，钻进每一个人的耳中。

姜含元转向站在她近旁的崔久，微微颔首。崔久挽弓，朝对面发了一箭。

箭矢破风，挟着尖锐的呼啸之声，向着炽舒直射而去。几十个亲卫立刻举盾朝他围拢，待要集成盾墙，将他护在后面。炽舒大喝"让开"，非但不退，反而驱马朝前，猛地拔出马刀横在身前，等待那支正射来的箭抵达。

不料箭的目标并非他。只听"嗖"的一声，箭矢从他头顶数尺之上的空中越过，射穿了他身后那面王旗的旗杆。

旗杆从中折断。随着王旗从空中摇摇坠落，狄军的鼓噪声渐渐消失，而魏军骤然爆发出了喝彩声。那声音一阵接着一阵，一阵高过一阵，到了后来，仿佛大海中的连绵浪涛，以不可阻挡之势，彻底地压下了对面的声音。

姜含元的视线越过敌首，她望着漫山遍野持刃如林的狄兵，缓缓地握紧手中的长枪，感受着它散发出的强烈杀气，只觉得它仿佛正在"嗡嗡"震颤着，就要飞天化龙。

她知道，又有一场厮杀要来了。她周身的血在缓缓地沸腾，胸中如有团团的火在烧。她已经做好了一切准备，等待的便是这时刻的到来。

半个月后，长安收到了关于弯道一战的战报。

北皇炽舒御驾亲征，率精兵猛攻弯道数日，却是寸步不得前行。

与此同时，赵璞领军进入幽州，等候多时的周庆和八部将士收到指令，渡过潞水。两路大军从东、西两个方向同时进攻燕郡。

炽舒离开燕郡后，那里便由北狄第一猛将钦隆坐镇。燕郡现在除了钦隆手下的狄兵，还有晋帝招来的人马，局面算是双方暂时持平。

全面大战就此爆发。这也是决定这场战事最终走向的关键期。

从那日摄政王在朝会上斩杀高贺过后，整个朝堂便彻底安静下来。除了必要的场合，其余时间少帝极少露面，平常更是听不到他的任何声音，朝政全部由摄政王一手操控。

据说，少帝是被摄政王软禁了起来。皇帝尚且如此，何况臣下？

莫说别的人了，就连方清也渐渐看不懂摄政王了。从前高贺一党兴风作浪，诋毁摄政王意图以战养功、图谋不轨，方清只觉得荒唐，坚决认定摄政王不是那样的人。

然而现状坏到了如此地步，朝廷如摄政王的一言堂，他本人似乎对此完全无意遮掩。与此同时，少帝或是被他当日斩杀朝廷重臣的举动给吓住了，就此消沉，再无半点儿少年君王当有的锋芒和锐气。

方清将一切都看得明明白白。他担忧不已，为此私下找过贤王，想探听贤王的口风，然而贤王报以沉默。

随后他不得不在摄政王面前开口，婉转地提醒其这样下去的恶果。以摄政王之明，不可能听不懂他的劝诫，然而摄政王仿佛什么事都没有，当时听罢，一笑置之。

至此，方清也不得不开始怀疑，摄政王真的另有所图。等到北方战事获胜之后，摄政王取少帝而代之，只是一个迟早的问题。至此，方清也沉默了。

朝堂里再没有半句杂声，群臣提及战事，言必称胜，提及女帅，更是夸耀其功劳，无一例外。

这样的情况一直持续到了前段时日，晋国复立的消息传来后，除了必要的声讨之外，另外一种声音也不胫而走。

那是流言蜚语。

也不知是谁起的头，竟有传言说当今的大魏女帅，亦即摄政王妃姜含元，和那晋室余孽皇甫容牵扯不清，两人关系匪浅。传言还说，那晋室皇子还是无生时，西行归来消失了几年，其实那几年便落脚在云落城，而姜含元明知他的身份，却隐瞒不报，不但如此，还收他做了面首。此事，云落尽人皆知。

如今无生还俗，投靠北狄，复立故国，借自己昔日的名望蛊惑北方晋人与大魏为敌。且不说是否会因私情而有通敌之嫌，光是这件事本身，若追究起来，她便罪责不轻。

朝堂里，在重压之下，自然无人胆敢就此发声，表面依旧平静如常。然而在民间，这个流言正在疯传。

世人或不乏善良和正义，却免不了愚昧，听风便是雨，总是人云亦云，一次又一次地被流言席卷入内，周而复始，乐此不疲。这回流言说的还是风月之事，本就为人津津乐道，更不用说这流言当中牵涉的几人是如此身份。一时间满城风雨，流言传到后来，被数度添油加醋，不堪入耳。

兰太后自然也早就听到了这个流言，总算是获得了一丝长久以来绝望灰暗下的安慰。

她也知，高贺一死，兰荣便只能保身，儿子手里那道遗诏形同无物。以束慎徽如今对朝堂的掌控，哪怕他的风评再恶劣，恐怕局面一时也难以改变。不过，无论如何，她总算是能出一口恶气了。

不但如此，姜含元和那晋室余孽的风流韵事，如今世人皆知，不管束慎徽表面如何云淡风轻，这势必会对他和姜含元的关系造成影响。只要这两个人不和，对儿子就是好事，这流言传得越久越好。

李太皇太妃当日醒来之后，半身不遂，被太医诊断为卒中急风，如今身体有所恢复，但还是行动不便，说话含糊。李太皇太妃是明帝那道遗诏的唯一见证人，兰太后还盼望将来有一天李太皇太妃能出来再次做证，因而用心照顾。

午后睡醒，兰太后正要去敦懿宫里探望一番，却听到宫人的通报声，道皇帝来了。她心中一喜，待要迎出去，见儿子已快步走了进来。

束戬屏退旁人，开口便问："长宁将军和那晋室皇子的谣言，是否母后所为？"

兰太后对上儿子的眼睛，听出了他话中的质问之意，一愣，随即慌忙喊冤，连声否认道："那人什么事都做得出来，宫中又到处是他的耳目！母后怕惹他起疑，对你不利，如今连你那里都不敢多去一次，免得被他以为你和你舅父私下交通。"

撇清自己后，她赶忙又替兰荣也解释了一番："也绝不是你舅父！母后敢拿性命担保！他一心为你，如今忍辱负重，只求暂时自保。何况他的身体至今还没养好！"

她说完，见儿子看着自己不作声，心里涌出一阵伤感，忍不住唉声叹气道："戬儿，母后真不懂了……这对咱们难道不是好事吗？他连高贺都那样杀了，往后会如何对付你，可想而知！怎的母后看你却好像还要替那姜家女子说话？戬儿你莫忘了，她可是他那边的人……"

束戬没等兰太后说完，掉头去了。他走在宫道之上，漫无目的，心神恍惚。

那日朝堂惊变过后，所有人大约都以为他是被那人给吓住了。

或许确实如此。当日朝堂上发生的事仿佛一记从天而降的重锤，瞬间将一切砸得粉碎，他整个人陷入了极大的茫然和沮丧之中。他也想不出来，当日那人对他说最后会给他一个满意的交代，到底所指为何。

那天之后，他便什么都不愿想、不愿做了，更不想见到任何人，包括那人在内。他的情绪也仿佛停止了波动。反正一切的意外，哪怕北方战事不利，那人也自能处置。就这样，他浑浑噩噩，犹如置身事外，直到最近知道了这个流言。

这令他感到了久违的愤怒。他半点儿也不信如今外面正在传的关于她和那个晋国皇子的事。毫无疑问，这是谣言。

他至今仍记得刚认识她不久时在贤王府梅园里发生的那一幕。那时，他偶然闻到了她身上的气息。那是一种怎样的气息？很难形容。那不是脂粉暗香，而像是阳光下的郁郁青木所散发出的味道。他从没闻过那样简单却又叫人心旷神怡的气息，以至将其深深地印入了脑海中，至今没有忘记。

她这个人便如同那种令他难忘的气息，不容任何秽味亵渎。他没法容忍，她在北方杀敌，而这里，在长安，无知之人却在到处散播谣言，毁掉她的名誉。

束戬不知自己是如何走到文林阁的，等惊觉之时，发现自己的双足已停在阁外了。

这是那日朝变过后，他第一次来此。守在门外面的小侍大约没有料到他会突然现身，慌忙下拜，待要奔入通报，被他阻止了。他随即继续迈步。

此间景物，他再熟悉不过。轩窗临风，庭木幽青，然而从前那些熟脸侍人都不见了，据说是去了江南。物是人非，大约便是如此了。

束戬走了进去，看见那个年轻的司天台官员陆天元也在，正在和那人低声说着什么。那人仍是一袭朝服，端坐于案后，仔细倾听着陆天元的话，他的神色凝重而专注，身影高贵而沉静。

束戬忽然感到自己是如此莽撞，仿佛不该出现。他继而悲哀地想，在那个人的面前，哪怕再过十年，自己恐怕也只配站在对方投下的阴影里抬起头仰望而已。

束戬忍住转身逃走的念头，停了步，看见那人已留意到自己的到来，转头望了一眼，示意陆天元暂停，随即起身。

陆天元上前行礼："陛下、殿下，微臣先行告退。"

束戬恍若未闻，一动不动。束慎徽微微颔首。

"陛下请坐。"陆天元退出后，束慎徽迎束戬入座。

束戬没动，直挺挺地立着说道："外面的谣言已传了这么多日，你为何一直不闻不问？将军她不是那样的人！"

是的，这谣言已传多日，连他都早就知道了。他起初一直忍着，想对方会有所反应，但是对方没有任何动静。

"这些时日，我想明白了。将来你要怎样都可以，现在我也无意插手你的事，但朝廷必须维护她的名誉。流言之源或是大长公主，至少，和她应是脱不了干系。这个恶人，倘若你不愿做，那就我来做。治她一个罪名，我再派我的人到民间抓捕胆敢继续传谣之人，惩一儆百，谣言即止！"

束慎徽略感意外，目光落在他的面上，片刻后，缓缓露出笑意。

"长宁将军若是知道，必会感谢陛下信任。此事，臣已有考虑，正想向陛下禀明。"

大约一年前，天门司下辖的一间大牢里，被秘密送来了一个囚犯。

那是一名年轻的僧人，身披葛衣，脚踏草履。刚被送到之时，他似是大病初愈，身体极为虚弱，在那里躺了大半个月后才慢慢地恢复了精神。

这里是秘所，关的全部是特殊的重犯。此前那些被送进来的人，要么无声无息地死在某个深夜，就此消失，被抹去在世上的所有痕迹，要么最后被人带走，从此同样不知所终。

这名僧人想来也是如此。在狱吏的眼中，他和死人没什么两样，也没人想知道他是谁，又因何被送到这里。他和别人唯一的区别是，此前那些进来的人往往会先狂躁，继而绝望，最后变成行尸走肉——他不是。从到来的第一天起，他便显得异常平静。

身体渐渐恢复之后，有一天，他提出请求，希望能将他的经卷归还给他，并求赐笔墨。狱吏将他的请求上报，很快，这名僧人的请求获得许可——许多狱吏看不懂的、写满了蝌蚪文的经书被送了进来。与此同时，狱吏也得到了一道上命：满足僧人在此的一切合理需求。

不过，叫狱吏感到意外的是，这名囚僧没有提出半点儿待遇方面的要求。从那天之后，囚僧开始埋首于经卷。

囚室内暗无天日，他的世界也没有日夜之分，他每天醒来便写，倦了去睡，不见晨昏，不分寒暑。他活着的唯一目的，仿佛便是手边的经卷。几个月后，墙边叠放的他书写出来的经卷在慢慢变高，与之相对的，他的身体变得比刚来的时候还要虚弱。牢内阴冷潮湿，长久不见天日，他又夜以继日地译经，因而再次病倒。狱吏唯恐担责，上报。几天之后，这名僧人被转了出去。

这是一个普通的深夜。城西的护国寺内，在后寺一座荒僻的僧庐之中，小和尚无晴看见当朝驸马都尉陈伦再次到来。

三天前，驸马都尉曾独自来过这里，不知和里面的人说了什么。驸马都尉走后，无晴看见里面的人静坐了片刻，待睁开眼眸后，不眠不休，埋首案前继续译经，一刻也不曾歇息。

这个年轻的法师是于去年被驸马都尉秘密送来此地的。到了之后，他便落脚在这里。他从没出去过半步，外面的人也不可能进来。这座僧庐实则是一间囚室，没有人知道这名囚僧的存在，只有无晴出入，负责给他送饭。

无晴从前在经阁中掸尘，无事之时常读经书。和囚僧渐渐熟悉之后，他有时也会帮此间的囚僧抄一些译出的经文。他发现，这来历神秘的囚僧所译的经文法理严谨，修辞精妙，全部是他前所未见、闻所未闻的。

今夜，在接连译经三日三夜之后，囚僧似乎终于做完了他全部的事，整理好经卷。他应也倦了，便睡下。他的身下是一张卧席，他面向着墙，背对门，右胁卧，头枕右臂，左足叠于右足之上。

无晴当然知道，这是僧人休息时一种惯用的睡姿。据说，这是为了在睡梦中也保持清明，是修行的方式之一。这名囚僧平常从不说话，如同天哑，却令无晴发自内心地感到仰慕，觉得他并非凡俗之人。

今夜驸马都尉再次现身，但这回不是独行，而是伴着另外一人到来。照明的灯笼火光跳跃不定，无晴起初看不清来人的模样，只见他披了一件披风，被连着披风的帽子挡了大半面容，脚步不疾不缓，落地无声。待对方到了近前，无晴认出，对方竟是自己前年在寺中偶遇过一次的当朝摄政王殿下，不禁十分惶恐。

他总觉得有不好的事要降临到里面那名囚僧的身上了。不过，这不是他该关心的事。一饮一啄，莫非前定，人人都有自己的命数，包括那名囚僧。他不敢多看，打开院落的门锁，随即退走避让。

束慎徽来到僧庐前，没有立刻进去。他停下，透过半开的门，望向门后的世界。

一灯如豆，照出这间整洁的僧庐。靠墙的干燥之处，堆着整齐的经卷。对着门的地上，一张卧席之上，此刻背向外睡了一人。那人身披麻衣，狮子卧，背影安静，似睡得很沉。

两年前的那个深秋，他便从贤王口中听到了无生之名。去年六月在钱塘，又是因了此人，他和姜含元不欢而散。当时，他命刘向叫程冲治好对方的病，为免日后再出意外，又命人将其带入长安，囚禁在了天门司大牢之中。

再后来，那时他已和她分开多时，听闻此人再次病倒，忽然记起自己曾对她做过的承诺，倍觉惆怅，便照当日自己对她所言那般，将人秘密转到此处，换了一种囚禁方式。

倘若没有意外，此人的一生便将如此度过。

这么久了，束慎徽也曾不止一次地想起过这个法号叫无生的僧人。但这是第一回，他终于来此，亲自和对方见面。

束慎徽在房门之外静静立了片刻，看见那人的背影微微动了一下。然后，那人醒来，接着缓缓坐起，转过身来。暗淡的灯火映照出一张清瘦的脸，他面上带着倦色，但即便身处囚室，他的眼里也有明亮的光。

这个年轻的僧人便是无生。束慎徽曾误解他为她的心上之人，后来方知他是她的知交——倘若不是他那注定是原罪的出身，她会为他两肋插刀。

束慎徽在对方凝望自己的目光中，迈步走了进去，脱下帽子。

"如何？想好了吗？"他开口便如此问道。

无生收回视线，垂首，恭谨地抬掌竖在胸前，行了一个佛家之礼："三日前驸马都尉已将情况悉数告知。罪责在我。小僧本是多余之人，不该偷生于世，何况如今因我，又生出诸多事端，罪孽重重。小僧更不愿累及将军之清名。"

"小僧一切听凭摄政王安排。"

无生说出这句话时，神情之中没有任何勉强之意，神色从容，语气如常。

束慎徽面无表情，注视他良久，道："很好。出去之前，你有何要求尽管说来，本王必会满足。"

无生环顾囚室，最后视线落到经卷之上。

"确实是有一事相求。中平四年，小僧西行归来，到今日，几番波折，前后费时多年，终于将前次带回的经书全部译完。小僧出自洛阳伽蓝寺，先师洞法虽已圆寂，但寺中还有同门，他们应当一直都在等着小僧归去。劳烦摄政王，日后代小僧将经文送至伽蓝寺交给他们。"

束慎徽颔首："可以。"

说完这两个字，他不再停留，戴回兜帽，转身走了出去。无生注视着那道身影消失，最后缓缓盘膝坐了下去。

三天之后，宣政殿内举行了一场特殊的朝会。

当初的那场朝变不但震慑人心，还改变了许多的事，连本朝开国以来一直执行的朝会制度也有所改动，只保留了五天一次的大议。及至少帝连大议也不参加了，摄政王便将大议也直接取消，命大臣到文林阁议事。

宣政殿已许久没有举行过朝会了，然而今日不但恢复朝会，少帝和摄政王在位，王公大臣悉数到场，连原本没有资格上朝的六品之下的京官也得以入朝。将近千人，将这大殿站得满满当当。

然而就在朝会开始之前，班列当中的大多数人根本不知今日这场一看便知特殊的朝会是为了何事。众人想到当日摄政王就是在此出人意料地手刃高贺，无不悚然。幸而升殿前，有消息灵通的官员放出内幕，道今日朝会和如今在幽燕掀起了大浪的所谓晋室皇子皇甫容有关。

据说，北狄那个皇甫容实际上是炽舒强推而出的冒名之人，而真正的皇甫容，亦即从前那位出自伽蓝寺的无生和尚，自数年前西行归来之后，不问世事，潜心译经，又于去年入长安，来到从前曾请他讲法的护国寺。他在寺中继续译经，为免被打扰，外间方无消息。如今获悉被人冒名顶替，败坏声名，他才决意站出，自证清白。

这消息冲击之大可想而知。在一阵敛声屏气的安静等待过后，终于，那僧人出现在了众人的面前。

他身着一袭洁净的僧袍，目含明光，在左右投来的无数目光当中步入大殿，向着座上的少帝和摄政王行礼。他自称晋室皇子皇甫容，亦即来自伽蓝寺的无生。

无生神情自若，解释过后，说道："我虽出身晋室，如今又出家多年，不问世事，但始终是汉家之人，'大义'二字不敢忘记，岂会委身奉敌酋为尊？如今北地那所谓的复国之人，乃冒名无疑。请陛下布告天下，勿叫北地之民再受狄人蒙蔽。

"洛都之变，晋帝将国玺托付于我，嘱我以命保之。这些年，我皈依佛门，不敢擅自处置此物，今日进献陛下。从今往后，世上无晋，万民归一，大魏承平盛世，造福黔首。如此便是小僧之幸，罪愆稍解。"

他取出一只被裹在布中的四方小匣，双膝下跪，双手高举过顶。殿侍以盘接过匣子，疾步送到少帝面前，打开。少帝观看过后，命转给摄政王。摄政王看了，再命百官传看。

当中有见识渊博的太史令，仔细看后，呼道："陛下！摄政王殿下！此物确系昔年故晋国玺无疑！"

群臣纷纷下跪，高呼"万岁"。

当日，这场朝会的详情便被传了出去。

而无生在献玺过后，再次语出惊人，自请一死。

他先是解释了自己当年西行的缘由：他的师父洞法从西域前往洛阳之时，曾携来经卷八十一部，中途却遭毁损，抵达之时所剩不到一半，这成了洞法的毕生遗憾。洞法圆寂之后，他便以补全经卷为毕生之志，由此踏上西行之旅。

他一路所见，众生悲惨，等到自己也历经九死一生归来，行经云落附近，又随商队被狄骑所俘,受尽凌辱,身受重伤。他在命悬一线之际,得长宁将军搭救,这才得以活命。

经此大劫,他深觉人间诸苦,而自己仍未悟道,于是将此劫视为试炼,为大悟,为明心,也为早日完成先师之愿,在落难地的一处摩崖洞中落脚,修行译经。不料,己身罪孽深重,时至今日,他非但没能修出正果,反而沦为他人作恶的欺世之符,贻害无穷。

得洞法衣钵,当年他曾立下心愿,待到西行归来补全经卷,当将经卷广为传播,释明真义。如今,他已译完经卷。为洞法衣钵不至于失传,他将开坛讲法,完毕之后,架火自焚,以此来消一切罪孽,以证大道。

这个消息引发了前所未有的轰动,不但传遍长安,也传到了洛阳。

当年无生之名,洛阳尽人皆知。无数信众不辞路遥,从四面八方赶到了长安。民众至此才恍然,原来如今在北方闹得极为欢腾的晋国皇子是一个彻头彻尾的冒名之人。而北皇炽舒更是奸诈卑劣至极,在战场上打不过女将军,就派奸细散播谣言,大肆诬蔑,妄图动摇人心。倘若女将军当真因此受到自己人的攻击,乃至军心动摇,岂非正中狄人下怀?我大魏之人,万万不可上当。

倘若说这个时候依旧有人对此说法半信半疑的话,那么数日后,当无生斋戒完毕,在设于长安西郊野地里的经坛开坛讲法之际,所有的猜疑则悉数消失了。

经坛高数丈,如塔状。那一日,他身披洁衣,盘膝坐在坛顶。民众观他面貌俊美,神情庄严,若自带神光,凛然不可亵渎,不由得就先自觉污秽了几分。及至他开声,妙音不绝,引人入胜,即便是那些起初抱着看热闹心态而来的人,也渐渐听得入了神。到了后来,人或如痴如醉,或醍醐灌顶,或深得安慰,若人间之苦终于就此得到救赎。

无生讲法七日七夜,陆陆续续从各地赶到的善男信女充塞在西郊外的这片荒野里。

传言,最后一日,他将自焚消孽。

这一日,终于到了。

天和三年六月甲子日,长安万人空巷。一大早,除了信众之外,普通民众也纷纷赶到西郊。不但如此,朝廷也派了礼部的官员到场。

野地无风,今日是极其晴好的天气。当日晷上晷针的投影移到正下方,日头到达了正南的上中天。

午时正,无生在一群来自洛阳伽蓝寺的僧人的陪伴下,出现在了世人面前。他依然是先前的模样,一身僧衣,向着野地里的那座经坛走去。就好似前些天那样,他将高坐其上,继续讲法。

然而,今日是不同的。

此刻,当覆盖在经坛外的遮布被除去,众人才发现,下面早已架设了燔柴。原来,这七天来,当他不知疲倦地宣讲经义之时,他的身下已堆叠起了层层燔柴。周围之人无不动容。

无生行到经坛之下,没有任何停顿,如常迈步登阶,向着坛顶走去。最后,他来到他此生的归宿,盘膝坐下。很快,在他的身下,烈火将会燃起,继而将他吞噬。

他微微低头,闭了目。从闭目的那一刻开始,他便仿佛将身外的一切都隔离了开来。

信众随着他的落座发出的各种杂声、底层燔柴被点燃发出的"噼啪"之声……纷纷传入他的耳中,而这一切,都和他没有干系了。

纵然他已感受到来自身下的火堆的热意,黑烟卷起将他包围,来自旷野的嘈杂声越来越大,仿佛还有妇人在哭泣……外魔如大海之水,从四面八方汇聚而来,似要将他吞噬。

然而,他不为所动。

他的身份已被公之于世,他身为前朝余孽,又累人至此——死,是唯一的解法,于他而言,更是一种解脱。

今日以如此方式终结此生,也绝非出于他人的逼迫,他心甘情愿。

终其一生,他都在苦苦修行,以追求所谓的彻悟之境。能够如此死去,死得其所,这一刻便是他所追求的圆满。他甘之如饴,坦然迎接。他什么都不去想,令脑海化为虚空,等待着圆满的到来。

片刻后,在渐渐上升的烟火里,在满耳的嘈杂声中,他仿佛听到了骤然变大的来自经坛四周僧人们为他而发的整齐诵经声。他便在心中跟随,默默诵念起涌入脑海的经文。

忽然,他的心微微一跳,他停了下来。他发现自己在这一刻念诵的,竟是她嫁入长安之前辞别他的那夜,他给她诵的那篇经文!

不止那一次,再前一次,他诵给她听的也是这篇经文,因为第一次他为她诵到这篇经文之时,她说极为好听,她喜欢听,他便记住了。后来每次她来的时候,他都为她诵念相同的经文。

因为她的一句称赞,所以在他这里,不知从何时起,这再普通不过的经文,也成了他最喜欢的一篇。他诵念过无数遍,以至这一刻,它竟再次冒了出来。

无生的脑海里浮现出了摩崖石窟内,她在自己的诵经声中安然睡去的那一幕……

国破逃亡之时,他已记事,随后隐姓埋名,从皇甫容变成无生。如今他想起来,其后的许多年里,或许只有被她所救后留在那荒凉山窟里的那段日子,才是他内心真正获得平静和喜悦的岁月。

他曾告诉自己,等到将来有一日,她不再需要自己给她诵经听了,他便离去。然而他骗不了自己,青灯佛卷之前,他又何尝没有暗暗想过,希望这一日永远不要到来。

此去若有来世,不做皇子,不做和尚,他想做云落城外的那座山、那片湖、那抹朝霞、那道夕阳。纵然她不知他的存在,那也无妨。他可以静待她来,默送她走,生生世世,年年岁岁,朝朝暮暮。

就在这个念头闪现而出的下一刻,他猛地灵台震动,心脏狂跳,继而大汗淋漓。

火势越来越大,开始炙烤他裸露在外的皮肤,热风更是逼得他身上的衣袍舞动。他开始感觉到疼痛,而耳边,僧人的诵经声和信众的哭泣声也越来越大……

他彻底清醒了过来!他是一个出家之人,自入空门的第一天起,所有的苦持和修行都是为了跳出轮回,脱离苦海!然而最后,到了这一刻,烈火即将焚身,他竟还割舍不下尘世,憧憬来世?那么此前,那些曾支撑他一路走来的信仰,到底又算什么?

顷刻间,宛如山岳崩塌,他只觉脑中"隆隆"作响,胸中气血翻腾,摇摇欲坠,几欲呕血。他完全没有留意,就在他的头顶之上,那轮原本鲜红的烈日忽然仿佛被什么咬了一口,陡然转为昏暗。

没有任何预兆,红日消隐,天昏地暗,四野大风狂卷,长安内外如坠黑夜,只剩这处经坛下燃起的火焰灼灼,随风狂舞,耀眼璀璨!

伴着这突然降临的犹如世界即将陷入永夜的巨大恐惧,僧人停止了诵经,官员惊慌失措,马匹挣脱束缚狂乱奔窜。置身在野地里的民众也反应了过来,发出哀告之声,下拜在地,不敢抬头。

唯独还苦苦挣扎在自己的世界中的无生对这一切浑然不觉。在骤然袭来的黑暗里,一阵浓烟朝他卷来。他眼前一黑,失去了意识。

慢慢转醒之时,他仍闭着眼,感到身上似有火灼过后的疼痛。他缓缓地睁开眼睛,视线定住了。他似乎置身在一辆正在前行的马车之中,一时不知自己是生是死,又将去往何地。他缓缓地坐了起来。

这时,马车停住,门从外被开启,他面前出现了一人——是程冲,那个当初将他从云落带离,又将他秘密送往长安的武夫。

程冲的态度不复往日的粗暴,很是恭敬。程冲说,经坛焚烧之时,恰天狗吞日,天意如此,摄政王殿下便顺从民意,不允他死。

"殿下命卑职转告,从今往后,你得自由,可去任何你想去之地,留任何你想留之所,做任何你想做之事。

"殿下还说,北地有一位你的知交,她应当很想见到你。在此之前,卑职先送你过去见她。"

程冲说完,朝无生行了一礼,关上车门。少顷,马车继续前行,往北疾驰而去。

七月,在魏军北出雁门恰半年之后,姜含元调集军队,离开鸾道北上,行在去往北狄南都的路上。

此前的鸾道之战,炽舒为夺回命门,不计代价地发动了一次次的猛攻,但每一次都被打回。与此同时,钦隆在燕郡也受到了极大的压力,左支右绌。不但如此,幽州到处疯传,不久前打着晋室皇子之名而行的所谓复国,就是一场彻头彻尾的骗局,而真正的无生如今就在长安,向魏帝进献国玺,表臣服后甘愿自焚，以求证道。

　　这个消息的冲击力可想而知，陆康自尽。多年来，他和李仁玉一直被视为晋人在北地的精神支柱，现在一个投了大魏，另一个死了，那支此前以晋帝名义招来的兵马直接在阵前投降，大批民夫在路上逃走。如此局面之下，前线还能靠着狄军再勉力支撑一段时日，但燕郡的后勤系统迅速走向崩溃。钦隆杀了那个已彻底无用的假冒无生的傀儡，为摆脱困境，又抓了大量治下的普通晋人去补缺。他本就恶名昭彰，此举导致更多的民众逃亡，恶性循环之下，燕郡岌岌可危，城破就在旦夕之间。

　　最后的转折在甲子日。那场日食，成了压倒骆驼的最后一根稻草。

　　关于这场天变，姜含元事先收到了来自束慎徽的提醒。他告诉她，司天台有一位待诏精通天文，测算出甲子日会有日食之变，时间误差应在一刻内。他特意告知，好叫她心里有数。

　　军中上下预先得报，在日食发生的那一刻，无人惊慌，趁天昏地暗狄军惊慌失措之际，大败敌手。

　　屡遭挫败之后，炽舒终于从狂怒中冷静了下来。

　　在北狄的南都大兴城，他还留有一支忠于他的亲信军队，战力不可小觑，但不能调来这里参战。那是他在中原北方最后的据点，不能空虚无防。

　　现在他夺回鸾道无望，再这么耗下去，一旦钦隆那边也顶不住了，燕郡城破，便再无可守之险，如同光身打仗。等到另外一支魏军北进，和姜含元南北形成夹击之势，蚕食完可供他腾挪的余地，到时候他就是想走也走不了了。

　　炽舒果然是一个狠人。在冷静下来看清局势之后，他做了一个令姜含元也不得不佩服的决定——

　　如同从前能自断一臂来求生，这一回，他果断舍了他经营多年的燕郡，主动放弃如今于他而言形同鸡肋的幽州，命钦隆执行清野之策，放火烧毁郡城和所有带不走的物资，杀死城中青壮，收拾兵马北归。他自己也悄悄退兵，绕过鸾道，趁魏军赶到阻拦之前，从另外的一条远道退往南都。

　　他与其被困死在幽州，不如退守南都，重整旗鼓，以逸待劳，以获得反杀的机会。

　　姜含元知道，最后的一场大战，亦是决战，就要到来了。

在往北行军至中途时,她命大军就地驻扎休整,等待着后军的到来。

狄军退走之日,撕下人皮伪装,露出了恶鬼的真面目,不但放火烧城,还到处屠杀劫掠,燕郡如人间炼狱。幸而赵璞和周庆提前得到消息,强攻入城,狄军这才仓皇撤退。即便如此,大火还是蔓延到了全城。他二人指挥人马灭火,多日之后总算彻底扑灭大火,逃走的民众也渐渐归来。最后老将军赵璞留下善后,周庆则带着军队继续北上。

姜含元拟待周庆抵达,两军会合之后,再挥师北上,剑指南都。

回顾战事,从师出雁门之后,历经诸多波折,她甚至失去了父亲。而接下来的决战,是炽舒反扑的最后机会——他势必全力以赴,这注定不会是一场轻松的战事。但她麾下的将士丝毫不惧即将到来的决战,相反,他们十分兴奋,无不在渴望最后一战的到来。

她也是如此。

攻破南都的那一日,便是这场筹谋已久的北出雁门之战最后胜利的那一日,大魏收复北方门户,北境大大拓深。

这意味着,自高祖践祚以来悬在大魏头顶几十年的那把利剑将被摘除,北方狄人铁蹄踏破雁门南下的威胁也将一去不复返。

如今她理当比士兵更为兴奋——在保持头脑冷静的前提下,由内而外地兴奋,这是大战前,一名统帅该有的状态。然而事实是,她最近的情绪极为低落。

束慎徽的冷淡尚可拿国有大战无暇顾及私情来解释,加上她也军务繁忙,每日不是作战,就是在行军的路上,无暇多想私事。但随着无生的消息传来,她再也无法控制自己不去多想。

无生何以自焚,她再清楚不过。

如果没有炽舒操纵傀儡复国的那一出闹剧,没有关于她和无生的流言,则他的身份不必被公之于天下,他此生或将能够以无生之名平安到老。然而,没有如果。

出了那样的事,只要他知道,他必定是会站出来的——束慎徽也不容他不站出来。而他一旦身份大白,死,便成了他唯一的归宿。

失去自由,于囚牢中无声无息地慢慢老死;或者以修行证道之名,在天下人的注目之下高调赴死。

姜含元不知道于他而言，哪一个才是他所求的，或许后者更合他的心愿。但是即便他当真完完全全心甘情愿，她又怎可能得到内心的安宁？

大军在这片野地之中已驻扎了七八日，再过几天，周庆便将领军抵达。

夜渐渐深了，姜含元如常巡营归来，独在大帐。帐外营房里发出的嘈杂声慢慢消失，将士归寝。她也熄了灯，和衣卧在榻上，然而许久过去，了无睡意。

她再一次想起了她和无生最后一次见面的情景。她去寻他，说明日要嫁了，叫他诵经给自己听。那个时候，她不知道，那一次的见面会是最后一次。

现在他死了，是她害了他。倘若她从前不去寻他，不叫他诵经给自己听，便不会有流言，束慎徽或将永远不知道他的存在。

而现在，一切都晚了。

她的心里涌出了一阵悲伤之感。她又想到了父亲、舅父……她在这世上的亲人，一个一个地离她而去，现在，连这唯一的友人也去了，烈火焚身而死。

她被这充满了无力的悲伤之感给紧紧地攫住了，忍不住再一次想起她的阿弟被她杀死前发出的诅咒——她是个不祥之人。忽然，她又想到另外一人，想到他已渐渐变成了陌生人般的存在，如旅途之中的过客，来了，遇到，又擦身而过。一时间，她心中那种无边无际的孤独之感铺天盖地地朝她席卷而来。她觉得自己好像又活了回去，回到了她不愿回首的少女时代。到了最后，她只觉得胸口闷得几乎无法呼吸，眼睛更是酸热无比。

她极力忍住就要流泪的感觉，在黑暗中将眼闭得更紧。

去年年底因舅父的丧事和那人在云落相聚，那一夜，她在他的面前哭泣。归来之后，她发现自己仿佛变得越来越脆弱了。

她不喜这样的自己。她不该，也不能如此。她是战士，她麾下的将士更不需要一个不能控制情绪的统帅。

她静静地闭目片刻，慢慢地平复了心情，最后决定起身出营再次巡夜，待倦了，回来自然便能入睡。

她刚出大帐就遇上一名匆匆走来的亲兵，低声向她通报了一句话。

姜含元一时惊呆，有些不敢相信，待反应过来，甚至等不及叫人将那人带入，便迈步朝外而去。她越走越快，到了最后，几乎变成奔跑，一口气冲出了辕门。

一道身影正静立在辕门之外。那人看见她，抬手脱下覆在头上的斗篷兜帽，合掌于胸前，低声说道："将军别来无恙？"

是无生！

月光照着这张带着微笑的脸，真的是无生。

他没有死，不但没死，现在竟然还来到了这里！

姜含元立了片刻，望着他，慢慢地，双眸再次发热。最后，她用带了几分哽咽的声音道："我很好。你怎样？"

无生应道："我亦极好。此番前来，特为拜别。"

明烛之下，姜含元和无生相对而坐。她这才看清，他瘦得厉害，几乎脱相。不但如此，他的容颜也被损毁了，一侧面颊之上留着火炙过后的伤痕。

他不复往日的俊美，但他的面上始终带着笑意。倘若说从前的他，犹如远处的一片苍山雪顶，超然出尘，令人不自觉地心生仰望之情，那么现在的他，仿佛走下莲台的佛子。

姜含元觉得他不再是从前的那个无生了，现在的他更像是一个真实的、带着血气和温度的活生生的人。和她对谈的时候，他也不再用"小僧"来自称。

"我之罪，万死不足以相抵，但我本可以选择别的方式。火焚是我自己所求，我道自己是勘破人间之苦，心甘情愿以此证法，来求修行圆满，然而，到了烈火烧身的那一刻才终于明白，我只是一个俗人而已。

"幼年我侥幸逃生，蒙洞法收为门下，从此获得庇身之所。我看似跳出了红尘，一心苦修，然而忧惧始终未曾离我而去。及至后来，我更是堕入业障，执迷不悟。

"那一刻，我方顿悟。我不过是想借如此方式来求一个解脱罢了，最是下乘。我看似出家，实为俗人；看似修行，实为避世。就此死去，我将堕入阿鼻，永劫不复……"

说到这里，他忽然闭目，停了下来。

姜含元望着他，静静倾听，没有打断。大帐里寂静无声。

俄而，他缓缓睁眼，道："我更没有想到，摄政王终究还是放了我，予我自由。"他说到"自由"之时，语气微微加重。

"在我烈火焚身、魔障侵心之际，恰遇日变。摄政王以天意为名，免我一死。将军，不瞒你说，当睁眼发现自己还活着，并未死去，那一刻，我霍然仿佛得到了此前苦求而不得的彻悟。我感到庆幸，此生从未有过的庆幸。我乃一凡人，世间仍多苦，心魔亦难除，但生而死，死而生，历过大劫，便还有机会继续修行，去求得真正的圆满。上天待我不薄了。"

随着无生的讲述，姜含元如被感染，心中慢慢地也充满了欣喜和感动。她知他此刻讲的每一句话，都是发自肺腑。她真心为他感到欢喜。

"那么，往后你打算去往哪里？"她问对面那位自己的友人。

"我将沿我曾走过的路，出西关，再次去往西域。"

姜含元一怔。

无生解释道："上一次我决意西行，初衷是完成我师之心愿，补全经卷，存作法宝，故行程仓促，留有遗憾。记得当年那些我曾拜过的宝地多有高僧，无不精通佛理。这一次，我是为自己而去。倘若侥幸依然能够抵达，我将学法，待到归来，伽蓝寺便是我此生归宿。我将在彼地，继续弘扬我师之法。"

姜含元肃然起敬："将来的伽蓝寺，必会因你成为宝地。我待你归来！"

无生含笑向她道谢，随即起身，道："此生能结识将军，是我之幸，能和将军做此番长谈，更是再无遗憾。我该走了，就此拜别。"

姜含元送他出帐，待要再送一程，他合掌道："将军止步，多多保重。"

姜含元便也不再执意相送，停了步，立在帐门之外，却见他行了几步，仿佛迟疑了一下，忽然停下，又缓缓地转过了身。姜含元知他应还有话要说，含笑望着他。

无生将目光落到她的脸上，默默地凝视了她片刻，忽然说："还在云落之时，后来趁着闲暇，我去看过雪山下的湖水。此番，我也得以见到了摄政王。

"将军你说的没错，他果然神仙姿容。将军和他，乃璧人天成。小僧虽微，愿望却是发自大乘菩提之心。小僧会为你二人燃光明之灯，祈大福报。"

无生再次向姜含元合掌行礼，转身去了，再无任何停顿。亲兵奉命，送他出营。

姜含元目送着无生离去，他的身影在清朗的月光下渐渐模糊，直至彻底不见。她又独自在月下悄然站了片刻，方慢慢地回到帐中。

无生临走前的话显得有些没头没脑。她想了片刻，终于想了起来。是的，那确是她曾说过的话——在嫁往长安的前夜，她对无生描述过那个少年。

她说："你见过晴天之时，来自雪山的风吹皱镜湖，湖水泛出层层涟漪的景象吗？那就是他笑起来的样子。"

原来无生后来真的去看过了雪山下的湖水。而如今，在见到那个人后，无生也和她一样，有相同的感受。

姜含元出神了片刻，慢慢地，心里涌出一阵酸胀之感，眼眶再次发热。但这一次和方才全然不同，她清楚地感到，她的心里充满了骄傲、欣慰又感动无比的温柔的感情——那人最终还是将她的朋友还给了她。

从今往后，无生将踏上他当走的路，活成他所愿的样子。姜含元知道，将来有一天，洛阳那座古刹必会因他而成为天下佛门信徒的朝圣之所。

这个宁静的夜晚，她送走了她的友人，在这座野地军营的大帐之中想着束慎徽。他呢？他此刻在何方？他又在做什么，想着什么？

一时间，思念如潮，向她席卷而来。

她承认，她想念他，非常想。她也想知道，到底是为什么，分开之后他便仿佛变了个人。分明在那之前，在云落的那段时日，他还曾那样温柔地陪伴过她。他们一起在谷地里度过的那几日，她至今想起，犹如在梦境。

她了无睡意，情不自禁地再次取出月刀。

此刀虽然华丽，刀鞘镶嵌纹玉，但本来就是武帝的护身短刃，所以打造之时便充分考虑了携带的便利。上次王仁奉他之命再次将它送到她这里后，她便将其充作贴身短刃，插在腰后形同匕首，十分利索，走到哪里都带在身边。

然而，她每天不是打仗就是行军，从一个地方跋涉到另一个地方，终日尘土飞扬，刀身也沾染了尘土，宝石变得暗淡无光。

她坐在灯下看了片刻，取布擦刀。她擦得极为仔细，连刀鞘上那些纹路里的细微灰尘也不放过。她擦了许久，将刀鞘擦净，又拿起刀，擦过刀刃，最后是刀柄。全部擦完之后，她正要将刀插回鞘中，忽见刀柄和刀茎之间还卡着一根细若发丝的杂物。

此刀刀柄的表面也覆有一层金丝，是用被打得极细的金线累缠而成的。说实话，在武器的刀柄部位做出如此设计，除了能令外观倍加华丽之外，毫无用处，不但如此，握刀者的手心若是沾血或是出了汗，还容易打滑，握得不牢。不过，考虑到此刀原本主人的身份，这样做也就没什么奇怪的了，匠人制刀之时，自然是以烘托尊贵身份为首要考虑。

这是一根卡在缝隙间的马鬃。她纵马时佩刀在身，刀和坐骑磨蹭，卡住马鬃而已。

她起初没在意，处理完毕后，再检查周围有无残余，忽然感觉不对——在刀柄之处的金丝之下，好似还有别的东西。那缝隙极为细微，加上位置在相连的地方，若非她今晚如此仔细地检查，是不可能发现的。

姜含元举起刀柄凑到烛火近前，又仔细看了片刻，越发确定这层覆盖着刀柄的金丝之下有东西。她看着刀凝神片刻，最后取来匕首，从这道缝隙开始，慢慢地撬开最外的那层金丝。

刚开始，她还不确定，怕弄坏了刀柄，动作极为轻缓。但随着金丝被不断地顺利撬开，她的动作越来越快，最后她一下子将整片金丝制成的外壳剥离，露出了这把刀本来的刀柄。不但如此，刚被剥开的金丝裹衣之下，还掉出了一张卷起来的帛布，似是一封帛书。她万万没有想到，这把刀的刀柄之上竟还暗藏玄机。

姜含元展开帛书，当看清上面所书内容之时，一时惊呆了。

这竟是一封束慎徽写的休书，称他与姜氏缔结婚姻完全是出于国战之考虑，战毕之日便是关系解除之时，各行其道，两不相干。

帛书上面的字，毫无疑问，是出自他之手，寥寥数语，意思却说得清清楚楚。严格来说，这不能被称为休书，因为它的落款日期，还早于贤王带着这把刀来雁门求亲的日子。

姜含元起初不敢相信竟会有这样的事——他在派贤王往雁门求婚之前，就已将帛书封在了月刀之中！

虽然她一开始就知道他娶自己的目的，对此也是坦然接受，然而这一刻，在巨大的惊诧过后，愤怒和失望还是不可避免地朝她卷来。

她曾在完全不知情的情况下将这把刀还给他，是他后来特意派人又将刀送到了她的手上。当时王仁送刀来，她百思不得其解，他目的何在。

现在她明白了，他根本不是送刀，而是为了送她这帛书！

她也明白了，为何这半年来，他对她的态度忽然大变，冷淡至此。

她不怪他早早就安排好了一切。她恨的是，他一边计划长远，在求婚之前就摆明了是利用她，要和她撇清干系，一边又在娶她之后做有情之状，撩拨她的心。

世上怎会有如此无耻之人？

姜含元缓缓捏拳，捏得骨节"咯咯"作响，恨不能立刻冲到他的面前，一刀捅进他的心窝，把他那颗心给挖出来，看看到底是什么颜色。

她深呼吸，命自己冷静下来，然而胸口气血涌动。最后，她站了起来，走出帐门，停在外面。

头顶明月当空，旷野中的大风不停地吹着她如火烧般的面庞。她望着月，忽然想起那一夜在云落城外，他带着哭累了的她同骑一马，从摩崖山回到城中。她真的没法相信，能那样待她的男子，他说过的话、亲吻，竟然全都是出于虚情和假意。

她就这样微微仰头，定定地望着明月，一个念头慢慢地从心里浮了出来：即便他真的一开始就打定主意将来要摆脱她，也根本无须如此大费周折，这样的做法，完全不合常理。

究竟是为了什么，他要在求亲前，就在用作信物的刀中放置这封帛书？他到底是出于什么考虑？

当愤怒和失望被风吹散，疑虑涌上了她的心头。她回到帐中，再次拿起帛书反复查看，正诸念纷乱，忽然听到帐外传来了一阵说话的声音。似是杨虎来了，正在低声询问亲兵她是否已睡下。

姜含元压下心事，收起帛书，起身掀开帐门走了出去，问什么事。

"方才刚收到陈刺史那边传来的消息，道大军所需的最后一批辎重早已准备妥当，本早该送到了，不料在途中遭遇一支意图截道的狄兵，耽搁了一段时日。好在有惊无险，他已引开狄兵，如今正绕道赶来，大约再几日便能抵达。只是这回耽搁得有些久，他怕将军等得焦急，故派人快马先送来消息，好叫将军你放心。我见夜深，何况也不是大事，怕打扰将军休息，本想明早来禀。"

姜含元道："无妨，有事随时来报便是。"

"还有，来人说，此番同行的还有一个名叫张宝的寺人。此人说是来自长安，来寻将军。"杨虎又道了一句。

姜含元一怔："张宝？"

杨虎点头："是。陈刺史亲自送他来的。"

姜含元的心跳倏然加快，她问："谁派他来的？"

杨虎摇头："这个不知。或是摄政王殿下？"

姜含元立刻命他将送信人带来，问了几句，听送信人描述那个长安寺人的样貌，确认其乃张宝无疑。

她再也无法等待，将事交代了，当夜便带着一队人马连夜出营，亲自去接陈衡等人。

张宝自那日出发后，一路上可谓是风餐露宿，吃尽苦头。快到雁门之时，他照吩咐，先往并州去寻刺史陈衡。

倒不是他怕死。前方是战火之地，什么事都有可能发生，王妃也不是在一个地方驻定便不走，必会随战况而动。似他这般，若无知情之人引路，万一遇到意外，丢命也就罢了，完不成差事，那便真正是万死难辞其咎了。再想到摄政王此前受的那些毁谤和诬蔑，他更是恨不能插翅立刻飞到王妃的面前，将一切都告诉她。

谁知天不遂人愿。他起先没立刻等到陈衡，耽搁了一些时日。待他辗转见到陈衡后，对方问明来意，便带着他，循王妃行军作战的路线一路北上。好不容易终于接近大军营地，队伍又和一支有着几千人马的从燕郡撤退的狄兵狭路相逢，所幸陈衡足智，顺利甩开狄兵。队伍脱险后，陈衡知他心急如焚，又亲自带他脱离大队先行。

昨日，一行人经过一个名为鸾道的要地，今夜宿营在野。落脚之后，张宝想到自己出来已久，也不知长安如今情况如何，爹爹是否已到钱塘，心烦意乱，越发想要见到王妃。他一时睡不着，从帐中出来，看见陈衡还独自坐在一堆仍未熄灭的篝火之前，忙走了过去。到了近前，张宝发现陈衡的目光越过火堆，投向前方的漆黑野地，他似怀心事，神情十分凝重。

陈衡此人颇有来历，就连张宝都曾听说过他在武帝一朝曾极受信重，后来却突然出京，从此沉寂的经历。在对方面前，张宝本就不敢托大，此刻见他似乎心事重重、神情忧虑，一时不敢上前打扰。

张宝正想悄悄后退，对方却已是觉察，转头望来。他只得上前，问还要多久能到。听到对方说此间距王妃所在的大营已是不远，紧赶四五日就能到，他心里才感到踏实了些。

张宝对陈衡十分感激，道谢：“这一路多亏刺史照应，还亲自送我，请受我一拜！”

张宝说完，深深作揖，不料对方倏然起身让到一旁，避过他的礼。陈衡微笑道：“连日赶路，你想必也乏了，去休息吧，明日一早还要上路。”

张宝这一路确实疲累至极，还担惊受怕，此刻放下心来，一头钻进帐里，倒头便睡了过去，谁知连睡梦中都是在赶路。他梦见自己不停地跑，两条腿累得如同灌铅，恨不得立刻瘫倒在地，但想到自己身上所携的物件，只能继续前行。

睡梦里，他正咬着牙拼命迈腿朝前狂奔，冷不防侧旁仿佛有人推他。他惊醒，两脚还在空中胡乱蹬着，口中嚷道：“走开！王妃！我要见王妃——”

忽然，他的声音戛然而止。

迷迷糊糊地睁眼之时，他对上了一双正俯视着他的眼睛。他张圆嘴巴，停了下来，发呆片刻，突然转头飞快地看了一下左右——他还在帐中，就躺在地铺上。他又狠狠地咬了一下自己的舌头，痛得"哎哟"一声，这下彻底清醒了过来。他瞬间狂喜，大叫一声"王妃"，几乎是连滚带爬，飞快地滑到了她的面前。

"王妃！真的是您！您怎会来此？刺史不是说，还要几天才能到您那里吗？"

姜含元弯腰托他，阻止他向自己磕头，面上露出淡淡的笑意：“我收到刺史传信，说你也来了，便过来接你。这里还在打仗，你不在长安待着，来此寻我何事？”

张宝望着她含笑的脸，无数的委屈在这一刻涌上心头。他突然一把抱住她的腿，当场号啕大哭。听到她问自己怎么了，是不是身上哪里受了伤，他摇头哽咽道：“不是，奴婢没事……”

就在方才他见到王妃的那一刻，不知怎的，此前他为摄政王感到的全部委屈再也控制不住，全都涌了出来。他哭了几声，忽然想到正事，急忙抹去眼泪，解下连睡觉也不离身的那只囊袋，献道："这是奴婢爹爹命奴婢转给王妃的物件。爹爹说，此物比所有人的命加起来都还重要！"

姜含元一怔，接了过来，解开囊袋，只见里面是一口匣子。这匣子看似是用精金铸造而成，应是为了水火不侵，上面除了一个十字形的小孔之外，竟浑然一体，姜含元一时竟不知如何开启。

这时，张宝又拿出了一把钥匙，用李祥春教他的法子插入孔中后，先是往左移动，再右移，又上下各移数次。

伴着轻微的"咔嗒"声，匣体中间的部位现出了一道缝隙，匣子开了。原来是匣盖和匣体咬合得太过紧密，以至开锁之前缝隙肉眼难辨，方造成了错觉。

姜含元打开匣盖，看见里面是一面令牌，通体泛着乌金的颜色，巴掌大小，铸作鼎状，正面刻"如朕亲临"，背面是"天启祥瑞"。

她此前没见过这面令牌，但被铸成鼎状，又有如此字样的令牌，来自何方，不言而喻。

天启是本朝高祖的年号。

就着烛光，她看着手中这面有些分量的令牌，很快想起了一件旧事。

高祖当年命武帝代他征伐，曾赐下一面据说是用天降陨铁铸造而成的令牌，名为天鼎。执此令者，可调天下一切兵马为己所用，至于官员任免裁决，乃至生杀予夺，皆同上意。

据说武帝驾崩后，这面堪比国器的令牌也随他下葬，从此不复存世。

此刻，她手中的这面令牌，难道就是那面天鼎之令？姜含元吃惊不已，望向张宝。

张宝望着她手中的令牌，目露敬畏之色，再次跪地，毕恭毕敬地磕了一个头，方低声说道："爹爹命奴婢转告王妃，此令当年并未被圣武皇帝带走，而是被留在了庄太皇太妃那里。太皇太妃她老人家出京前，将此令给了爹爹保管，命他在必要之时转呈殿下。此为圣武皇帝之意。"

姜含元彻底惊呆了，定定地望着手中这面骤然重逾千钧的令牌，突然回神："此事非同小可！你爹爹既然拿出来了，为何不交给殿下？"

她问完，却看见张宝突然两眼通红，望着自己一副欲言又止的模样。她的心猛地一跳，骤然间，她仿佛明白了一切，然而又不敢相信。

京城到底发生了什么？

"王妃，你都不知吗？从开年你领兵北上之后，朝廷里便发生了许多的事！"张宝说完，又自己顿悟，"奴婢知道了！一定是殿下不想叫你知道，怕你分心！"

姜含元一字一顿地道："你给我说！全部！一件也不能落！"

张宝应"是"，从年初的那场大朝会开始，讲高贺复出，少帝对战事改变态度；到流言四起，摄政王如何受到诬蔑，又是如何始终力主作战，半步不让；再是西关之变，朝中的反战派和别有用心之人如何借机攻讦已故的大将军和王妃父女二人，又布下杀局，拟在摄政王上朝途中实施刺杀——幸而摄政王早有预料，当天在大殿内当场反杀高贺，猝不及防，震慑百官。

"自那之后，总算消停了些，朝中再无人胆敢阻挠战事。还有！奴婢万万没有想到，先帝在世时，表面对殿下信任至极，同坐同衣，临终前还解腰带将少帝托付给殿下，暗地里却……"张宝的脸涨得通红，一副咬牙切齿的模样，他顿了一顿，最终还是说道，"没想到他暗地防殿下极深，竟留了遗诏，称殿下图谋不轨，意欲除去殿下。就是因了那道遗诏，高贺那些人才兴风作浪！倘若不是殿下最后将那些人都压了下去，如今真不知会是怎样的情况！"

他显然是极力忍着才没有口出不敬之语，却遮掩不住语气里的愤怒和厌恨。

"陛下呢？！他也和高贺那些人一道，与摄政王敌对？"

姜含元听得心惊肉跳，无法想象那个少年皇帝究竟是和束慎徽敌对到了何等地步，才会令李祥春拿出这面令牌。

提及少帝，张宝又转为沮丧："先帝也就罢了，或是心里妒恨殿下，表面不得已而为之，才在临终前留下遗诏，叫陛下提防殿下。但叫奴婢不解的是，殿下是什么人，陛下难道不知吗？殿下怎可能会对他不利？他虽没公开如何，却放任高贺那些人明里暗里对殿下诬蔑和攻击！倘若陛下能和殿下同心，殿下又何至于沦落至此？王妃有所不知，那段时日，对殿下的毁谤真是铺天盖地。

众口铄金，奴婢是真为殿下担心……"

他说到伤心之处，想起当时的情况，又忍不住抹起了眼泪。

原来，在她毫不知情之时，她身后的长安竟是满城风雨，黑云压顶。

她也终于完全明白了，为何年初之时，该到的诏令迟迟不至雁门；为何诏令送到之后，他对自己的态度也开始转为冷淡；又为何，他后来命王仁特意给自己送来那把他当初便备好的月刀——算时日，这应当就是他在斩杀高贺过后做的。

他杀高贺，在张宝眼中，似是猝不及防，仿佛是他为了报复被刺杀的临时行动。然而姜含元知道，那必是他深思熟虑过后的决定，他清楚那样做可能会导致的一切后果。想来自那时开始，他便已考虑好了一切，所以才和她切割干净。

姜含元也明白了，李祥春为何不将这块代表圣武皇帝意志的令牌交给束慎徽，而是转交给她。老宦官追随他多年，显然极为了解他，知他会做何抉择，这才将此物传到她这里。

她一时怒不可遏，紧紧捏着手中的令牌，转身大步出帐。

杨虎和她同来此地，方才一直守在近旁，看见她面带怒容，一怔，随即快步上前，低声问道："出了何事？"

姜含元没有瞒他，将这半年多来长安城里发生的事讲了一遍。

杨虎勃然大怒，不假思索地道："摄政王乃将军之夫，岂能坐看他遭遇不测？将军你待如何？只要你开口，便是反了，我等也必追随！"

姜含元深吸了一口气，压下胸中汹涌的怒气，转头望向正北方的夜空。

那个方向，是北狄南都的所在。

她望了许久，慢慢地道："这种话往后不许再说了。将士为何而战？是为边地长宁，为我大魏民众往后不再遭受战乱之苦。"

杨虎一顿，语气有些焦急地道："那将军你先回趟长安？"

姜含元沉默片刻，转回头道："战事要紧，一切等攻下南都之后再说。"

杨虎还要开口，她摆了摆手："就这样吧。明早我们便回了。"

杨虎无奈应"是"。

姜含元又在原地立了良久，去寻陈衡。陈衡还没睡，独自立在深夜的野地之中，仿佛正在等人。

她朝他走去，最后停在了他的身后，道："陈刺史，摄政王曾对我讲，倘若有事，尽管寻你。"

陈衡缓缓回身，恭敬地朝她行了一礼："多谢摄政王信任。"

"我曾听先父讲，等到收回北方门户，刺史便将入长安，向朝廷提请辞呈，归隐山林？"

陈衡微笑道："正是。"

姜含元点头道："解甲归田，闲云野鹤，从此寄情山水，逍遥自在，人生夫复何憾？侄女先恭喜伯父了。此最后一战，我有必胜信心。劳烦伯父，可否这就动身去往长安？"

陈衡凝视着她，道："王妃若有差遣，尽管吩咐。"

姜含元将令牌递了出去。陈衡接过令牌，起初不解，待看清了上面的字，自然认出这是何物。他一惊，立刻下跪，双手将令牌托举起来。

"除了此物，另外还有一样东西，待我取来交给刺史，劳烦刺史一并代我送到摄政王的手上。另外，再替我传一段话，就说……"

她转头，望着长安方向的那片夜空。

"就说，他最后如何抉择，自有他的缘由，和他夫妻一场，我尊重他之所想，也不会阻挡。等到攻下南都之后，我会去我十三岁那年曾让我引路的少年的目的之地，等那少年再来。

"我希望到了那日，能等到他来。"

最后，她慢慢地说道。

六月底，魏军在北上的时候，后方遭遇了多次袭击。敌人都是炽舒在撤出燕郡的同时安排的伏击人马，主要目的是截断魏军粮道，烧毁粮草。然而魏军稳若泰山，从容应对。到了七月初，魏国大军便完成会合，逼近南都，最后在距离南都几百里的旷野之中和狄军相遇，战斗随之爆发。

对于这场最终之战，姜含元不但做足了准备，而且有着极大的信心。

左昌王一向颇具威信，却弃地夜逃，将鸾道拱手让出，直接导致炽舒不得不放弃此前精心准备的据点幽州，这对狄军士气造成的打击足以用致命来形容。这一点，在狄军中下层军官和士兵中尤为明显。

大战前发生过几次小规模的遭遇战，狄军从前的嚣张之态一去不复返。面对魏军，他们的眼里再也看不到那种如恶兽般的凶残和暴戾，他们观望同伴的态度，待势而发。

一个杰出的将领可以塑造一支军队的品格，是军队能够达到的上限，而中下层士兵的战力和心态又决定了一支军队的战斗力。

发生在这种开阔地上的野战，双方没有地形优劣之分，没有关城山障倚仗，所有的计策都无大的用武之地，冲杀是王道，悍不畏死的勇气是获得胜利的底气。

炽舒应当也意识到了这一点。姜含元听闻，战前他为鼓舞士气，将撤出燕郡前搜刮走的财物连同南都皇宫里的库藏黄金和珠宝全部拿了出来，装满几百辆车，拉到士兵面前，发话凭功分赏。同金银一道被用作赏赐的还有美人，除此之外，据说他还当众宣布，只要有人能活捉魏军女帅，除封万户侯外，他还将赏下自己最为美貌的妃子。

纵然在金钱和美人的刺激之下，狄军人人眼睛发红，再次变得狂热，但在连胜之下气贯长虹、山可平火可蹈、锐不可当的魏军面前，这回光返照般的斗志注定只是昙花一现。

经过数日的小规模作战之后，七月初十那日，双方主力遭遇。骑兵冲撞，步兵紧随其后，双方最后紧紧绞杀在了一起。

从高处俯瞰，魏军的千军万马看似无序，实则纵横交织，即便缺了一个口子，后方也能迅速填补上。这便是训练有素的精锐之师在大规模野战中的威力。魏军如一只巨大无比的上古神兽，缓慢却不断地朝前移动，吞噬着路上的一切异物。

而在起初的一阵骑兵对冲过后，狄军一步入近身肉搏的战场，战线就被撕出了缺口。他们却无法像他们的敌人那样及时补上缺口，落了单的人迅速被周围数倍于自己的魏军杀死。一个、两个……这样的缺口越来越多，犹如巨兽的鳞甲被逐一拔去，伤痕累累，血流如注，胜负之势显露端倪。

这场大战从清早持续到黄昏，而钦隆的死，成了此战的高潮和转折点。

周庆照着事先的部署，对战之时假意不敌，继而撤退。钦隆自负无敌，杀得兴起，紧追不舍，横冲直撞，所向披靡，魏兵纷纷避让。等到将钦隆引得远离大队，一面令旗被高高挑起，方才那些避走的魏军纷纷围拢。钦隆又看到老对头周庆纵马掉头朝自己冲来，这才惊觉入了陷阱。他身边的人越来越少，多次突围都被迫退回，最后被困在了魏军的铁桶阵中。

即便这样，寻常的魏军士兵依然无法逼近钦隆，竟被他觑准机会杀出了一个口子，伺机再次突围。他纵马回头，看到周庆带人紧追不舍，大声怒吼："有本事单挑！与我再大战一场！"

仇人相见分外眼红。若是平日，周庆必会应激。但此次战前，主帅一再强调，不许他意气用事逞英雄，唯一的要求便是尽快，务必尽快将此人杀死在战场之上。

周庆明白这道命令的用意。此人在燕幽民众中臭名昭著，是一个屠夫，但在狄军士兵的眼中却是勇猛无敌的悍将、战场之上的主心骨。他死了，这一路的狄军便群龙无首了。

周庆一言不发，发狠拍马只顾追杀。钦隆眼看周围魏兵又聚了回来，咬牙看准一处薄弱地带，正要再试着冲杀一次。忽然，魏兵自动分开，对面纵马冲入一名满面染血、目含凶光的年轻魏将——正是杨虎。只见他将手中的长戟舞得"呼呼"带风，当头砸来。钦隆才挡住这杆长戟，身后的周庆也杀到了，长刀砍下。

钦隆再勇猛，也挡不住杨虎和周庆的前后夹击。他慌忙躲闪，当场从马背上坠下，本还待落地后砍对方的马腿伺机求生，不料一脚被坐骑的脚蹬缠住，情急之下挣脱不开，被倒挂着拖出去十几步。待他终于挣扎着落地，人还仰面朝天，一只钉着铁掌的马蹄就从空中落下，重重地踩在了他的胸前。

战马雄健，又是狂奔而来，这一蹄下来重若千钧。他大叫一声，从前受过伤的肋骨再次断裂，口吐鲜血。待他捂住胸挣扎着想爬起来，对面已经冲来了无数战马。马蹄带着滚滚烟尘，来回几趟，将他踩得七窍流血，如若烂泥。这个声名赫赫的狄军第一猛将，便如此死在了乱蹄之下。

伴着呼啸的野风，魏军负责瞭望的士兵齐声大吼，将这个消息传遍四野，狄军越发乱了阵脚。

第二天的傍晚，夕阳西坠，残阳笼罩着这片血流漂杵的战场。

这场持续了两天的大战结束了。南都仿佛一座孤岛，在血色残阳之中，在北方的地平线上，渐渐地露出了它的轮廓。

这场决战，胜利得比姜含元预料的要容易得多，到决战后半段，战况更是摧枯拉朽。其中，右昌王也立了功——据说昨夜天黑休战之后，他见大势已去，想效仿左昌王，以布阵准备明日再战为名，连夜潜逃，意图抢在炽舒之前先一步退回北方王庭，以便据地自立，却被炽舒觉察。双方起了内讧，右昌王逃走。今日，狄军人心涣散，从上到下无心再战，面对魏军，且战且退，一路北去。

魏军大破南都，此城就此易主。

于北狄而言，从西关之变未遂之日开始，他们步步被动，内讧不断，这一场大战的失败已是注定的结局。与之相反，魏军上下齐心，杀气纵横，气势如虹，焉有不胜之理？

姜含元领军继续扫荡北地，肃清残余狄军。与此同时，破南都、收幽燕的大捷战报也日夜不停，以最快的速度传了回去。捷报送抵雁门，又飞往长安。

北方大捷十天后。

这一日的午后，皇宫的鼓声回荡在长安城的上空，响彻街巷。民众闻鼓纷纷出户，听到传开的消息，人人激动万分。群臣赶到宫中，参加临时朝会。

从圣武皇帝一朝开始，到明帝，再到如今的少帝一朝，收回北方门户一直在大魏朝廷的待办事项清单之上。谋划多年，一朝功成！经过这场历时半年多的战事，这个目标在今日终于得以实现。

当殿侍宣读完来自北方的捷报，贤王当场激动得眼眶发红，向北而拜。群臣也是喜气洋洋，纷纷下拜，朝着座上的少帝齐声恭贺——在今天这场为刚刚送到的大捷消息而召开的临时朝会上，少帝坐朝，但摄政王并没有露面。

说实话，大魏能有今日之大捷，摄政王厥功至伟，对这一点，人人心知肚明。这场北出雁门之战，是摄政王这几年来苦心筹谋、一手促成的。自年初开始，朝廷风云变幻、暗流涌动，若无他初心不改、坚若磐石，一力主战，此事恐怕早就不了了之了。

今日这样值得大书特书的喜庆日子，摄政王却没有现身。群臣表面无人提及此事，仿佛谁也没有留意，对着少帝歌功颂德，但退朝之后，便私下猜疑不断。

束戬从大殿回到御书房，闭门独自坐到了天黑，一动不动，如入定一般。直到深夜，贾狒到来，他方如梦初醒，慢慢地抬起了眼。

"三皇叔今日在做什么？"他问道。

"启禀陛下，王府午后起始终闭门，未见摄政王出来，卑职无从得知。"

"大臣们呢？退朝后，他们私下议论了什么？"

"议论了几声摄政王殿下。"贾狒迟疑了一下，低声应道，言语含糊。

束戬并未追问，盯着案头跳跃的烛火看了片刻，道："朕这里有三件事，你替朕去办了。"

当夜，一名骑兵连夜出京，疾驰去往皇陵。

与此同时，这个深夜，南康大长公主噩梦压身，以至大喊出声，猝然惊醒。她只觉躁乱不安，独坐寝榻，半晌仍是心神不宁。

事实上，从高贺断头的那一日起，她便终日惶惶，寝食难安。她每日从早到晚，最大的愿望便是那场北方正在进行的战事以失利告终，那个有着"长宁"之号的女将军从此身败名裂。当然，倘若那女将军最后身死，和其父亲一样，那便再好不过了。然而她的愿望终究还是落了空，今日，整个长安城因大捷而沸腾，而她在听到消息的那一刻，如丧考妣。

她永远也忘不了当初在宫中和对方碰面时的情景，虽过去多时，但至今历历在目。

这个姜家的女儿是不会放过自己的，迟早有一天会对自己下手——大长公主对这一点极为肯定。从前，姜家之女远在边塞，一个粗野女将奈何不了她，然而，从束慎徽娶姜女的那一天起，一切都变得不同了。

和朝中的许多人一样，她从来就不信束慎徽不曾有过取侄儿而代之的念头。从前他一直没有动作，只是时机未到罢了。不过谁做皇帝，和她也无大的干系，反正她的地位超然，不受影响——但，这些都是过去了。

自从姜家之女以摄政王王妃的身份突然闯入长安，而显然，束慎徽将来必定还要倚重姜女以图谋皇位，大长公主的立场便不得不改变了。为自己的将来计，她开始和高贺、兰荣暗中往来。

当日西关变乱，长安危急，谣言四起，姜家遭到四面围攻，而束慎徽还坚持要让姜家之女接掌帅位，她便从城北郊外的麋园搬出，导致长安之人闻风跟从，秩序大乱。那是她揣摩少帝之意，想投其所好，便以这种方式造势，好给束慎徽施压。她却万万没想到，接着便是高贺被杀，朝堂情势急转，万马齐喑，束慎徽真正乾纲独断。她不得不缩了回去，从此不敢轻举妄动，直到不久之前，传来了那个无生和尚在幽州复国的消息。

关于姜家之女从前在云落和无生和尚有所往来的消息，大长公主很早前便知道了。当初惊闻姜女的婚事之时，她才想起那桩早已被淡忘的早年意外。出于不安，她暗中派人去往雁门和云落打听姜女之事，以便心里有数。当时收到这消息后，她也曾想过传出去坏姜女之名，但考虑过后还是放弃了。姜女的名声本就可怖，在那样的情况下，束慎徽还要娶她，可见他的目的不在人，而在娶了这个人之后的所得。在此前提下放出这个消息，非但无大用，万一被束慎徽知道是她所为，反而会惹来麻烦。但现下无生不是一个普通和尚，而是故晋皇子，还在炽舒的扶持下复国，那意义便完全不一样了，所以才有了当时的满城流言。

然而，她的一切行动都被证明是徒劳的。

这场大战意味着什么，大长公主清楚得很。现在姜家之女赢了大战，束慎徽也因他一手缔造的前所未有的胜利，威望达到了顶峰。他也不再掩饰野心，斩杀高贺，无异于和少帝公然决裂……

想来，他很快就会对少帝下手，而姜家之女要对付她，更是轻而易举。

恐惧自她的心底蔓延到全身，大长公主被这种恐惧彻底支配，心"怦怦"地跳，在寝室里不停地来回走动，仿佛一只被困在锅中的蚂蚁，而锅下的柴火已经开始燃烧。

她知道兰荣这些年暗中培植了不少势力，除在长安，在地方上更是如此。在她看来，兰荣绝非只是想当一个可以干政的外戚。此前高贺领人和束慎徽对抗之时，他极少公开发声，更不用说追随他的那些人了。谨慎令他躲过了高贺倒台之后的清算。

现在她最大的指望就是兰荣。她更相信，少帝也不会坐以待毙。她预见长安很快就会有一场新的风暴降临。

她不能再留在这个危险的地方了，不如先去自己的封地躲一阵子再看情况。如果最后是少帝或者兰荣掌控局面，那最好不过，万一是束慎徽顺势上位……

她想到了一个人——陈衡。

此人是她名义上的丈夫，至今外面所有的人也还如此认定，然而他和她从一开始便是有名无实。实情是，武帝驾崩前，便已对她下了一道密旨，收回了当年的赐婚。

至于当年武帝为何赐婚，后来又为何如此行事，她已慢慢地琢磨出来了，想来不过就是一个高傲的帝王一怒之下对陈衡的惩戒。当时她又恰好惹了那样的祸事，须尽快成婚以维护皇家体面，于是便成了武帝用来惩戒陈衡的工具。

这种关系到圣武皇帝和另一位极贵之人名声的宫闱旧事，她也知忌讳，从前装聋作哑，只当不知。但接下来，倘若事情当真无法挽回了，她还有最后一条路，那便是以此事为把柄，叫陈衡在束慎徽那里为自己换来一道护身符。她料这两人对此不可能完全无所顾忌。

大长公主终于觉得心神稍稍安定了些。

高贺死后，她便惶惶不可终日，已提早将儿子送去了封地。前些时日，为尽量不引人注意，她又悄悄出城，再次住进了城外的麋园里。现在只要备好马车，不用等到天亮，她便可以连夜离开长安。

大长公主被这个念头催促着，一时急不可耐，匆匆套了衣裳，快步奔出寝间，呼来奴仆，命人立刻收拾细软。下人被差使得团团转，这要带走，那也不能落下，动作稍慢便遭厉声叱骂，地上掉着许多带不走的绢帛和华裳，一片狼藉。

终于装满几口大箱子，料马车再也填不下了，大长公主方作罢，叫上护卫，匆匆朝着大门而去。然而，她才跨出门槛，便蓦然停下了脚步。

门外火把晃动，贾獙带着一队人马就守在外面，不知是何时到的，不但挡住了门，还将她停在路边的马车拦了下来。大长公主一愣。

自刘向获罪去了皇陵之后，此人便成了少帝面前的红人。大长公主实是意外，他怎会这时突然来到麋园？这便罢了，看他这架势，仿佛来者不善。

虽然在她的眼中，这些人就是家奴，但今时不同往日，她压下心中的恼意，皱眉道："你这是何意？"

"深更半夜，扰了大长公主。敢问大长公主，这是要去哪里？"贾貅面上依然带笑。

大长公主冷冷地道："我有事要出门。让开！"

贾貅却不让，朝着身后之人挥了一下手，那一队如狼似虎的禁卫便上前拔刀逼向大长公主。

她被迫往后退回到了门里，再也按捺不住怒火，横眉怒目，喝道："你想干什么？你胆敢如此对我？！"

贾貅道："即刻起，请大长公主安心留在麇园，不得外出。外面之人，包括送粮担柴者，也不许入内半步，违者格杀勿论。园里其余之人若要走，此刻全部出来，若是晚了，待门落锁，休怪我不给机会！"

他这话一出，那些脑子灵光的人很快便明白了：这是要将大长公主困在麇园断粮绝炊，慢慢饿死！

大长公主向来跋扈，对家奴非打即骂，身边并无什么真正的死忠之人。园里的下人回过味儿来，个个惊惧，虽不明所以，但既有逃生之机，谁肯跟着一起被困在这里饿死？很快，全部下人连同护卫，争相朝外奔逃。

大长公主脸色大变，也朝外冲去，却被两名禁卫架刀阻拦。她吼道："贾貅你这刁奴！莫非你也是束慎徽的人？滚开！我要去见陛下！"

贾貅此时也没了笑意，冷冷地道："好叫大长公主知道，此正是陛下送给长宁将军的凯旋之礼。"

大长公主当场如遭雷击，双目圆睁，怒喝道："我不信！陛下怎会如此行事？我乃高祖之女！圣武皇帝是我皇兄！此处麇园还是高祖为我所建！陛下他怎敢这般对我？！"

此时园中之人已是逃尽，偌大一座麇园只剩下大长公主一人。贾貅置若罔闻，带着人退出。"哐当"一声，园门闭合。大长公主不顾一切地冲上去，想要奋力拉开门，然而外面紧跟着传来落锁声，门紧紧闭合，再也无法被拉开。

大长公主号叫一声，转身朝着后门狂奔而去，终于奔到门前，却发现那门也早已从外落锁。她大喊大叫之时，听到墙外传来贾貅的声音，只听他吩咐士兵留守，墙内之人若敢越墙，便射箭阻挡。

大长公主彻底绝望，破口大骂："束戬，你这个黑了心的短命鬼！你小时候我就看出来了，你不是个好东西！阴险毒辣、卑鄙无耻！你以为你这样，束慎徽就会放过你，保住你的皇位？做你的春秋大梦去……"

贾獬在门内传出的阵阵怨毒的咒骂声中转身离去。

天明之时，束戬收到了回报。他吩咐的三件事中，前两件——将刘向从皇陵接回以及秘囚大长公主——已是办妥，第三件关于兰荣的事却出了意外。

兰荣应是提前得到了消息，连夜逃走，以紧急要务在身为由，命人打开城门。门吏信以为真，开了门。兰荣出了城，旋即不知所终。

风自窗中无声无息地暗暗涌入，在残烛摇曳的光中，束戬起身，从暗格里取出了一样东西，缓缓地在案上摊开，低头盯了片刻。

他抬起头，朝着侍立在侧的缎儿招了招手。待宫女走到近旁，他指着案上之物道："这是先帝留给朕的遗诏。你知道朕要怎样处置它吗？"

缎儿一愣，迟疑了一下，终于还是仗着平日受到的高人一等的待遇，参着胆子道："婢子不知。陛下打算如何处置？"

"朕要烧了它。你可再去向太后禀报了。"

缎儿反应过来，一张脸顿时变得惨白。她哆嗦着下跪叩首，口中求饶，说太后当初送她回来时便要她时时汇报皇帝这边的动静，她不敢不从。

束戬看着这个因为恐惧而整个人都在瑟瑟发抖的宫女，眼里透出几分悲哀："宫中果然尽是无心无情之人，连个能说话的人也找不到。"

他环顾这间华丽的殿室："不过，朕又何尝不是如此？

"论无心，论无情，朕当是第一。"

他仿佛是在和缎儿说话，又仿佛是在自言自语。

缎儿听不明白，只扑簌簌地不停落泪，若梨花带雨，只顾哀告乞饶。

束戬的神情却转为了冷漠和厌恶。

"都是可怜人，身不由己。朕不杀你。"他淡淡地说完，再不看这宫女一眼，命人将其拖出去。

敦懿宫里，李太皇太妃半身不遂、言语不利，性情也变得狂躁，有时甚至神志不清。她整夜不眠，咒骂哀号，虽然听起来含含糊糊，但也能辨出满口不敬之语，深夜之时入耳，状若厉鬼哭号，周遭之人无不恐惧。

兰太后怕万一李太皇太妃的话传到束慎徽耳中惹出祸端，战战兢兢，起先还亲自在旁守着，后来不耐烦了，命太医给她下重药。昨夜也是如此，李太皇太妃已昏睡一夜。此刻，兰太后急匆匆地赶来，命人唤醒她，但那药下得过重，任凭宫人如何呼唤，李太皇太妃依然神志不清。见状，兰太后便命太医用针将人扎醒。

太医赶到，见兰太后在李太皇太妃的榻前焦躁走动，脸色惨白，双眼赤红，整个人似在微微哆嗦，模样瞧着很是骇人，不敢不从，急忙取了金针，认准穴位下针。

刺激之下，李太皇太妃果然醒了过来，喉咙里发出一阵含含糊糊的声音，眼皮子翻动几下，然而最后又合上了。太医试了几次，都是如此。兰太后不停地催促，太医心慌意乱，一边擦汗一边解释："应是药效正重，请太后少安毋躁，等药效过去，太皇太妃便能醒来。"

"滚开！"兰太后红着眼扑了上去，猛地抓住李太皇太妃的双肩，将她的半个身子从枕上扳了起来，用尽全力狠狠摇晃，一边摇一边咬牙喊："醒来！你给我醒来！"

李太皇太妃被摇得鬓发蓬散，脖子更是剧烈扭晃，头都似要掉下来了。片刻后，伴着低沉而痛苦的呻吟声，她慢慢地掀开耷拉着的眼皮，看清是兰太后，眼里露出怒气，吃力地抬起一只能动的胳膊，用手指戳着兰太后，口里发出含含混混的声音："你……"

"仗打完了！陛下要赐死兰荣！陛下一定是害怕束慎徽加害他，不得已才这么做！他怎么可能杀他的亲舅父？一定是束慎徽这么逼他的！他是为了自保！"兰太后一边疯狂地晃着李太皇太妃，一边厉声咆哮，"你快说！除了高贺，先帝走之前是不是还安排好了别的人或是别的什么法子？我赶紧告诉陛下去！"

李太皇太妃喉咙里发出"喀喀"的声音，神色极为痛苦。

"说！你快给我说！"兰太后却状若发狂，继续不停地摇晃，仿佛这样便能得到救命的法子。

"母后这是在做什么？"

身后忽然传来一个声音，兰太后停下，气喘吁吁地转过头，只见束戬不知何时竟来了此地，正立在她的身后，周围的侍人都早已跪了下去，不敢抬头。她喘了几口气，一把撒开李太皇太妃，转身朝束戬奔去。

"戬儿你来得正好，我也正想去找你！你不能这样对你舅父！他是一心为了保你，才得罪了那个人！现在北边打了胜仗，你知不知道，朝中好些大臣早暗中写好了贺表，就等着争拥立之功了？高贺已经没了，你若再杀兰荣，往后就真的孤立无援了！世上再无人能助你！母后知道这不是你的本心。你放过兰荣吧，母后求求你了……"

束戬仿若未闻，挣开兰太后抓住他衣袖的手，径自走到李太皇太妃的榻前，微微俯身看着她。

"当日，你假托先帝之名，以伪诏示朕，意欲何为？"他面无表情，缓缓说道。

李太皇太妃瞪大眼睛盯着束戬，只见他说完，自袖中取出一物，正是那道她保管了多年的来自明帝的遗诏。然而此刻，束戬将它凑到了榻前的一簇烛火之上。

很快，绢帛的一角被火苗点着，火舌一路迅速朝上卷去，猛地蹿高。束戬松手，那道遗诏如一文不值的废物，被火裹卷，飘落在地。

"戬儿你疯了？！"

兰太后回过神，发出尖厉的声音，冲了上来，抬脚用力踩火。将火踩灭后，她不顾烫手，将东西从地上抢了起来，却见那诏书已被烧得只剩一角。她顿时眼前发黑，跌坐在了地上。

李太皇太妃更是目眦欲裂，抬手要够，却如何够得到，只双目死死地盯着那被烧得只剩了一片残角的遗诏，嘴唇翕张。突然，她发出一声充满不甘和怨恨的含含混混的哀号："苍天——"

喊完这两个字，她便直挺挺地从榻上滚了下来，扑在地上，一动不动了。

"戬儿，戬儿！你到底想做什么——"

在身后兰太后撕心裂肺的绝望哭泣声中，束戬走出了敦懿宫。

接二连三的消息，再次在朝臣当中引发轰动。

原来当初摄政王于大婚之夜遇刺,兰荣也是主谋之一。不但如此,他与炽舒内外勾结,暗中拱火,阻挠战事。更叫人没有想到的是,他还暗中庇护高王、成王余党。兰荣自知罪行败露,昨夜畏罪潜逃,少帝已下令追捕,并将刘向从皇陵调回,命其接掌地门司。

这些也就罢了,最叫百官震惊的,莫过于当日敦懿太皇太妃曾宣扬的那道所谓先帝遗诏,据说竟是矫诏。少帝昨夜已将伪诏烧毁,而一手炮制伪诏的敦懿太皇太妃恐怕也将不久于人世。

此前人人心知肚明,等到北方战事结束,少帝和摄政王之间恐怕也不可能继续维持现状了。而今局面扑朔迷离,真假难辨,少帝又如此动作,到底是出于他的本心,意欲和摄政王修好,还是为摄政王所迫,不得已而为之?

今后的大魏朝堂,将何去何从?

还沉浸在昨日北方大捷带来的喜悦里的大臣们,心中又添了无限的隐忧。人人噤声,只暗暗将注意力投向自昨日起就紧闭门户的那座王府。

天又一次黑了下来。

当贤王从侧门悄然进入王府之时,束慎徽还在安眠。

束慎徽已许久没有睡过好觉了。昨日,北方大捷的消息送到,他谁也没见,哪里也不去,就合眼睡了下去。这一觉,绵长而深沉。

王府知事到来,叩门声响起时,他正梦见一个女子。她长纵战马,横越铁山,大风吹得她的战裙狂舞,她的身影渐渐远去,就要消失在漫天黄沙之中。正当他无限惆怅之时,她在马背上蓦然回首,竟是笑靥盈盈。梦中的他只觉得心脏一阵狂跳,刹那间热血沸腾,待纵马直追,梦境却因耳边响起的杂声骤然破碎。

他猛地睁开泛红的眼,发现自己还卧在寝堂之中。窗外天色转黑,恍惚之间,他有种不知何年何月又何地的茫然之感,唯一真实的,是那颗自梦中便犹自狂跳不已的心。

他在黑暗中坐了片刻,待心跳慢慢恢复,呼出一口气,燃烛,过去开了门。知事朝他行了一礼,道贤王来了。

从那日斩杀高贺之后,他和贤王便再无任何私下往来。

束慎徽命知事将贤王请到昭格堂。片刻后,当他更衣完毕,出现在贤王面前之时，已面上含笑，精神奕奕，看起来和平常没什么两样。

贤王却是不同，他的面上也带着笑，然而那笑意显得有些勉强。待束慎徽落座后，他望着束慎徽，几度欲言又止，更显心事重重。

"皇伯父有事，尽管直言。"

贤王顿了一顿，终于开口说道："三郎，我今夜此行，是受陛下之托而来。陛下有话，托我转达。"

少帝对贤王说，他的皇位本就是侥幸所得，原非天命，他虽勉强为之，但终究是天性冥顽，资质驽钝，左支右绌。不但如此，他德不配位，祸人殃己。

天下当以能者居之，这个道理，他到如今才明白过来。亡羊补牢，但愿为时不晚。他已将先帝遗诏烧掉，对天发誓，所有的人都不会有事。

贤王当年让位于圣武皇帝，缔造了一段棠棣交辉的佳话。珠玉在前，他理当效仿。

贤王的表情本就干涩，他说到这里，停了下来，望向束慎徽，只见烛火映出对方平静的面容。贤王定了定神，从座上站了起来，走到束慎徽的面前，取出一道诏书，躬身双手奉上。

"此为退位诏书，陛下委派我转呈于你。陛下说，他的三皇叔比他更适合做这个天下的皇帝。相关事宜，包括何时公布于天下，一切都请你定夺，他无不遵从。"

贤王托着诏书，等待束慎徽接过。

束慎徽纹丝不动，道："请将此物交还陛下，并转告陛下，勿妄自菲薄。我知他之能，可治世，可济民。另外，我也有一件东西，皇伯父既来了，劳烦代我一并呈给陛下。"他起身，取来一封奏章，"这是元旦大朝会那日我曾呈上的请辞折，皇伯父应还记得。当时陛下未准，我收了回来。也是承蒙陛下之恩，我摄政至今。如今国战已胜，我这摄政王之位，真的该卸下了。"

他又取来一口匣子，放下后打开。贤王一眼就认了出来，里面装的是当年明帝驾崩之前封他为摄政王时亲手系在他腰间的那根九环金玉腰带。当时贤王就在近旁，目睹了整个过程，只觉得兄弟情深，何等感人。

"腰带为摄政之信物。今日我既去衔，此物理当归还。"他淡淡地说道。

然而贤王的心情变得越发惨淡了。

这世上有一种人，如日悬长空，天生耀目，什么都无法掩盖其光其华。但那光华落入人眼，便成了能割到人的锋芒。

他的这个侄儿便是如此。束慎徽是高祖之孙、圣武皇帝之子，有龙凤之姿、天日之表，有经纬之才、治世之能。

今日宫中虽传出消息，称少帝昨夜指敦懿太皇太妃假传诏书，并当着她的面烧毁遗诏，但实情如何，贤王心知肚明。

那遗诏必定是真。至于明帝临终之前，何以一边亲赠腰带，一边又暗留遗诏，贤王也再清楚不过——明帝不信自己这个皇弟无意于皇位。

明帝都如此，何况别人？但是，从头至尾，贤王始终相信，自己的这个侄儿对宣政殿里的那个位子，从没有过半点儿占有之念。哪怕是束慎徽当着少帝和百官之面斩杀高贺之后，贤王也是如此认定。

当日的那件事，在别人的眼中，是摄政王剪除拥护少帝的势力，独揽大权，彻底和少帝对立，但贤王感到了某种宿命般的通向不归路的决绝。他希望真的是自己想多了，自己的预感是个错误。

贤王定定地立了片刻，蓦然回神，仿佛为了挽回什么似的，匆匆解释起来："三郎！陛下做了什么，你或还不知。他已下令将刘向调回，命其接掌地门司。所谓先帝遗诏，也是李太皇太妃炮制，已经被陛下烧掉了！还有兰荣！他被陛下赐死，虽侥幸逃脱，不过，伏诛也是迟早的事。三郎，陛下是真的知错了！他想弥补！何况，你既也认定陛下理当继续在位，那便不该这么快便卸担，如今国战虽胜，但朝堂空虚，陛下更需你辅佐……"

贤王口里说着这些话，但看到那道今夜由自己带来的退位诏书，心底忽然一阵发冷，话音也随之慢慢弱了下去。

今夜自己送来的，当真不是帝王心术的产物，而是来自那少年的彻悟？

束慎徽道："陛下雷厉风行，我未错看。他将来，必成英主。"

"三郎——"

束慎徽朝着贤王含笑点了点头："有劳皇伯父了。侄儿不送。"

贤王去后，束慎徽坐了回去。片刻后，他来到那间布着舆图和沙盘的书房，将已在墙上悬了许久的舆图揭下，仔细地折叠整齐放好，再将沙盘蒙上一层防尘布。做好这一切，他最后环顾了一圈书房，走了出去，回往寝堂。

他行经池园，晚风徐徐，送来一股芙蕖的淡淡暗香。他慢慢停了脚步，立在水边。

他想起了和她的大婚之夜。那夜侄儿找来，她从洞房里出来。事毕，他伴她回，也是途经此处。他为缓解两人相处时的尴尬，开口向她介绍此间池园，说待到芙蕖花开，她可来此消夏。

而今芙蕖开了，她却早已不在，去了那方能让她策马奔腾、天生便属于她的天地。

他站了片刻，继续前行，回到繁祉堂，将她留下的那几张已被他看过不知多少遍的起了毛边的习作整理好，带回到最初他发现它们的那间书房里，放回字画缸中，让一切都恢复原本的模样。

他又走了出去，停步在庭院里，回首，最后望了一眼这座他用来迎娶她的寝堂，然后掉头离去。

这个晚上的最后，他叩开了永泰公主府的门。

永泰公主在去年有了身孕，不久前喜得一子。在外人看来，最近陈伦将公事交给了手下，极少外出，几乎天天在家陪伴公主母子。

永泰夫妇忽见束慎徽到来，欢喜不已，将他迎到夏日寝居的宝花榭里。

束慎徽笑道："阿姐你喜得麟儿，我一直没有来看望，今夜冒昧登门，但愿没有打扰你们。"

永泰公主道："你说的这是什么话？我盼你都盼不来呢！方才正和驸马说起你和长宁。你还记不记得？去年就是在这里，我设宴为八部王女送行，长宁也来了。你巴巴地跑来接长宁，来了又不进，就在一旁老老实实地等着。我们一班人笑得不行，何曾见过你如此老实！一晃竟已过去这么久了！快进来！"

束慎徽入内，先去看那小儿，见其生得极为可爱，刚吃饱乳汁，正酣然而眠。他送上自己准备的见面礼，出来后，转向永泰公主道："阿姐，今夜我请子静饮酒。我都把酒带来了，望你放人。"

"今天是什么好日子，你竟主动来请他饮酒？"永泰公主奇道，说完，忽然轻轻拍了一下自己的额头，"是了！大喜的日子！长宁大胜，即将凯旋，果然值得庆贺！你们尽管去，这回便是喝上一夜，我也绝不多说半个不字！"

束慎徽"哈哈"大笑:"阿姐说得极是!是大喜的日子!当痛饮高歌,不醉不休!"

永泰公主立刻吩咐家奴在水榭旁设案摆酒,而后命人都散去,笑着叫他二人随意,自己也退了出去。她停在门口,回头看了一眼束慎徽的身影,方才面上一直挂着的笑容也消失了。她紧锁眉头,亲手轻轻地闭合了门。

水榭之中,剩下束慎徽和陈伦对坐。夏夜,水边凉风习习,叫人通体舒畅。

束慎徽亲自给陈伦倒酒。陈伦慌忙起身,待要阻拦,却听他笑道:"不必拘礼。你可还记得去年去往行宫狩猎,那夜露宿野外,你我对饮畅谈?当时你我约定下回再饮。今夜趁着北方大捷的喜事,我来践约。"

陈伦一怔,没想到当日随口一言,他竟记到了今夜。

"从前你我可算相平,如今你已为人父,比我厉害多了。我先敬你一杯!"

许久未见他兴致如此之高,又听他这么说,陈伦笑着饮了,也回敬道:"此番北方大捷,王妃立下汗马功劳,殿下也是厥功至伟。臣敬殿下和王妃!"

束慎徽道:"领着将士打仗的是长宁,杀敌的也是长宁,我有何功可言?你说错话了。"

陈伦本欲争辩,看了他一眼,一顿,顺着他的话道:"殿下说得是。那便为王妃之功,恭喜殿下!"

束慎徽这才笑吟吟地喝了。两人推杯换盏,谈笑间不知不觉已略带醉意。

陈伦本就满腹心事,只是之前不敢开口,今夜见束慎徽自己来了,终于忍不住发问:"战事已毕,殿下往后有何打算?"

束慎徽自斟自饮,笑道:"自是去我该去之地。"

陈伦顿了片刻,终于凭着醉意,咬牙压低声道:"殿下,只要殿下有需,陈伦万死不辞!不瞒殿下,最近我已有所准备。不只是我,如今朝廷上下,不少人在等着殿下。只要殿下一句话,必定一呼百应!"

束慎徽笑了笑,道:"子静,你我相交多年,我若想如此,还须等到今日?这样的话,以后不可再说了。"

"殿下!"陈伦还待开口,却见他放下了酒杯,笑容消失,于是起身慢慢地跪了下去,低头道,"臣有罪,请殿下恕罪。"

束慎徽沉默了片刻，走到陈伦的面前，将其从地上扶起，道："子静，仗打完了，你叔父陈衡过些时日应会入朝请辞刺史之位。我这里有一封信，待他来了，你代我转交给他。"

　　他取出早已写好的信递了过去。

　　陈衡是陈伦的远房族叔。陈伦接过信，低声道："殿下放心，我定会转交。"

　　束慎徽凝视着陈伦，含笑点头："少年结交，肝胆相照，有友如你，幸甚。今夜，你的儿子我见了，欠下的酒也喝了。我心满意足，该走了。"

　　他顿了一顿，又道："陛下答应过，所有人都将没事。他会做到的。将来他定是一个大有作为的君主，大魏盛世可期。往后你须效忠于他，襄助国事，共享荣光。告辞了，不必送。"

　　他含笑点头，转身而去。

　　"殿下！"

　　"三弟！"

　　永泰公主再也忍不住，从刚才栖身的门外暗处奔了出来，和陈伦一道追了上去。她大声喊他，见他闻声停步，转头含笑朝自己这边遥遥行了一个抱拳的拜谢之礼，示意二人止步，随即转身大踏步离去，身影渐渐消失。

　　束慎徽已了无牵挂，唯一觉得对不起的人便是他的母亲。往后恐怕再不能在母亲膝下尽孝，他在留给陈衡的信里，拜请陈衡照顾她的余生。

　　犹记那年，他的那位皇兄在死前封他为摄政王，他答应了下来。不久后，他收到消息，才知他的母亲那段时日经常彻夜难眠，常去寺庙拜佛许愿。

　　她生于王室，后又入宫为妃，恐怕那个时候就知道，自己的儿子踏上这条路，想要善终，需极大的福缘——他从前已是占尽人间富贵，怕是早已挥霍尽了上天的馈赠，如何能再有如此福缘？

　　她还是王女之时，原本与陈衡两情相悦，甚至到了谈婚论嫁的地步。然而只因父皇无意间撞见了当时的她，被她的美貌打动，她的命运便发生了改变。

　　她不得不入宫为妃。

　　当年，她在父皇驾崩之后不久便出宫归乡，并非是自己提出来的——父皇临终前下令，命她回她当年来的地方。

对于父皇的用意，十七岁的束慎徽并不是很明白。因为早前曾不小心撞破过父皇和母亲的不愉快，他以为是父皇对母亲感情冷淡，所以将她驱出了皇宫，不许她像李妃那样留在宫中高居尊位，以此作为对她的惩戒。

直到后来，他才渐渐领悟。父皇固然离完人甚远，一生更是唯我独尊，但临终前如此安排，是何用意，不言而喻。

这不仅是他的心愿，也是他的父皇圣武皇帝的心愿。但愿她能谅解自己，勿过度伤悲，往后有人陪伴，行遍天下。

公主府的寝堂之中，陈伦抱住默默流泪的永泰公主。

"为什么会这样？他不可以走吗？"她哽咽着问丈夫。

是他自己不想走了。

他功高盖主。从前少帝和他无猜，他自然可以功成身退，但是现在这样，他的退路早已没了。他只有两条路可选，要么照着所有人的想法上位，要么成全少帝，成全那个由他一手扶持到今日的少年。

以陈伦对他的了解，只要他认定那少年能够成为大魏的合格君主，就一定会成全的。

至于永泰公主说的走，他是可以走——倘若他想。但他是何许人也，高傲如他，若叫他在猜忌里度过一生，于他而言，怕是生不如死。他更不愿因他一人，累及从前和他有过交集的所有身畔之人。

陈伦却不知该如何开口向永泰公主解释这一切。

"不行！就算谨美不愿，我也要入宫去！我要去见陛下！那个没良心的小王八——"永泰公主突然从陈伦怀中挣脱，胡乱抹了抹眼泪，披衣便要唤人。

"公主！驸马！"正在这时，寝堂外传来家奴的呼唤之声。

陈伦开门，被告知就在方才，一个自称是并州刺史陈衡的人到来，说是有急事求见。他和闻声而出的永泰公主对望了一眼，急忙出去，只见一个风尘仆仆的中年男子正在厅堂中焦灼不安地来回走动。

陈伦没有想到，今夜束慎徽才和自己提及他，这么巧他就仿佛从天而降。

"叔父！"

陈伦唤了一声，还没来得及开口说别的，就见陈衡朝着自己快步走来。

"我方入城，寻到摄政王府，府里下人道他来了你们这里。他人呢？我受王妃所托,有急事寻他!"

陈伦很快收到手下的回报:西门的值夜门吏称,摄政王约在两刻钟前,从那里出了城。

西门外是大片的郊野,但在十几里外有一处所在——护国寺。

直觉告诉陈伦,摄政王极有可能去了那里。

皇宫之中,贤王复命,将带来的腰带、奏章连同少帝的那道退位诏书全部奉上。他走在出宫的路上,渐渐放缓脚步,最后停了下来。

少帝和摄政王之间裂痕渐深。高贺死后,朝堂平静,北方战事也稳步推进,胜利指日可待。他早知等到捷报传来,少帝和摄政王之间的平静必会被打破,朝廷将有一场大变,担心陈伦惹祸,趁永泰生子的机会,严令陈伦告假在家,以免被卷进去。

他的预感果然成真了。

今夜少帝委派自己去传那样的话,他是万分不愿的。然而,那少年是皇帝,他能奈其何。

他的脑海中浮现出片刻前少帝收到回报时的样子。少帝看着被呈上的物件,低垂眼眸,一句话也没有。就算是他,竟也看不出半分少帝当时的内心情绪。

倘若之前还不确定的话,那么就在那一刻,他确定了——

一夜之间圈禁大长公主、通缉兰荣,还有对那道遗诏的处置,种种举动,显然不是临时起意,那少年皇帝早有准备,此前只是引而不发而已。

就在去年的差不多这个时候,那少年还曾冒失地做出过私自出宫之事,不过短短一年的时间,其变化如此之大,令他有些不寒而栗。

皇位当真能把一个人变成一把有着人形的刀。

他一生明哲保身,不说半句不该说的话,不做一件不该做的事,得来了"贤王"的名号和尊崇的地位。

他立了片刻,慢慢转身,掉头而去。

束戟立在太庙的中殿之中，他的对面是高祖、武帝和明帝的神位。

曾经，这个地方令他感到阴森骇人，是皇宫里最为可怕的所在。此刻，他却独自在这座空旷的大殿里站立了良久。

他早已知道，皇宫之中最可怕的不是鬼神。

记得第一次看到明帝遗诏的时候，他恐惧于自己父皇的心机，但是现在，自己又何尝不是一样？

是从什么时候开始，他对身下的位子上了心，不愿令其旁落？

是去年外出时，经历诸多事情，后来在那场祭礼中，见证军中万人高呼"皇帝陛下"，他为之热血沸腾、感受到责任之余，也被唤醒了那想要站在万人之巅的强烈欲望？

不，或许在他费尽心思逃出皇宫，却又梦见自己被挡在宫门之外不得回归而从梦中惊醒之前，在他的潜意识里，早就认定了，那是属于他的位子——就算他当时还不怎么想坐，但也不能让给他人。

一直以来，他一边抗拒着这位子带来的重压和责任，一边又享受着这至高无上的权力给他带来的快感和满足感。他和他的父皇一样，天生便是如此之人，内心自私至极，也冷血至极。

他曾经不止一次地想过，那样悉心教导自己的三皇叔怎么可能另有所图。但是另外一个声音又会冷冷地告诉他，这个位子如此之好，世上怎可能有人真不为之心动？倘若当年贤王有能力和武帝相争，贤王会甘心让出其位吗？

他便如此，在一次次的挣扎和犹疑之中，走到了今天。

大军攻下南都，他和三皇叔之间，也该有个结果了。

时至今日，他早知自己彻底地输了。他是不可能和三皇叔抗衡的。

他也知道，在看似平静的朝堂之下，有不少人正在暗中等着三皇叔有所动作，然后拥其上位。据说，有些人已经写好了贺表。

委派贤王去找三皇叔，是他做的最后的赌博。现在，他赢了。他本该庆幸无比，却被心里再次涌出的空前的迷茫和沮丧之感笼罩。

原来这个世上，当真有人跟他和他的父皇不一样？

他将那根腰带挂回到明帝的神位之上，未再多看一眼，从旁走过，停在了圣武皇帝的神位之前。

他微微仰头,望着这庄严而沉默的神位,片刻后,喃喃道:"皇祖父,真的是我错了吗?"

身后传来一阵脚步声,束戬慢慢回头,看见贤王去而复返,从殿外的阴影里跨入殿内,又迈步向内走来。

束戬见他走到近前,分别朝着高祖和武帝的神位恭恭敬敬地行礼过后,转向自己,开口道:"陛下,你错了!

"你的父皇在他还是太子之时,揣摩圣意,深恐被废,极力和你三皇叔交好。在你三皇叔十五岁的时候,有一回你的父皇借醉称自己的身体因割肉之伤长年病弱,怕担当不起太子之位,要让位给你三皇叔。但你三皇叔对天发下毒誓,尽力效佐。

"倘若陛下觉得旧事太过久远,就在去年,陛下私自出宫,引发朝廷大乱,当时你三皇叔还在南巡。闻讯赶回之后,他做了什么?他夜见大臣,在宣政殿斥责那些质疑的人,替你压下局面,随后到处寻找你。当时渭水里发现了一具浮尸,身高、年纪与陛下无不符合,知情之人无不认定这就是陛下,是摄政王赶去辨认过后,予以排除。后来也是他料到陛下或去了雁门,将朝事托给我,连夜离开长安,最后才将陛下寻了回来。

"陛下!我料敦懿宫的那位早前必会告诉陛下,摄政王之所以隐忍不动,是怕有损名声。三人成虎,恐怕后来陛下自己也如此想。你三皇叔是摄政王,但凡有半点儿对你不利的意图,当时那样一个天赐良机,何不将错就错?只要将浮尸当作陛下认了,他当时便能名正言顺地上位,何须大费周折,借这场北方战事积功夺位?"

贤王说到这里,朝束戬跪了下去,叩首道:"陛下!他曾对你寄予厚望,不愿和你相争,更不愿因陛下对他的猜忌而祸及他人。老臣忝居高位,本是无能之人,只是实在不能坐看陛下因一念之差,铸成大错!

"倘若如他这般的人也不得善终,天下的忠直之士岂不寒心?那些刚为我大魏浴血奋战、收复门户的雁门将士,又将如何安心?"

束戬定定地望着贤王,呆住。突然,他想起当日三皇叔在大殿上杀了高贺之后对他说过的话。

三皇叔说,他犯下了不赦之死罪,让自己再给他一些时日,还说等到长宁将军打完仗，收回幽燕，他代圣武皇帝完成遗愿，到了那日必会给自己一个满意的交代。

束戬打了一个寒战，清醒过来，猛地转身，丢下贤王，大喊"来人"，疾奔而去。

束慎徽于子夜时分来到了护国寺，从后山门走了进去。

山间幽阒，寺院被笼罩在夜色之中。

此间塔林，因当中有高僧舍利，积聚了不少历代书法大家的碑刻。少年时，他痴迷书法，常去临摹，伴着身侧安眠的遗骨，有时甚至一待就是几日。此间是一个极好的独处清静之所，只是后来事务日渐繁忙，他便再也未曾踏足。

先前她习字，他也曾想过，待何时得空，便将她领来这里，教她揣摩前人书法的精妙之处。此间虽是埋骨之地，但以她的性情，她应当也会喜欢。

如今他再来，却是如此情境。不过，他若是长眠于此地，倒也算是应了少年时的心境。

他经过当初绞杀高王的罗汉殿，高王的诅咒声犹在耳边。他又经过藏经楼的附近，慢慢地，停了脚步。

这里，是他和她第一次遇见的地方。虽然当时只是她看到了他，而他浑然不觉。

他在藏经楼的外面伫立了片刻，跟在他身后的寺僧也停住了。

"殿下可是要进去？"

他看到寺僧无晴闻讯匆匆赶来，为他开启了门，迟疑了一下，最终走了进去。他举着烛台，沿着经架慢慢入内，遥想当日她在何处藏身，能令自己无知无觉。最后，他来到西北角的暗处，看见角落里挂着一张蛛网，那网的中间蹲了一只硕大的蜘蛛。

僧惜蝼蚁，从不扫除角落里的蛛网。这网也不知在这里布了多久，层层叠叠的，极大。

一阵夜风从阁角的暗处涌入，吹得蛛网震颤不停。这虫子仿佛才醒来，开始在网上面游走。束慎徽立在角落中，借着微弱的烛火，看着这虫子忙忙碌碌，吐丝固网，仿佛不知疲倦，渐渐出神。

这时，外面传来一阵急促的脚步声。

"殿下可在？"

他听到一个熟悉的声音从经楼外传了进来，慢慢地转过头。

伴着"砰"的推门之声，陈伦疾奔而入，看见束慎徽举着烛台，正立在角落之中，松了口气，飞奔上前。

"殿下，我叔父刚到！王妃有东西让他转交给殿下！"

束慎徽微微茫然，抬目。紧跟着进来的陈衡解下随身的布袋，取出一匣，双手奉上。

束慎徽彻底回神。他不必打开，看到此匣便知里面是何物。他略微惊讶，接过匣子，却见陈衡又取出了一只小囊袋，再次奉上。

"殿下，王妃另外命我再传一句她的话。"他将姜含元的话复述了一遍，"等到攻下南都之后，她会去她十三岁那年曾让她引路的少年的目的之地，等那少年再来。"

束慎徽一时惊呆，几乎不敢相信自己的耳朵，心"怦怦"地跳。片刻后他回神，视线落到还在陈衡手里的那只小囊袋上。

它极小，不到巴掌大，是用军中冬衣所用的那种耐磨的粗布所缝，灰扑扑的，看起来很旧，应该有些年头了。

他猛地一把夺过袋子，飞快地解开缚着袋口的绳索，一样东西从里面滑出，落在了他的掌心之上。

这是一枚玉佩，玉质温润，雕工精美，从镂刻的云龙纹来看，是皇室男子才有资格用的饰物，似曾相识……

陈伦见他盯着手中的玉佩一动不动，便也望了一眼，随即愣住，迟疑了一下，道："殿下，这不是从前你在雁门赐给那个带路小卒的玉佩吗？臣也有一枚，记得是元宵时宫中所赐，怎会在王妃那里？"

陈伦突然想到陈衡方才的那句话，震惊万分："莫非王妃便是当年领路的那个小卒？！"

束慎徽的眼眶微微发热，他慢慢地捏紧手中的玉佩，定了定神，哑声道："你们先都出去。"

她就是当年那个为他引路的小卒。

当听到陈衡转述的她的话时,束慎徽便顿悟了。然而他不敢相信这样的事会发生在自己的身上,直到看到玉佩。

这枚玉佩是他的,他一眼便认了出来。它穗结紫黄,上镌"安乐"二字,是他所独有。不过于他而言,这玉佩并非什么珍贵之物,正巧当年北巡之时随身带着。当初那日临时起意,他摘下它掷给了一个偶遇的雁门小卒,以此作为对方带路的酬谢。

这怎么可能?当初那个他后来再也没有想起来过的小卒,竟然就是她?

他又何德何能,当时随手掷出之物竟能得她收藏多年,直到今日?

他更是何来的幸运——原来那个她梦里曾令他忌妒了许久的"他",那个她在去年云落古道分别之时提及的十三岁时遇到的少年,竟然就是他自己!

幽寂的经楼里,四周黢黑,只一根蜡烛静静地燃烧着,昏黄的光晕照亮了经楼一角。蛛虫在他的身畔结着网,他攥着掌心中的玉佩,在西北角的这团光晕中坐到了地上,头靠着墙,慢慢地闭上发红的眼睛。

原来很早以前,在他十七岁的时候,他们就曾相遇了。

她心中的人,也不是别人,就是他。

这念头如浪般不停地从他的心里涌出,冲刷着他的胸膛。他的脑海里,也浮现出了当年那小卒的模样——她十三岁时的模样。

她黑瘦、沉默,头顶只和他的马背齐平,却有一双清亮的眼眸,带着几分秀气。

此刻,当他将记忆里的人和她联系起来之后,他竟无法理解:就算后来她长大了,个头拔高,气质大变,自己一时没能将她和当年的小卒联系起来,但在当初,他怎就将她错认成了少年?

犹记当时,他呼来了从对面行来的她,她沿着小道走到他的马前,微微仰头看他。对着那样一双掩不住清秀的眼眸,他竟没有认出自己呼来的是一个女孩。

他真是眼瞎得厉害!

束慎徽的唇角不自觉地抬了几分,眼角却越发红了。

他又想起了仙泉宫之行宿营的那个晚上，自己和陈伦叙话，提及当年的灵丘之行，还有那个引路的小卒。当时她就在对面，只和他隔着火堆而已。

昔人近在眼前，他分毫不知，甚至还就此发了一通岁月催人老的感叹——此刻他只是想起都颇觉羞耻，当时她听到了，也不知心中做何感想。

记得那夜他兴致极好，心情也是。或许他的好心情也是因她就在身旁，那个时候，他不知不觉已被她吸引了，似是在和陈伦喝酒谈笑，其实也在暗暗留意她。有几次，他和她的目光相遇，她总是很快便挪开了眼。

他怎能想得到，其实那个时候，他就已经在她的心里了——她在十三岁的时候遇到了他，从此以后便未曾忘记他。

蛛虫伴着他，在他的头顶沉默地忙碌着。当最初那如潮般的冲击过去，另一种微妙而无声的幸福之感，也如角落里的这团静谧烛火，将他整个人笼罩。

他就这样闭目靠坐在蛛网下的角落里。也不知道过了多久，经楼外又传来了一阵新的动静，似是少帝束戬到了。

他一动不动，微微上扬的唇角慢慢地垂落下去。

她送来这枚旧日的玉佩，还有邀请——不是给他的，而是发给曾经那少年的——唤醒了他尘封已久的记忆。

他这才记起来，原来自己也曾有过那样自由肆意的时光。但如今的他，早已不是昔日的少年了，更找不回从前的心境。他满心疲乏，老气横秋，面目令他自己都厌憎。

青山依旧好，昨日少年，今日却老。

他束慎徽，还有机会做回十七岁的自己，马踏仇血，飞越千山，做回那个能叫她一见便再也不曾忘记的少年吗？

经楼之外，陈伦看见少帝疾奔而入，神色张皇地询问摄政王何在。他一时惊疑，不知少帝忽然来此意欲何为，便道摄政王在经楼之中。他看见少帝吁了口气，迈步往里冲去，"砰"地推开了门。

少帝正要继续朝里去，可望见那道正坐在角落里的暗影，顿住了，最后慢慢地退了出来，关上了门。他又在门外立了良久，然后低着头，慢慢地走了出去。

天渐渐亮了，远处传来悠扬的晨钟之声，余音回荡，山中宿鸟仿佛一瞬间被唤醒,争相啁啾,经楼的轮廓在浮着薄雾的晨曦里渐渐清晰起来。

经楼里面却始终没有动静,未见祁王现身。

陈伦在外守了一夜,渐渐担忧。陈衡也焦急起来,眼见天也亮了,再也按捺不住,待要叩门。这时,伴着一阵低沉的户枢"吱呀"之声,门被开启,束慎徽现身在门后。

他的面容有些苍白,眼底也泛着一层淡淡的血丝,但他的眼睛看起来极为明亮。陈伦已许久没见过他这样的目光了,彻底地舒出了一口气。

束慎徽朝陈伦微微颔首,又转向陈衡亦是颔首道谢,随后迈步朝外走去。他走出经楼,行到罗汉堂前,看见一片老柏的虬枝之下有一道少年的身影。

少年似乎已在这里停留了许久,正低头徘徊,蓦然抬头,撞见了从经楼里转出的那人。他抬步朝着那边奔去,快到的时候又放缓了脚步,最后停在道旁。

"三皇叔……"少年喃喃地叫了一声,面上满是羞愧。他张开口,仿佛有许多话要说,然而对上那人的视线,又不敢与之对视,低头止住了话。

束慎徽立了片刻,从少年的面前经过,继续朝外走去。在他快要走出去的时候,少年追了上来。

"三皇叔!我错了——"少年追了几步,冲着前方那道背影高声喊道,双膝落地,跪在了地上。

束慎徽慢慢停步,站立片刻,回头望着身后遥遥跪在道中的少年:"掌好朝廷。大魏的边地,我去守。"

他迈步,越走越快,身影消失在了晨雾之中。

他在黎明时分离开了长安,往北而去。他走的时候,长安正是夏天,待渐渐接近雁门,风烟日浓,秋露悄降。

这一日,他抵达了雁门。

北方战事已毕,部分军队回撤,首批从前线归来的将士已抵达了雁门。樊敬也奉姜含元之命,已从西关归来,暂时接掌雁门军务。

最近这些天,这座居民不到万数的边城热闹得如同元日,一派欢乐祥和的气氛。

是的，多少年来，这里一直是大魏和北方强敌对峙的最前线。对于这里的人们而言，战乱成了生活的一部分。他们一次次地重建被战火烧毁的家园，经历着仿佛看不到尽头的生离和死别，能走的人都已经走了，走不了的只能忍受。

从今往后，这里不再是边地，再也没有战乱，更不必担心被劫掠。他们可以放心地搭建猪圈和羊棚，到更远的地方去开垦更多的田地，娶妻、生儿育女，过上安稳的日子。这怎不叫人欣喜若狂？

军士行在街上，会被民众拉住，有的送上自家的吃食和新做的衣鞋，有的打听长宁将军何日归来。

束慎徽戴着斗笠，穿一身常服，混在路人之中，毫不起眼儿，无人留意。

他想去寻樊敬，问姜含元现在的具体位置。快到雁门令的驻所之时，经过街口，听到士兵正在和周围的人讲着长宁将军在战场上如何足智多谋、如何身先士卒，他情不自禁地停下了脚步。

那士兵口才颇好，讲得绘声绘色，让人如同亲眼看到千军万马乱战，枪林箭雨不绝，长宁将军一骑当先，勇往直前。周围之人听得一惊一乍，时而为女将军捏一把汗，时而热血沸腾，当听到最后魏军攻破阵地夺取南都，无不高声欢呼，喝彩声如同雷动。

束慎徽在笠下微笑，与有荣焉。

纵然他的内心始终有些惶恐，甚至，他越是接近她，便越有一种不敢相见的情怯之感，纵然心知如今的自己恐非她之所爱，更是配不上她，但想到足下之地已离她不远，那种想要靠近她的渴望又陡然变得强烈。

哪怕只能够远远地看到她，他就心满意足了。

令所就在前方，他正要继续往前去，却见一骑快马从后而来。马上的士兵应是从前线赶来的，背着信筒，高声呼喝让路人让道，疾驰到了令所大门之前，连马都来不及停稳，便飞身而下，匆匆朝里奔去。

束慎徽抬头，望向方才传信兵奔进去的那扇门，笑意渐渐消失。他有一种预感，前线或是出了意外之事。

他没有犹豫，立刻迈步，匆匆跟了上去。

传信兵送来了一个突发的消息。

炽舒不甘失败，在北退的途中，和此前已回到领地的左昌王取得联系，以日后划域共治为条件，向左昌王借调兵马，要趁魏军不备，杀个回马枪。

他的目标不是夺回南都，更非幽燕。这个北狄的皇帝虽因战败暴怒如狂，但狂怒过后，头脑并没有完全被愤怒的火焰冲昏。他知现在魏军兵力强于自己，更兼大战刚胜，势不可当，而自己兵败如山倒，即便借调兵马，短期内想与之争锋再夺回幽燕之地，无异于痴人说梦。而倘若幽燕不在掌控中，即便南都能够被他夺回，也不是长久的稳固之地，没有任何实际意义。

南都往北几百里外的地方，有一条大河，横贯东西。在北狄南下建都之前，数百年来，这条河一直被视为狄国和中原皇朝之间的界河，双方围绕界河进行了断断续续的争夺战。最早中原皇朝沿着界河河岸修筑要塞，后来渐渐形成诸多军镇，其中以震冥、西柔两个军镇的规模最大，位置也最为关键。

炽舒的目标是保住界河。这也关乎他最后的尊严——幽燕和南都本不属于狄人所有，丢了也就丢了，但界河以北的地域是狄人先祖的栖息之地，倘若连这最后的方寸之地也保不住，即便他回到北庭，恐怕也无法服众。

而左昌王现在的处境，比炽舒也好不了多少。狄人崇尚勇武，瞧不起懦弱之人。这几十年来，虽然南都的贵族和军队因享乐而对武艺有所懈怠，但风气依旧如此。此前他相当于一念之差直接导致幽燕失陷，因而逃回领地之后，便遭到了其余贵族的暗中耻笑，声誉大损。现在收到炽舒的消息，他权衡过后，为挽回名誉，也是为了将来考虑，同意借兵。

就这样，在跨过界河又逃出去几百里后，炽舒重新组织起了兵马，掉头突袭，杀了回来。

这被送至雁门的军情便来自南都。

攻下南都之后，姜含元扫荡边境，直扫荡至界河附近，知穷寇莫追，方停下追击。她和炽舒打交道的时间不短，对这个敌手的性格有所了解，知他但凡有半点儿可能，便不会轻易认输。故而为防备炽舒，她亲自在界河一带继续留守，观望动静。当收到探子送到的紧急军情时，她正带着一支兵马，驻扎在河北的西柔塞内。她当即派人送出急报，命人立刻调来援军，又命周庆驻守位于河南的另一座关键要塞震冥，同时将消息送抵雁门，命樊敬做好准备，随时待命,以防万一。

樊敬刚从西关归来不久,每日忙于事务,今日也不例外。他在令所里收到战事又起的消息,正待下令召齐高级军官传达命令,就见门外的值守士兵进来通报,说有人寻他。他出去,看见一个身着常服的戴笠之人立在门外,身影有些眼熟,待走近些,认出人,诧异不已。

"殿下?"他急忙快步奔出相迎。

当日,束慎徽便持雁门所发的通行路牌,继续朝北前行。

从前八部之战发生之时,姜含元领轻骑绕道,又昼伏夜出,需十来日才能抵达幽州。如今幽燕之地已完全归属大魏,从雁门到南都有直道可走,他马不停蹄,日夜兼程,不过三四天便赶到了燕郡。他未做任何停歇,更换马匹过后,再过南都,先是抵达了位于界河下游南岸的震冥塞,想继续赶去位于北岸的西柔塞。

他到达的那日,战争已开打。震冥塞作为河下游的重要据点,争夺之战更是进行得如火如荼。

数日前,一支规模数万的狄骑气势汹汹地杀到,蹚过这段水深约到马腹的河,朝震冥塞发动了猛烈的攻击。

这支狄骑来自左昌王的麾下。和此前因屡吃败仗而怯战的狄军不同,他们当日未曾迎战便往北撤去,总觉得不服,如今得到机会,个个眼红,恨不能一口气杀回燕郡,一雪前耻,好在别部面前夸耀军功。

周庆知来犯的狄骑不好对付,不敢掉以轻心,提早在震冥塞的北、西、东三面分别筑了工事,并部署兵力应战。他判断狄兵应会重点进攻北路,于是亲自坐镇北面,让手下得力干将分别防范另两面。这样的安排原本并无纰漏,连日来将震冥塞守得密不透风,狄军来一拨,他们就吃一拨。

谁知三天前,天气突变,暴雨如注,暴涨的河水漫过岸,冲毁了震冥塞西面的防御工事。当周庆收到消息知道不妙之时,为时已晚,狄军剩余主力已全部投向塞西,发动猛攻。周庆领兵前去支援,然而平常半日便能往来的道路如今泥泞不堪,浅洼之地更是积满雨水,马蹄和士兵的双脚陷入泥地,前行受到极大阻碍,至少一天才能赶到。

塞西驻防人马要应对骤然袭来的倍数于自己的狄军，负责防守的副将知责任重大——倘叫狄军从自己这里撕开口子进入，再从后包抄，则整个震冥军镇都将陷入险地，他身上虽已负伤多处，却不敢退让半步，带着士兵奋勇杀敌。

正厮杀之时，他的坐骑被流矢射倒，他猝不及防，落下马来，一头栽倒在地。祸不单行，他的一条腿又被马蹄踩中，当场折了。见他一时无法起身，正围攻他的一名狄兵和一名狄兵军官抓住机会，一前一后恶狠狠地朝他扑来。他仰倒在地，忍着剧痛砍倒了身前的狄兵。与此同时，另一把刀已从他的身后当头落下，他再无力躲闪。近旁，他的亲兵们也各自陷入厮杀，境况艰难，见主将落入险境，也无法脱身相救。

眼看他就要命丧刀下，这时，一匹战马如电，从旁疾冲而至，马上之人一剑削来，剑气带出风声，那只在他头顶的手被齐腕斩断，断手连同正抓着的刀一道掉落在了地上。

伴着身后那狄人军官发出的惨叫声和兜头淋下来的血雨，副将死里逃生，茫然间抬起头，只见一名面容英俊的青年俯身，伸手朝着自己一把抓来。他被带上马背，那人又杀出阵地，才将他放了下去。

副将不认得来人，但对方既救了自己，必定是友非敌。他回过神，抬头看向前方那片自己负责的战场，担心自己不在军心不稳，不顾断腿，挣扎着要起身回去，却被这人阻止了。

他听到对方说了一句话，不禁眼睛一亮，顿时狂喜，奋力提起一口气，朝着前方大声喊道："将士们听着！他是周将军派来送信的！将军很快就会领兵到来！都给我杀，顶住了——"

喊完，人一放松，再也支撑不住，一下子晕了过去。

将士们以寡敌众，本已渐渐不支，但突然听到这个消息，又看见方才救出副将的青年再次纵马杀回阵地，当先朝着狄军迎去，不禁大受鼓舞，精神更是大振，无不咬牙红着眼跟着奋力搏杀。

当周庆终于领兵赶到后，局面逆转，狄军后路又被洪水截断，无数人跳入大泽，淹死者不计其数。

战事结束，周庆获悉有人自称是被自己派来的，不但救了他手下的得力副将，还射死了这支狄军的主将。是那人稳住局面，方让西侧守军等到了自己，然而军中偏又好似无人认识此人，他不禁好奇，便叫人领他去见。找到人之后，他看到那人满身染血，正站在洪水泛滥的大泽之畔，望着上游那片乌云下的泛滥大水，微皱眉头，神色似带隐忧。

"你是何人？这回功劳不小！报上名来，本将军替你到长宁将军面前请功！"周庆"哈哈"大笑，朝着那人快步走去，又突然定住脚步，猛地睁大眼睛。

"殿下！末将不知是摄政王殿下到来！殿下恕罪！"他慌忙改口，上前行拜见之礼。

束慎徽转过身，走了过去，命周庆起身："我今已非摄政王，不必多礼。"

周围士兵方才见他气度不俗，一直在好奇地打量他，见到这一幕，无不惊呆。

摄政王便是长宁将军之夫，此事在军中无人不知。待反应过来，众人急忙都跟着下跪。束慎徽命众人也都起来。

周庆惊喜不已："殿下怎会来此？"

束慎徽问姜含元何在，周庆忙道："将军前些时日一直在西柔塞。炽舒领兵偷袭西柔塞，不过问题不大。发出去的援军此刻应也早已赶到，请殿下放心……"

突然，他顿住了，视线落向身畔那几天前开始暴涨的滔滔河水，脸色微变。

西柔塞位于距震冥塞几百里的上游对岸，平常发兵过去，四五日便能到，但这回遭遇洪水，两岸几无落脚之地，那支多日前就出发的援军道路被阻，待终于赶到原本的渡口，却发现浮桥已被大水冲毁。军队被阻在了南岸，无法渡河。

束慎徽赶到渡口，看到混浊的河水裹挟着自上游冲下来的断木和各种被淹死的动物尸体奔流不息，脸色极为难看。

负责带领这支援军赶往西柔塞的主将是张密。

这几天来，张密为了渡河，已试过了所有能想到的法子，然而都是徒劳。他看着僵立在岸边的束慎徽，下跪请罪："末将无能！末将也曾多次命将士试着结成横排下水，但根本站不住脚。河中央水极深，水势又急，若非预先在身上系了绳索，人都要被冲走了。"

束慎徽望着对岸，背影一动不动。

远处天际阴暗，西柔塞的军镇位于北岸几十里外，在这里无法望见，但是那里总共只有不到两千兵马，而炽舒是有备而来。那里现在情况如何可想而知，将军被困是必然的，甚至，最坏的可能……

张密不敢再想，一咬牙，猛地从地上站了起来，掉头大声呼唤死士，正要命人再次组成人墙下水。

忽然，束慎徽命人抬来一根计划用来搭建浮桥的圆木，推下水去。张密起初不明所以，也不敢多问，只叫士兵照办。那浮木下水，立刻被大水冲得翻滚不停，在汹涌的波涛里上下浮沉，来回打旋。

"殿下？"

张密还是没想明白推浮木下水的用意，毕竟想靠这根浮木渡河，根本是不可能的事。他刚将话问出口，却见束慎徽已猛地纵身跃下了水。束慎徽攀住了浮木，立刻就跟着那根木头在水面上打起了急转，朝着河中央漂去。

"殿下！"

张密和同行而来的周庆等人终于明白了束慎徽的意图。

河面浪涛汹涌，但在水底，水流应当相对平缓，束慎徽是想凭着一己之力，潜水渡河。

这是何等危险的举动！河水混浊如同黄泥，人在水下根本无法视物，更不用说还有暗流和漩涡，稍有不慎便可能遭遇不测。

众人看见束慎徽刚下水就立刻随着浮木的一头被浪压得沉了下去，无不惊恐得高声呼喊。片刻后，待束慎徽浮出水面，已身在数丈之外的河水中央了。

"殿下！殿下！"

张密和周庆沿着河岸追了一段路，只见那根浮木在宽阔的水面中央几度沉浮，束慎徽也跟着几度沉浮。最后一次，当浮木再次出水，束慎徽却不见了人影。

"殿下——"

张密和周庆骇得魂飞魄散，当场跪在了泥地之中，睁大眼睛望着前方那片浊水，但哪里还有束慎徽的身影可寻？

姜含元派人送出消息之后，便遭遇了突袭而至的炽舒大队人马。她带着两千士兵，退守一座早已荒废了的堡垒，分班守住出入口。

照她的估计，只要守上四五天，援军便能抵达，但没有想到的是，援军迟迟不到。她猜到应是连日大雨引发洪水，阻断了交通。现在，她和手下的将士已被困在这里七天七夜，也血战了七天七夜。就在傍晚，他们又经过半天的艰难血战，终于再次打退了外面的进攻，几个入口处堆满了被杀死的狄兵的尸体。

堡垒里的空气中充满了腐尸味和血腥味混杂在一起的恶臭味，这种气味足以叫人呕吐，但姜含元和已战斗了多日的将士早已没有了感觉。他们即将面临的最大问题，不是接下来的血战，而是连能喝的脏水都快没了，剩下的可以果腹的干粮也将消耗殆尽。只要再被困两天，不用外面打，他们就将彻底失去战斗力。

堡垒外，狄兵生火烤肉的香味飘了进来。士兵们没人说话，有的沉默地胡乱处置自己身上的伤；有的闭目靠坐在角落里昏昏欲睡；有的嚼着自己仅剩的干粮，低声诅咒着外面的敌人。

姜含元忽然站了起来，问周围的士兵："你们都是为什么来投军的？"

士兵们一愣，相互对望一眼，没有人开口。

姜含元指着坐在不远处的张骏，道："你先说。"

张骏迟疑了一下，说道："我是因为家里人死光了，为求口饭吃，投身军伍。"

姜含元点头，问张骏身旁的一个士兵："你呢？"

那士兵"嘿嘿"一笑，道："我想攒钱，将来回家能娶个胖媳妇。"

周围的人都"扑哧"笑出声，那士兵摸了摸头，不服气地道："你们笑什么？你们谁敢说自己没想过？"

顿时，笑声更大了，原本低落沉闷的气氛也变得轻松起来。很快，士兵们开始抢着说话，有的说想建功立业，有的说想光宗耀祖，好在乡邻面前夸耀。一时间众人七嘴八舌，说什么的都有。

姜含元点头笑道："不管你们投身军伍的目的是什么，个个都是好儿郎。

战事原本就要结束了，你们很快就能回家娶媳妇、生儿育女、盖房种地，多好的盼头啊！"

她的话音落下，士兵们无不悠然神往，但是很快，想到此刻的现状，气氛又低落了下去，再无人发声。

姜含元话锋一转："今天晚上会有一个突围的机会，虽然艰难，但比被困死在这里好。你们现在抓紧时间吃东西、休息，等养好精神，准备突围！"

士兵们怕的就是看不到希望，最后被活活困死在这里，可只要有希望突围，哪怕再艰难，也无人惧怕。更何况，他们对面前的这位女将军极为信任，她都这么说了，那就一定会有机会。

在暗淡的火把散发出的光里，每一个人都兴奋了起来，一扫先前的疲乏和颓废。姜含元环顾一圈，最后示意杨虎和崔久随自己来，三个人站在一个无人的角落里。

"将军你方才何意？哪里来的突围机会？"杨虎迫不及待地问道。

姜含元道："明日便将断粮断水，箭也快没了，援军恐怕一时无法赶到。炽舒恨我入骨，今夜你二人组织士兵以箭阵为我开路，我夺马冲杀出去。炽舒必会派重兵追我，到时你二人带领军士趁机突围。西北方向有一片沼地，你们带着人往那里去。这几日雨水已停，只要再坚持三五日，待大水稍平，援军必到。"

她说出这段话的时候，神色平静，语速也是不疾不徐，显然已经过了深思熟虑。她的话音未落，杨虎和崔久便大吃一惊："万万不可！"

她的意思两人怎不明白，又怎肯答应？

姜含元看着杨虎和崔久，道："若是我这法子不可，你们可有比这更好的法子？"

两人沉默了。这里的情形如何，他们再清楚不过。他们也知道，若用了女将军的法子，或还能带着人杀出一条血路，否则……

"拖下去，全部是死。"她用冷漠的声音说道，"运气不可能每次都在我这边，这回就是。天要绝我，我却不能认命！士兵们的心愿，你们方才也都听到了。他们信任我父亲，信任我，愿意跟着我姜氏父女血战到底。现在他们眼看就能实现心愿，归乡过上想过的日子了，明明还有机会可以杀出去的，凭什么让他们跟我在这里一起死？"

"我随将军一道！"杨虎毫不犹豫地说道。

姜含元淡淡地道："崔久一个人恐怕无法带队突围，你必须和他相互配合，各自领队！这是命令！我无须旁人同行，多一个人，多一份累赘。"

"将军！"杨虎的眼里闪烁着水光，他颤声喊了一句。

姜含元恍若未闻，转向沉默着的崔久。崔久慢慢地朝她跪了下去，重重叩首，沉声道："末将定竭尽全力，不负将军所托！"

她再看向杨虎。杨虎握紧了拳，咬着牙，终于，也缓缓地跪了下去。

姜含元示意两人起身，在地上画出自己将要冲杀出去的路线以及剩下的人突围的路线。商议完毕，她命两人进行安排。

杨虎和崔久来到士兵中间，交代了她的计划，却未提及她将单枪匹马冲杀出去。士兵们以为女将军另有安排，无人起疑。

这些士兵大多来自青木营，战术素养极高，令行禁止，很快便明白了接下来的行动，记下计划后纷纷做着准备，无不跃跃欲试。

姜含元坐在地上闭目养神，片刻后睁眼，见杨虎回来了，静静地停在她的面前。

"一切都照将军的吩咐安排好了。"他低声说道。

姜含元颔首："你也去休息吧，准备恶战。"

杨虎低头，慢慢转身。

"等一下。"姜含元忽然叫住他，沉默了片刻，自腰间拔出那柄一直随身携带的短刀递了过去，微笑道，"劳烦你，日后若是能够见到摄政王，替我把这把刀还给他，就说……"

她停住了。想说的话仿佛有很多很多，在这一刻全部涌上了心头，然而再想，她却又不知该说哪一句。

倘若还有来生，那个小卒愿意再次给他带路。

她的脑海里忽然跳出了这一句，她不禁微微出神。

这时，一个负责瞭望的士兵突然惊呼："将军！外面来了一个人！"

"是摄政王！我上回在枫叶城里见过他！就是摄政王！"

"没错！就是他！"

"他好像受了伤！额头在流血！"

"怎的好似只他一个人？"

能被选拔出来负责瞭望的士兵自然眼神极好。伴着他接连的呼声，外面也传来了杂乱的呼啸声，似乎是狄兵在紧急结队，马匹嘶鸣，气氛紧张。

姜含元的心猛地一跳，她回神，从地上一跃而起奔了过去，接替士兵探身到堡垒小小的四方瞭望口，望了出去。

外面包围堡垒的狄军阵中火光通明，她看见对面一座相距不足一箭之地的土坡顶上停着一匹战马，马背之上高高坐了一人，那人一只手举着火把，另一只手拽握马缰。夜风极大，吹得火把上的火忽明忽暗，光芒跳跃，映照出他湿漉漉的头发和有些苍白的脸庞。

那当真是束慎徽！

瞭望兵说得没错，束慎徽的一侧额角上有血迹，他看起来是单枪匹马而来，甚至就连他的坐骑——从鞯鞍来判断，仿佛也是狄人的战马。

他是怎么来的？他闯到这里，距离狄军如此之近，想做什么？

她惊呆了，心"怦怦"直跳，还没完全回过神，便听他放声大笑。

"炽舒！可还记得本王？大魏摄政王束慎徽！长安一别，今日复见！当日你落入本王之手，遭犬撕咬，求生不能，求死不得，丑态百出，最后如同守宫自断一臂，方侥幸脱逃。听闻你后来将断臂镶接铁爪，用作兵器，不知用得是否趁手？若是不趁手，本王可替你打造，算是赔罪！"

他居高发话，中气十足，莫说堡垒之外，便是堡垒之中，也是人人听得一清二楚，笑声更是随夜风传遍四周，充满轻蔑之意。笑声未歇，只见他随手将手中火把朝着对面掷去，旋即操起挂在马鞍上的弓箭，拉满弓射出一箭。

羽箭仿佛挟了千钧之力，"嗖"地向炽舒而去。近旁几个亲卫扑了上去，一把将炽舒扑倒在地。他身后的一名军官躲避不及，还没反应过来，箭镞便插入其喉咙，登时透颈而出。那人被射倒在地，捂住喉咙，发出痛苦的"嗬嗬"之声。

"大魏摄政王！"狄军士兵纷纷惊呼。

炽舒为躲箭，难免狼狈，又看见周围的人纷纷扭头看向自己，盯着他的左臂，不禁越发面红耳赤。

当初那样的事，他自然不会叫人知晓，却没想到竟被人这样当众揭破讥笑。他怒火中烧，恨恨地盯着对面山坡上的那道身影，又回头看了一眼身后这座即将被攻破的堡垒。

他正犹豫不决时，一个方才悄悄靠近束慎徽刺探情况的士兵飞奔回来，一边跑，一边大声吼道："他是一个人！他是一个人！后头没有兵马——"

话音未落，束慎徽又发一箭，那狄兵扑倒在地。

狄军中起了一阵巨大的骚动。

以对方的身份，他单枪匹马前来叫阵，他们一时不敢轻举妄动，唯恐有诈。现在确定这个大魏的摄政王竟真是独自前来，他们顿时恶向胆边生。

倘若能将大魏的摄政王活捉——不说活捉，便是杀死了，不说功劳，从此名望之盛可想而知。人人眼中射出贪婪而兴奋的目光。

被群犬撕咬之恨、利箭穿胸之辱、被迫断臂之痛……一件件往事浮上心头，炽舒双目血红，不再犹豫，留人继续围着堡垒，自己上了马，带了一队人马，朝着对面山坡疾追而去。

束慎徽停马在坡顶，岿然不动，迎着夜风居高临下，始终冷眼望着前方。直到炽舒带着人马追到坡下，乱箭射向坡顶，他方微微转头望了一眼那座夜色笼罩下的堡垒，随即催马，低喝一声"驾"，纵马掉头下坡。

那道身影便如此倏然从坡顶上消失，再也不见了。

姜含元站在小小的四方瞭望口后，双手握得紧紧的，心跳得要跃出喉咙，喉头更是堵得几乎就要哽咽。

这个距离，他是不可能看到自己的。但她又知，他最后的转头一眼，望的就是自己——他在看她。

她也知道他想做什么。仿佛心有灵犀，他做了她原本想做的事。

这个扑入脑海中的念头令她猛地清醒过来。他留给她的这个机会，她不能错过！她必须尽快带着她的士兵们冲杀出去，然后再去接应他。

她迅速地逼退了眼中的热意，猛地转头，朝着士兵高声喝道："全员准备！照方才的计划，杀出去！"

第十二章　天下长宁

束慎徽纵马向着和堡垒相反的北方疾驰，越走越远。

这个白天，他随浮木在大水中沉浮打旋，起初完全无法自控，数次被水流冲得撞在木上，险些让浮木脱手，直到漂出数里才抓到机会，在一水流相对平缓之处下沉到了浊水之底，潜游上岸。随后他又赶了几十里路，终于赶到此处。

他的坐骑夺自一个在堡垒附近巡逻的狄兵，脚力本是寻常，但在他的驾驭下，起初炽舒及其大队人马始终无法接近他。直到一口气全速狂奔出几十里后，他的马匹渐渐脱力，再也无法保持速度，双方之间的距离越来越近，狄兵发出的兴奋的尖啸声也越来越清晰。

炽舒呼喝士兵超越、射箭，迫他转向往西。渐渐地，地面变得湿软，马蹄陷入越来越深的泥泞，前行迟缓。

这一带应是草沼地。炽舒熟悉地形，想要将他围困活捉。他弃了马，循着一片土壤坚实、地势往上延伸的高地继续跋涉了一段路，最后，停了下来。

前方无路了。坡下漆黑一片，只有几株稀疏矮树，再远处是一望无际的草沼，芦苇茂盛，高过人顶。月光之下，水面泛着一层瘆人的幽幽墨色。

大队的狄兵迅速追赶而至，炽舒骑马冲来，指挥士兵将他包围。

火把燃起，周围猛地亮了起来。炽舒坐在马背上，盯着前方火光尽头的那道身影，一字一顿地道："抓住他！"

束慎徽从一个最先扑来的狄兵手中夺过刀，反手斫下。那狄兵的脑门儿被斫去半边的额骨，鲜血喷涌而出，瞬间覆盖住了那张满是贪婪和凶残的面孔，那人倒在了他的脚下。

他不断地重复，一刀又一刀，在飞溅的鲜血与不绝于耳的呼喝和惨呼声中，狄兵一个接一个地倒下了。然而，人是杀不完的，一个倒下，更多的继续扑上，前仆后继，争先恐后。

他曾是大魏最为高贵的那个人，声名显赫，高坐云顶，睥睨长安。他就是狄兵梦寐以求的万两黄金、万户食邑。从同伴身体里喷溅出来的腥热的血，非但没有吓退他们，反而刺激了他们的神经。他们如同一群豺狼，群起围攻这被困在中央的狮王，谁都想用自己的尖牙和利爪先撕扯下一块鲜活的血肉。

"我砍中了他的背！"

"是我！伤他的腿！"

伴着不断倒下的同伴所发出的痛苦呻吟声，慢慢地，似这般杂乱的狂喜邀功声也此起彼伏。

炽舒看着火光尽头的这一幕，看着那个人，见他身上的血越来越多，一层覆了一层，有他杀死的人的血，也有他自己身上伤口里不断流出的血。他的肢体越来越僵硬，挥刀的动作也越来越迟缓……于是，炽舒那张原本因恨意而扭曲的脸渐渐地放松下来，最后甚至显出愉悦的表情。

"留着他的命！"炽舒又下了一道命令。

接着，他从马鞍的便袋里取了一壶酒，拔开塞子，一边饮酒，一边欣赏他的对手做着困兽之斗。

现在，他唯一的遗憾就是没能让那个名叫姜含元的女子也看到这一幕，看到她的男人，这个魏国最有权力的男人是如何在自己的手底下挣扎求生的。

不过无妨，等到天亮回去，这一幕很快就将发生。他知道，那座堡垒即将被他攻破。

刀背又一次重重地击在那男子的背上，他朝前趔趄了一下，吐了口血。

"住手！都退开！"

炽舒喝了一声,狄兵慢慢后退。

野风呼啸,火焰被风吹得狂舞。地上横七竖八地倒了十来具尸首,还有七八个受伤的狄兵在挣扎。血,滴滴答答地不停顺着束慎徽的指缝往下滴落,他却依然紧紧地攥着那把已卷了刃的刀,以刀尖点地,支撑住自己,不肯倒下。不但如此,慢慢地,他甚至还挺直了身体,立在火光的尽头之处,两道染了血似的目光笔直地射向对面的炽舒。

炽舒眯了眯眼,仰头喝完酒袋里的最后一口酒,一把将酒袋扔开,随即拿起弓箭瞄准,朝着那道身影射出一箭。

伴着沉闷的"扑哧"声,闪烁着冷芒的利镞没入了那人的右胸,正如从前此人对自己做过的那样——直到现在,在炽舒胸膛的相同位置上,还留有疤痕。

束慎徽再也支撑不住。山峰倾倒,他卧在了血泊之中,眼眸半睁半合,血从他的嘴角缓缓地溢出。

炽舒跃下马背,拔出腰刀,朝着那人走去,走到他的面前。

"知道接下来我会做什么吗?"

"锵"的一声,他一脚踢开了刀,目光落到束慎徽那只被血染透的手上,微笑道:"我要亲手砍下你的这只手,把它送到长安,让魏国的皇帝、百官,还有你们的百姓都看见,再告诉我,你的一只手到底价值几何!"

炽舒盯着脚下这奄奄一息的重伤之人,眼中闪烁着冷酷而兴奋的光芒,随即举刀。就在这一刻,血泊里的束慎徽睁开了一双血眼,眸底精光暴射,一脚扫去,重重地横踢在了炽舒的腿上。

炽舒毫无防备,当场摔在了地上,但他的反应也是极快,一惊之下,为防利刃被夺,竟迅速地抛开刀,转而挥臂,正要用铁爪予以反击。束慎徽毫不犹豫,一把从自己的胸前拔出了那支镞上还勾连着血肉的箭,朝着炽舒的喉咙插去。

炽舒大惊,收回铁爪横挡以护咽喉,不料束慎徽顺势转臂,只听"噗"的一声,那枚箭镞又狠又准地一下便扎入了炽舒的耳道。

一击得手,再不给对方任何逃脱的余地,束慎徽用尽全力,手臂猛地继续朝前一送,那箭登时横贯炽舒的头颅,从他的左耳扎入,再从右耳直接穿出。

炽舒只觉得眼前发黑，乱冒金星，在巨大的痛苦之下身体抽搐，无法睁开双眼。他在狂乱之中发出一声长长的、撕心裂肺的哀号之后，下意识地胡乱挥舞铁爪。

束慎徽的肩膀和后背被剐得血肉模糊，隐隐露出白骨，他却是丝毫也不松手。他的眼底似在滴血，他紧咬牙关，在周围那些狄兵反应过来扑上之前，一把按下炽舒那只正攻击自己的铁腕，接着死死抱住炽舒，奋力一带，两人一道向着坡下滚去。

狄兵追到坡头，看见扭作一团的两人越滚越快，如同陀螺，很快便滚到了坡底。水声乍起，两人跌入草沼，因惯性又继续朝前滚去。靠岸的大片芦苇被压倒，待人过去后，又歪歪斜斜地挺了起来。

数丈之外漆黑一片，什么也看不见。那片芦苇丛后有搏斗和挣扎的声音传出，但很快，这声音也停了下来，只随风传来一声模糊的呼救："来人……拉我出去……"

那是炽舒的声音，支离破碎，充满了无尽的痛苦和恐惧。

狄兵纷纷从坡上冲下，然而还没靠近草沼，便纷纷陷入淤泥，再试着往前走几步，就猛地下陷，顷刻便被淤泥淹到了膝盖部位。狄兵知道草沼的厉害，慌忙拔腿后退，纷纷上岸。

"来人……来人……"

数丈之外的芦苇丛后，又传来了炽舒重复的含含混混的呼救声。

一个狄人贵族为试泥沼深浅，命人牵马过来，将马驱赶下去。这马才走入离岸不到一丈的地方便深陷泥中，挣扎间迅速下陷。很快，这匹高头大马在众目睽睽之下完全没入泥水，消失不见。狄兵看得心惊肉跳。

这时，那片芦草之后，又传出炽舒绝望而痛苦的声音："来……"

然而话音未落，声音突然转为沉闷，似口中涌入了大量的堵塞之物。很快，声音消失了。

"陛下！陛下！"狄兵站在岸边，朝前方喊叫。

一阵夜风吹过，芦苇丛发出"窸窸窣窣"的声音，风过之后，四下死寂，什么也听不到了。

狄兵相互对望，人人心知肚明：此刻，皇帝必已和那魏国的摄政王一道陷入了草沼，淤泥没顶，窒息而亡。

其实莫说落入草沼，便是没有，他被对方用箭那样暴插双耳，也是决计不可能存活了。唯一可惜的是，魏国的摄政王也和他一道葬身泥潭，大家丢了一个能够扬名和立功的大好机会。

炽舒已死，他们和此刻还围着堡垒的左昌王的人马向来不和，若再不回去，万一堡垒被左昌王的人马所破，那便两头落空了。那狄人贵族召来手下商议了片刻，很快做了决定，立刻掉头回去。

岸上的狄兵离去了，杂音消失。

束慎徽陷在草沼里，淤泥已没至他的腰部。他是抓住了近旁的一大蓬芦苇，又尽量后仰着身体，才没有那么快便彻底沉没。然而，那蓬芦苇也支撑不住他的重量了。他能感觉得到，自己正在缓缓地往下陷去。他的足下仿佛有一个黑暗的旋涡，正张开巨口，等着将他吞没。

就在片刻前，束慎徽用染满了血的眼冷冷地看着身旁的炽舒挣扎得越厉害，便下陷得越快。在炽舒的嘴和鼻被淤泥堵住，眼睛也即将陷入泥水中的那一刻，束慎徽在他那张因剧烈的痛楚而彻底扭曲了的脸上，看到了无尽的绝望和不甘。

在最后一刻，炽舒原本因为剧痛而变得狂乱的神志也清醒了过来。他奋力地将双手高高举起，举过头顶，所以当他的头顶被彻底淹没之时，他的双臂依然保持着向上举的姿势，仿佛只要如此，下一刻，上天便能将他拯救。

然而上天没有拯救他。

在暗淡而惨白的月光下，束慎徽从这双还露在外的、渐渐停止抓握、显得无比诡异的手上挪开了视线。

他伤得极重，全身疼痛，痛得近乎麻木了。大量失血更是令他感到疲倦无比，此刻他很想就此睡着，再也不用醒来。

但他又不肯就这样睡去。他用牙齿咬着舌尖，用这种清晰的痛感来唤醒自己，极力撑着精神。淤泥的包裹仿佛将他失血的速度减缓了一些。慢慢地，他吃力地仰起头，望向头顶的那片夜空。

她是一定能够带着她的将士们冲杀出来，安全脱险的。

很快，北地将是又一个秋，而他，大约是没有机会能够再见到了。

视线再次落到面前炽舒那两只仍倔强朝天却在缓缓下沉的手臂之上,他在心里想着。

炽舒带着追兵离开后,狄营里因为片刻前的意外而引发的紧张气氛渐渐缓解。

堡垒已经被围多时,里面的魏国将士还是宁死不降,牢牢守住几条对他们有利的狭窄通道,炽舒组织的进攻每次都遭到了异常顽强的抵抗。狄军非但拿不下这座堡垒,反而不断折损士兵。不过,这也可以推测出,堡垒里面的补给必定已被消耗殆尽。

按照本来的计划,炽舒必须在魏国援军赶到之前破垒,所以展开了猛烈的攻击。但得上天相助,后面来的魏国援军竟被大水阻挡,而且那水一时退不下去。也就是说,里面的人支撑不了多久了。这种时候狄军就没必要再组织强攻,只要继续围个一两天,等里面的人饥渴难耐,战斗力大减,到时再发动最后的进攻,势必事半功倍。

炽舒手下的一名都尉奉命留下坐镇。堡垒之外,狄兵有的横七竖八地倒地睡觉,有的聚在一起议论方才那个单枪匹马现身的魏国摄政王,一小队负责盯着堡垒动静的狄兵则在上风口的位置架起篝火,烧烤马肉,让风将烤肉的香气送进堡垒,以刺激里面的魏军。

一名半醉的军官啃了几口马肉,将肉丢到脚下,往上淋尿,随即命人投进堡垒,再由那些通晓汉人语言的狄兵大声喊话:"里面的人听着!快快投降!只要出来,想吃多少就有多少!"

这动静引来更多附近的狄兵,众人纷纷效仿。

夜风将狄兵的喧哗声送入堡垒,清晰无比。姜含元带着士兵,正静静地埋伏在出口的后方。

"啪嗒"一声,一块马肉从外被投了进来,在地上滚了几圈,落到姜含元脚前。外面那些狄兵的羞辱行为,士兵们看得一清二楚,人人面带怒容,紧握刀枪。

姜含元透过窗口扫视了一圈外面狄人的松散之状,缓缓抬臂,低声喝令:"杀出去!"

他们都是青木营的人,有最早跟随姜含元一直到现在的老人,也有后来新加入的军士,但无论是被视为中坚的元老,还是新鲜血液,所有的人从入营的第一天起就抱定了一个信念:青木营的人便是死,也必须死在和敌人的战斗中。

他们当年因夺取青木原而一战成名,后来又在八部之战中捍卫了独一无二的荣耀,没有人愿意接受被困死的命运,更没有人愿成为任人宰割的俘虏。

杀出去!要么用生命去捍卫荣誉,在沙场上流尽最后一滴血,要么杀出重围,换取生机,就像他们曾一次次创造过的奇迹一样。只要过了这个坎儿,往后他们便真的可以像女将军说的那样安稳度日了,活着时有妻子儿女环绕,身后有子孙供奉香火。

这是多么美好的生活啊!

士兵们如出山猛虎,如汹涌怒涛,跟着前方的姜含元和身边的同袍们,冲杀了出去。

堡垒外面的狄兵越聚越多,见里面的人始终没有动静,便越发猖狂,开始和同伴比赛,看谁能投得更远更准。他们正得意忘形,却见对面的出口里忽然拥出黑压压的一片魏兵。箭矢随之射来,毫无防备之下,站在最前面的十几个人当场中箭,有的捂着被射中的脸,有的抱住胸腹,发出号叫之声。后面的狄兵这才反应过来,大惊,有的连裤子都来不及系,扭头就朝营帐方向跑去,一边跑一边大吼:"魏人出来了——"

那负责坐镇此地的都尉方才也听到了来自那个方向的嘈杂声,得知是士兵在行挑衅羞辱之举,便自顾自地歇息去了。不过片刻,他又听到那里传来阵阵喧嚷声,动静比片刻前更大了。起初他不以为意,还以为是士兵醉酒后起了冲突——这也是常有的事,见怪不怪,便命手下过去察看。又片刻后,他听那声音不对劲,起了疑心,自己也奔了出去,迎面撞见报信的人,这才知道魏军竟从堡垒西北方向的出口突然杀出。这下他大惊,下令收紧包围圈,阻止魏军突围。片刻前还松松散散的狄兵起先也蒙了,收到命令后才彻底反应过来,慌忙抓起武器,包围而上。

姜含元向杨虎等人交代的作战计划,是集中所有的兵力从堡垒中冲出去后,务必以最快的速度列成锥形阵,由最勇猛的人作为前锋位列最前方的三角部位，两翼协同向前方冲杀，并随时替补上位。

这是突围战中能将战斗力发挥到极致并将伤亡减少到最低的一种战斗方法，难的是如何顶住周围数倍于自己的敌人的攻击，始终保持阵形，直到突围而出。

这不但考验排在最前方的"尖刀"部位的战士的武力和勇气，须要他们不断前行，在重围中为后面的人员开辟出一条突围之路，还要求全部人员牢牢守住自己的位置，敢于去补缺口，始终维持住阵形。

在姜含元原本的计划里，是由她自己引走炽舒和一部分人马，为杨虎他们减小突围阻力。现在束慎徽为她做了她本要做的事，因而此刻她担当刀尖，杨虎和崔久在她左右两翼。出堡垒后，乘敌不备，这支由千数人组成的锥形战队便如一把锋利的匕首，撕破了狄军的包围圈。

她和紧紧追随在旁的军士一道劈斩前行，和迎面而来的狄兵搏杀，眼前血肉翻飞，耳中充斥着混战中发出的嘶吼、咆哮和此起彼伏的惨烈呼声。杀到最后，那些碰上她的狄兵甚至不敢直面她，纷纷退避。

她带着将士杀出一条血路，冲入马营夺了马匹，随即上马冲出了包围圈。他们身后火光点点，狄兵也纷纷上马，紧追不舍。

杨虎冲着姜含元大声吼道："将军，这里交给我和崔久！我们可以脱身的！你快去接应摄政王！不用管我们！"

姜含元扭头，望向北方夜空之下的那片茫茫荒野，猛地掉转马头，带着一队人马，在夜色的掩护之下疾驰而去。

她一口气追至几十里外，循着此前人马留下的蹄印，再转往西北方向继续前行。渐渐地，地面转为泥泞，马匹行走艰难，仿佛到了草沼之地。她再沿可落脚的硬地继续前行，不过片刻之后，地面便全部被草丛遮掩，难以寻到人马经过后留下的痕迹了。

直觉告诉她，束慎徽应当就在这片草沼的某个地方。她红着双眼，焦急地眺望四周，只见周围幽阒一片，犹如一个死寂的世界。

只是，这里如此之大，天地茫茫，此时此刻，他到底身在何方？

他孤身一人，炽舒却带着大队人马……

她的手心里不停地冒出冷汗，和污血混在一起，又黏又滑，让她几乎连拳头都要握不住了。

她定了定神,正要命同行之人四散分开,到各个方向继续搜索,忽然听到身后的士兵道:"将军快看!有人来了!"

她转头,看见远处有一片火把的亮光,来了大队的人马,应当就是炽舒所带的那支人马,看起来像是刚刚折返!

她的心"怦怦"地跳,她立刻下令,命手下人全部就地隐藏。众人照办,迅速驱散马匹,四下散开,借着夜色藏匿在周围的昏暗之处。

姜含元伏在一簇草丛之后,看着那大队人马由远及近,从她的前方骑马而过——正是先前跟随炽舒离开的狄兵。然而,全部的人马都过去了,不见炽舒,也没有看到束慎徽。

到底出了什么事?束慎徽在哪里?

正当姜含元惊疑之时,方才被驱走的一匹马竟自己从远处转了回来,正向这边而来,动静引起了狄人的注意。姜含元看见一名贵族装扮的头领停了下来,坐在马背上警惕地扫视着周围。

夜风吹过,野草窸窣。那头领面露狐疑之色,迟疑了一下,派人手到周边察看。

她来不及再多想了,对方人数众多,而自己只有一小队人,倘若等到被发现了再出手,恐怕为时已晚。

在这样的情况之下,自己只能擒王。

她立刻转头,朝着隐在自己身后左右两翼的手下人打了个手势,命他们为自己打掩护。众人都是追随她多年的亲信,悉数会意,暗中做着准备。

那队来察看的狄兵举着火把,照着两边的草丛。双方的距离越来越近,待到只剩十来步的时候,她的手下快速开弓,箭离弦而出。射倒几人后,他们立刻起身转向,一边继续射箭,一边朝着不同方向分散奔去。

狄人头领吃了一惊,知附近有埋伏,但天黑草高,一时不知对方到底有多少人。起先他有些手忙脚乱,在左右之人的护卫下,俯身趴在马背之上,以避乱箭。片刻后,他明白过来,对方应当只有寥寥十来人而已。他不禁恼羞成怒,立刻下令,命士兵追杀。

他没有想到,姜含元已经趁着这个乱子悄悄绕行,潜到了他的近旁。

"什么人？！"

那头领身边的一个护卫突然看到一道黑影从草丛后蹿出，下意识地喊了一声，然而话音未落，姜含元已纵身扑了上来。

她的手里紧紧地握着月刀。作为圣武皇帝曾经的御用之刀，说它削铁如泥或过于夸张，但吹毛断发、削骨斩肢绰绰有余。

她扬起手臂一挥，当场接连破开了两个阻在前方的狄兵的胸膛，紧接着迅速贴地翻滚，又一口气削断几个狄兵的脚筋。她连伤七八人，在此起彼伏的惨呼声中，到了那头领的马前。

这一切几乎是在眨眼间完成的。那头领这才看清来人，认出是姜含元，不禁大惊，露出一副犹如看到鬼的表情："是你！你怎会在这里？！"

他慌忙拔刀，但姜含元岂会给他机会？她毫不犹豫，猛地挥刀刺了下去，那头领的大腿当场就被戳出了一个血窟窿。她再伸手一拽，便将此人从马背上拽下，短刀横在了他的颈侧。

"叫你的人退开！"

那头领大腿吃了一刀，自己痛得死去活来，却还不愿在手下人的面前露怯。他跌坐在地，白着脸，压住正在往外流血的伤腿，竟咬着牙一声不吭。

姜含元看了一眼周围正围拢而上的无数狄兵，毫不犹豫地再次扬臂，手起刀落，在他另一侧大腿之上又接连刺下几刀。

"啊！"酷刑之下，那头领发出了痛苦的惨叫之声。

姜含元连眼都未眨一下，冷冷地说："如你所见，我已出来，援军也很快就会赶到。我知道你的身份不低——你若真的不想活了，我便成全你。大不了，我们一起死在这里。"

那头领实在吃不住痛了，心里更是明白，眼前这个魏国女将军绝非惧死之人。她既突围出来了，炽舒又已葬身草沼，自己若真的死在她的手下，即便过后她也被自己的人杀了，又有什么意义？

心念电转之下，那头领做了决定，咬牙道："你放了我，我带人离开，再也不回来了！"

他说完，朝周围的狄兵大声下令，命人全部退开。

炽舒既死，这里便是那头领的地位最高，众人奉命，慢慢散开。

"我大魏摄政王呢？炽舒呢？"姜含元定了定神，立刻追问。

"死了！他们死了！"

姜含元惊呆，等反应过来，声音已然变调，厉声喝道："你说什么？！"

她拿刀的手蓦然收紧，刀刃割破了那头领的脖子，血汩汩而出。

"是真的！你的男人，他自己和炽舒同归于尽了！"他将之前发生的事一一讲了出来。

姜含元如遭雷击，险些一口气提不上来，身子晃了一下。缓过来后，她一跃而起，命手下人看紧那头领，自己朝前狂奔，来到了前方的事发之地，看见地上倒着二十来个狄兵，有的早已死透，有的尚在血泊里徒劳地挣扎，满地都是血污……不难想象，就在这个地方，片刻之前发生过怎样惨烈的战斗。

她冲到草沼之畔，朝着前方大声呼唤着他的名字。声音扩散开去，惊起了栖息在草沼深处的一群野鸟，群鸟扑棱着翅膀逃窜。

"束慎徽！束慎徽——"

姜含元不停地呼喊，迈步朝前，才一脚踏入草沼，便往下一沉。

"危险！"

她被几个同行的部下从后一把拽住，拖了出来。

这个漆黑的长夜就快过去了，天边渐渐泛白。她继续呼唤，然而回应她的，只有风过芦苇丛时发出的一片"窸窸窣窣"之声。她的嗓音也渐渐嘶哑，最后，她连站也站不稳了，慢慢地软倒，跌坐在了地上。

昨夜，在定下突围之策的那一刻，她便将自己置在了死地，再无偷生的打算——纵然她对这个人世还极留恋。

是的，曾经弱小的她一心只想变得强大，上阵杀敌，死生无惧。然而，当她手中的刀枪上染血越来越多，当她亲历的生离和死别也越来越多，她的心反而渐渐变得柔软了。

生而为人，若是能够好好地活着，去做自己想做的事，该当是如何幸运的一件事啊！

她还有许许多多想做的事未曾去做：她想告慰父亲，自己完成了他未尽的心愿，在将来很长的一段时间里，北地可以得到太平了；她也想将父亲送到母亲的身边，让他们在泉下相聚，从此以后，朝朝暮暮，再不分离；她还想亲自送走那些曾和她并肩战斗、而今厌倦了打杀的将士，看他们解甲归田，放马南山，过上他们想过的生活；还有……

她想活着，再一次当面亲口告诉他，她便是当年的那个小卒，而他，就是她喜欢的那位少年。

此刻，她的将士突围而出，博得了生的机会，她也仍活着，然而，代价便是他吗？

眼前仿佛浮现出许多年前那张笑意如霜天初晓的少年的俊朗脸庞，她再也忍不住，潸然泪下，泪水沿着她染满污血的面颊滚落。

前方数丈开外的一片芦苇丛后，再次发出一阵"窸窣"之声。

那是风给她的回应吗？

她流着眼泪抬起头，望着那片随风轻晃的茂密的芦苇丛，无论如何也不愿相信，曾经鲜活的他真就这样沉了下去，沉入了这片黑暗的泥底，永远不见天日。

"束慎徽！"她哽咽着，再次大声呼唤他的名字，"你听见了吗？你在哪里？！你应我一声！"

就在这一刻，她听到前方仿佛有了动静。那声音含含糊糊，极为微弱，混杂在芦苇枝叶摩擦的响动里，几不可辨，但在传入她耳中的那一刻，她立刻就辨了出来——

有人在叫她的名字。

"兕兕……"

那是他的声音！

她整个人随之战栗，睁大眼睛，从地上一跃而起，冲着前方不停地高声喊着他的名字："束慎徽，你等着！你再坚持一会儿！我很快就来！"

面前的铁爪一寸寸地下陷，最后彻底地消失，被吞没在草沼之下。它的主人也算是万人之上的一代枭雄，然而最终也不过就如此葬身在了天地之间。

苍天之下，人何其渺小，宛如一只微不足道的蝼蚁。

而自己，何尝不是如此？

束慎徽也要支撑不下去了。失血令他乏力无比，他感到淤泥在以一种难以察觉的速度缓缓上升——或者说，其实是他在不停地下降。最后，能吞没一切的死亡终于还是淹到了他的胸前。他开始感到呼吸困难，纵然咬着舌想用疼痛来保持清醒，但原本紧紧攥着芦苇丛的手指还是渐渐麻木，直到失去控制，开始松脱。

这一刻，他其实并不恐惧，只感到疲倦。足底仿佛有一股巨大的力量正在不停地拉扯他，要将他吸下去，他无法抵挡，想要就此屈服，闭目睡去。

就在眼皮缓缓耷拉下去的那一刻，他耳中仿佛传入了一阵呼唤之声。

有人在呼唤自己的名字吗？那声音是如此熟悉。起初，他以为那是自己临死之前的幻听——据说人在死前往往会想起此生最为难忘的人，听到想听的声音。

慢慢地，他再次耷下眼皮。然而，他耳边的呼唤声始终不断。

"束慎徽——"

当那充满了悲伤和绝望的声音再次随风灌入耳中的时候，他犹如被针刺了一下，打了一个寒战，蓦然清醒过来。

那声音真的是她的。

她脱险了！

束慎徽猛地睁开眼睛，清醒过来。他张口，从喉咙里发出回应之声。

他在叫她的乳名。然而声音出口，他才发现自己的声音竟变得如此嘶哑而无力，被头顶的野风撕得粉碎，散入芦苇丛发出的"沙沙"声中，几不可闻。

"囡囡……"

他用尽全力，再次回了她一声。紧接着，他终于听到了她的回应——她叫他坚持住。

他极力撑着精神，艰难地收紧方才已经松动的手指，终于再次攥住了那丛芦苇，缓住了下沉之势。

岸上，姜含元在起初的狂喜过后，很快便冷汗涔涔。虽然她与他的距离应该不算很远，然而面前根本没有可以落脚的地方，她更是无法插翅越过沼泽。

她的部下试着在附近寻路，然而和她方才一样，完全无法立足，附近一时也找不到能够支撑她抵达他身边的东西。

芦苇遮蔽，她看不到他，但毫无疑问，他受伤已是极重，再耽搁下去，恐怕真要支撑不住了。

姜含元一边继续大声喊着他的名字，免得他陷入昏迷，一边焦躁万分，恨不得自己纵身跃入面前的这片草沼里才好。

"我们去砍芦苇和树，编成木排铺上去！"一个有经验的部下喊道，说完立刻带人行动。

姜含元连牙齿都在微微打战了，死死地盯着那片传出他声音的地方。不过数丈之隔，竟如同天堑，她不知道他还能不能等到他们的救援。

突然——

"等等！"

她大声喊人，命人去将那些死了的狄人搬来，自己也飞奔过去。她的部下起初一愣，随即会意，很快搬来尸首，全部抛入前方的草沼之中，犹如搭起一架浮桥。

她跃上"浮桥"，感到脚下不过微微一沉，便如此踩着狄人的尸首迅速向前。她终于来到那片遮蔽视线的芦苇丛前，用短刀砍开芦苇，眼前豁然开朗。

她看见了他！他已快要沉下去了。

她脱下身上的战甲，垫在他的身前，用以帮助支撑，随即趴下伸出手，一把攥住他冰冷而僵硬的手。

"束慎徽，你再坚持一下！我们很快就能上去了！"她在他的耳畔喊道。

他再次被她唤醒，慢慢地抬起眼睛，涣散的目光转为清明。他的视线终于落到了她的脸上，最后他眼睛一眨不眨，久久地凝视着她。

忽然，他朝她点了点头，咧嘴一笑，这一回，用虚弱却清晰的声音再次叫出了她的名："兕兕。"

姜含元再也忍不住，泪水又一次扑簌簌地滚落。

犹记得去年，她和他在云落外的古道岔口分别，她往雁门，他往长安。那个时候，他们怎会想到再次相见会是如此情景？

"是我。"她哽咽着应道。

人桥渐渐吃不住压力，开始缓缓下沉，她始终紧抓着他的双手，半分也不放松。就在她快要碰到淤泥之时，她的部下上来了。他们砍来附近的树枝，用芦苇编成绳索，再将树枝捆扎在一起，铺了几个足以支撑四五人的浮台推下草沼,终于合力将他一寸寸地从泥沼之中拉了出来。

束慎徽仿佛做了一个长长的梦,那梦极为幽深,又极为安适,宛如真正的黑甜乡。他觉得自己从未睡得如此宁静安心,悠悠醒转之时,意识似还飘荡在梦中,竟有些不舍得醒来。

但是很快,他想起了一切。他出了长安,循着她的脚步追到了北地……一场意外的大水,她被困在堡垒之中……

他猛地睁开眼睛,刚动了一下,就被身上传来的疼痛攫住了。他不由得蜷了身躯,片刻后,待痛感略消,转过脸,视线定住了。

他在床榻之上,她就伏在他的身边。

床头点着一盏油灯,灯火昏暗,照着她的半张脸。她闭着眼睛,眼睫低垂,面容疲倦,就这样睡着。

他默默地看了她片刻,用手撑着自己的身体,慢慢地坐了起来。她似是有所觉察,眼睫微微地动了几下,睁开眼睛,直起身子,面上立刻露出欣喜之色。

"你醒了?"

她分明在笑,眼睛却开始泛红,他看得一清二楚。

他受伤过重,失血过多,已昏迷了数日。这些天,她衣不解带,寸步不离地守在他的近旁,陪护着他。炉上温着药,她端来喂他喝。药很苦,他几口便喝了下去。她又问他饿不饿,还想出去,却被他握住手,阻止了匆匆忙忙的脚步。

"我好多了,也不想吃东西。你应当很累,也躺下来吧。"他轻声说道。

姜含元和他对视了片刻,和衣躺下,与他并肩而卧。

"这是哪里?"他环顾四周,发现这是一间陈旧而坚固的石屋。

"西柔塞的军镇。"

那天,他被救上来后便彻底陷入了昏迷。她将他带到了最近的军镇,暂时落脚为他治伤。

战事已结束了。

那夜后来,周庆和张密决意冒险一搏。

对面受困的不是别人,是女将军,更不用说摄政王不顾危险强渡过河,生死未卜,他们怎能继续按兵不动?

也是受到了摄政王的启发,他们派熟悉水性的敢死士兵在腰间缚上牢固的绳索,选择一个水流相对平缓的河段,以同样的方法强行渡河。一旦有人成功上岸,便将绳索固定在对岸,待固定多条绳索后,大军便铺设木板,继而渡河,最后和杨虎会合。

狄军还没完全从那场突围战里回过神,又见援军追赶上来,顿时军心大乱,无心再战,逃窜而去。

"已经无事了,大水也退了。你安心休息,现在最重要的是先养好伤。"

他静静地闭目片刻,忽然想到了什么似的,抬手去摸腰间,却摸了个空。

姜含元从自己身上取出玉佩,问道:"你是在找它吗?"

为他更衣之时,她发现他贴身收着这枚玉佩。

他是在找它。从收到它的那日起,他便带着它,再未离身。那是很久以前他送给她的——那个时候,他还是少年,她是他以为的小兵。

束慎徽接过玉佩看了一会儿,慢慢地道:"咒咒,我配不上你对我的好。"

姜含元摇头道:"不,你很好,极好。当初成婚,也是我自己的选择。我对你的唯一不满之处,你知道是什么吗?"

他望着她。

"我们分开之后,在你身上发生的事,你一直没有告诉我,不但如此,你还瞒我。虽知道你是不想累及我,但从你为了这个朝廷、为了这场收复北地之战而派贤王往雁门向我求亲的那天开始,我便已经被你连累了。要说始乱终弃或不至于,但说你亏欠了我,这应当不过。你怎么可能彻底和我撇清干系?"

他沉默了良久,声音低沉而压抑地说道:"我知道。我这前半生,自问无愧于大魏,无愧于朝廷,无愧于宗庙。我对不起的,唯有两个人,一个是你,一个是我的母妃。对你,我是不配;对母妃,我是大不孝"。

"从前如何,我不和你计较,但从今日起,你记着,除了你的天下、你的朝廷、你的皇帝,你还是我姜含元的男人。往后你若再敢那样行事,无论是什么理由,我都不会再原谅你。"她一字一顿,如此说道。

束慎徽一直看着她,当听到她说出这话,低声笑了起来,笑着笑着,眼角却红了。他无声地收臂,缓缓地搂紧她。

此地条件简陋,医药短缺,几天后,等他伤情稳定了一些,姜含元便决定带他回雁门。在那里,他能得到更好的照料。

临走前,姜含元命人将那名被她刺伤了腿的贵族头领带到面前。

那头领双腿伤势未愈,被人抬来后伏在地上。他本以为姜含元是要拿自己开刀了,正面若土色,忽然听她吩咐近旁之人:"放他回去。"

那头领惊呆了,抬头,见女将军已转眸,目光如剑般射向自己。

"你回去告诉左昌王,我魏人不好战,却也绝不畏战。从今往后,尔等若是胆敢再次南犯,我大魏雄兵必将踏破北都。到了那日,勿谓言之不预!"

头领不敢直视她,慌忙应"是"。

姜含元陪伴束慎徽回到了雁门。他们已经商议好了,等他伤势痊愈,战后的诸多事宜也全部完结,他便陪她先去云落安葬她的父亲,然后她再陪他走一趟江南,去见他的母亲。

从年初开始直至今日,历时大半年,大魏终于收复幽燕,大破南都,俘虏众多狄将,将狄人驱回了界河之北。这场战事取得了极大的成功,请功奏疏也早已被送往朝廷。接下来,老将军赵璞、八部萧礼先等人也将陆续来到雁门,等待来自朝廷的消息。

在他们到的那日,整个雁门为之沸腾,樊敬带人出城三十里迎接大军凯旋,当地民众夹道相迎。

姜含元伴束慎徽住了下来,继续养伤。

再过几日,萧琳花和张宝也到了。当初见完张宝后,姜含元考虑到还在作战,安全起见便将他送去了八部。现在萧琳花随兄长萧礼先来到雁门,张宝自然也跟过来了。

张宝早就想回了,日盼夜盼,终于回到了姜含元和束慎徽两人的身边,激动之情无以言表,自是专心侍奉旧主。萧琳花也渐渐地不怕束慎徽了,又和张宝熟得很,每次到来气氛便很是热闹。

这一日,束慎徽忽然兴起,说想松松筋骨,出去走走。

这是一个深秋的午后,她陪他出了城。两人各骑一马,她叮嘱他不能骑得太快,免得牵到身上的伤处。一开始他照她的吩咐,缓行在西陉大营附近的野地里。渐渐地,他开始加速。他的坐骑是一匹高头骏马,脚程极快,将姜含元抛在了身后。最后他纵马上了一座高岗,这才停了下来。

姜含元追上他,有些不悦地道:"你的伤还没好,再这样,下回不准出来了!"

他侧过脸,只是笑吟吟地看着她,忽道:"你的头发上有东西。"

姜含元一怔,看着他坐在马背上朝自己伸手过来,手落到了她的发上,拈下一片不知从哪里沾来的小小的金黄色落叶,又朝她展示了一下,表示他没有骗她。紧跟着,她还没反应过来,突觉腰间一紧,就见他的手臂已是落下,环在了她的腰上。他轻轻一带,她便被他生生地拖到了他的马背上,坐在了他的身前。

"别动。"

耳边响起他轻柔的低语声,她顿了一下,感到他靠向自己,双臂环抱住她的腰。接着,他将脸也凑了上来,亲了亲她藏在衣领里的后颈,在她的耳边低声抱怨起来:"这也不行,那也不行。我真的好了。你若不信,待晚上回了,尽管试试……"

姜含元觉得他意有所指,心微微一跳,耳朵暗热,下一刻,却听到他大笑起来,笑声愉悦,似是在拿自己打趣。她不禁暗恼,一抬手肘,往后顶了一下他的腹部。他轻轻"哎哟"一声,直接从马背上摔了下去,剩下她一个人坐在马背上。

她并未用力,落肘处也无伤口,知他和自己玩笑,瞥了他一下,不为所动:"你再不起来,我走了!"

说完,她自顾自地催马下坡而去。

她行出了一段路,始终未闻身后有动静,只得无奈地回去,却看见他已起来,坐在一块野石之上,似正眺望远方。

秋风鼓荡着他的衣袍,他望去的远方便是长安,而他的身影,犹如沾染了秋色,显得有些落寞。

她不由得停了马,望着他的背影,犹豫着是否继续上前。他仿佛有所察觉,转过头,看见她回了,脸上立刻露出笑容,起身上马朝她迎来。

"兕兕你真的狠心,方才竟真抛下我走了。我是真的疼,便坐下来歇了一会儿,正想去找你。"到了近前,他摸了摸腹部,笑着解释道。

姜含元看着他的笑颜,正待开口,身后忽然传来呼唤声:"殿下!王妃!"

两人齐齐回头,只见张宝来了。他从马背上下来,一溜烟地跑了过来,喘着气喊道:"长安来的钦差到了!是刘向!刘将军!"

刘向此行带来了朝廷的嘉奖令。

军中那些有名有号的将领,如赵璞、周庆、杨虎等,全都得以加官晋爵。其余之人依据功劳大小,也各得到不同等级的赏赐,无一遗漏。

朝廷亦思怀英烈,制定抚恤之策,姜祖望被追封为烈侯,配享太庙。

除此之外,此前军中一直在传的关于凯旋庆礼的消息也得到确证——将士班师回朝,参与大礼。

以上这些事情先前就已有消息在传,随着钦差的到来,传言得到证实,也算是意料之中。

众人格外关注的,是朝廷对于姜含元的封赏——晋大将军之位,封"天武"之号,全号天武长宁大将军,彤墀赐宴。不但如此,皇帝允她入朝不趋、剑履上殿。

这样的待遇,除了贤王和先前的摄政王之外,本朝绝无仅有,于外姓之臣而言,更是立国以来的头一份。

除了皇帝对姜含元的格外厚恩,钦差刘向带来的另外一个消息也引发了极大的轰动。

虽然北方战事已经结束,但接下来垦田拓地、安置流民、施展德政以及归附人心等大事依然迫在眉睫,亟待处置,这是一方面。另一方面,幽燕之地位置特殊,除了北方依然可能存在的威胁,周边还有八部等藩属,关系错综复杂。

为应对当下,更是为了长远计,朝廷拟将幽燕等地合并管辖,设都护府,定府燕郡。显然,大都护的位子举足轻重,非大贤大能之人不能胜任。朝议当中,贤王推举祁王束慎徽。

这场关乎大魏北方门户得失的战事,从一开始便由束慎徽主张,并获得了最终的胜利。就在不久之前,他已请辞摄政之位,再赴北地,代朝廷慰军,并安抚边事,此事尽人皆知。

在这道特诏里,皇帝回顾了祁王的诸多功绩,除了表达希望他能继续为朝廷分忧、治理北疆之外,感念他对自己的辅佐之功,加"仲父"之号,加九锡,另赐节,持节可便宜行事,乃至先斩后奏,不受节制。

战事结束,因为姜含元和祁王的特殊关系,对于她将来的去留,不可避免地,最近也成为她众多部下关注的焦点。

少帝年岁渐长,摄政王辞位是必然之事。但众人都以为,即便将来摄政王离开长安,也会被封在富庶之地,到了那时,女将军身为王妃,必然也会随同。对此,许多打算继续从军的将士难免感到不舍,乃至迷茫和忧虑。

然而,谁也没有想到,摄政王功成之后将到幽州担任大都护。那么显然,女将军也不会走了。

各种好消息接踵而至,当天军中又有犒赏,人人喜笑颜开,气氛极为热烈。

束慎徽和姜含元也为刘向接风。

宴毕,待陪坐之人退出,四下没了外人,刘向下拜:"殿下!卑职能有今日,全仰仗了殿下。殿下大恩大德,卑职没齿难忘!"

刘向如今已是少帝跟前的得力之人,深受器重。不但如此,他的女儿也与贤王之孙定了亲事,两家结为姻亲。长安之人争相与他结交,无不以和他有旧为荣,但他对束慎徽仍以旧日的卑职自称。

束慎徽大笑,将刘向扶起:"你有今日,因自身忠勇,又立大功,与我何干?"

当初兰荣出逃之后,自知再无退路,只能纠合高王、成王余党,企图割据以自保。刘向奉命前去平乱。他本就是武将,指挥有道,领的又是精锐之师,因而叛乱很快便被平定,兰荣被俘。刘向将人押解回长安,在等待入城之时,少帝传话出来,称不欲相见,赐兰荣全尸。兰荣绝望之下,投水自裁。

虽然此事可称是功劳,但刘向心中很清楚,当初高贺死得太过突然,党羽也被剪除大半,以致兰荣跟着元气大伤,难成气候,到后来已形同乌合之众,才被自己轻易得了功。朝廷当中,能打之人绝非只有刘向。当时便有不少人暗中想得到这如同白捡功劳的机会，而最后机会落到了刘向这个刚被从皇陵召回的失势之人的头上——到底为何，刘向心知肚明。

他方才的一跪、一声"卑职"，是发自内心的。想到此前朝中的云谲波诡，刘向一时更是感慨，乃至激动得眼眶发热，但见面前之人神态豪爽、浑不在意的样子，便也不敢太过表露，拭泪起身后呈上一口药匣。匣中是各种珍贵药材，其中有一支千年老参，形若纺锤，又如人貌，参须摊开，铺满手掌，极为罕见。刘向说这些是贤王所备，让自己转交。

束慎徽笑道："劳烦回去之后代我转达谢意。"他说着，看了一眼一旁沉默的姜含元，接着道，"原本我该回去一趟亲自道谢，只是伤情尚未痊愈，恐怕难以成行，只能拜托你了。"

刘向忙说无妨，贤王特意叮嘱让祁王安心养伤。他又望向姜含元，迟疑了一下，终于小心翼翼地道："凯旋之礼天下瞩目，长安民众也在翘首期待，盼望大将军亲率龙虎之师班师回朝，扬我大魏武威。此事由贤王总办，卑职临行之前，贤王再三吩咐，命卑职见到将军后代他问一声，将军计划如何？"

刘向屏息看着姜含元，束慎徽也默默地望着她，姜含元没有立刻说话，一时静默。

刘向见她的视线落在那一匣药材上，神色冷淡，心中顿感忐忑不安。那一匣珍贵药材实是少帝所备，少帝却吩咐刘向假托贤王之名。为何如此，刘向自然明白。

祁王重伤未愈，无法现身凯旋大礼，这一点尽人皆知。其实即便他没有受伤，刘向也知他必定不会在大礼之上现身。

当初，大破南都的消息传回长安，就在人人以为摄政王即将登顶之时，他却请辞摄政之位，出了长安，意思再明白不过——功成身退，致政少帝。

所以这场凯旋大礼意义非凡，于少帝而言，如同向天下宣告他的权威：从今往后，朝中再无戡乱扶危定太平的摄政王，有的只是皇帝。

这也是少帝第一次独自面对天下，面对他的朝臣和子民，他的身边不该再有摄政王的身影，也不会再有摄政王的身影。

现在，关键在姜含元的身上。

虽然这些时日朝廷一派升平，大臣俨然已忘记此前种种，纷纷上表，将祁王和少帝比作周公和成王，到处都是赞誉之声，但私下依然有小道消息，称摄政王意冷，待到战事结束便与少帝彻底决裂，他的出走实际是心灰所致。

于是，很多人将目光落到了姜含元的身上。

恰好此前朝廷收到的拟回朝参与大礼的将士名单里没有她的名字，传言也就据此甚嚣尘上，有人断言她也不会回长安了。倘若她真的不回，理由也充分，并且完全合情合理：她出于孝道，不愿夺情，要为壮烈沙场的父亲姜祖望守孝，所以不宜参礼。但这样的话，毫无疑问，少帝的脸面不免就有些挂不住了。

贤王有些不放心，所以派刘向做了钦差，就是看重刘向与祁王夫妇有旧，说话可以方便一些。

刘向隐晦地问出了自己此行最为重要的事，等了良久却不见姜含元回复，无奈地改而望向一旁的祁王，投去求助的眼神。

束慎徽迟疑了一下，欲言又止。这时，姜含元抬眸，慢慢地道："你告诉贤王殿下，就说我会如期班师回朝，向皇帝行献俘之礼。"

刘向终于松了口气，十分欣喜，急忙道谢："卑职这就叫人去传消息。"

此前军中也有传言说姜含元可能不回长安了，回朝之事改由老将军赵璞代替。现在消息确凿，她将亲自回朝参加典礼，将士无不欣喜，精神抖擞，整装待发。

而祁王即将前往燕郡担任大都护的消息也不胫而走，一些从前的当地官员和出身大族的当地人陆续赶来求见表忠。官员无一例外是之前的降官，当中便有李仁玉。这些人大多并无多大的实际才干，但熟悉当地民情，将来善加利用便可。

束慎徽耐着性子和他们见完面，安抚一番，等打发走全部的人，天已黑了。他出了城，来到西陉大营。

明早就要随女将军踏上前往长安的路，如同衣锦还乡，又即将在大魏的国都参与代表了无上荣耀的大典，将士们期待万分。看到祁王来了，众将士纷纷上前，争相行礼。

然而姜含元不在这里。

张宝告诉祁王："傍晚王妃独自骑马出营，也不叫奴婢跟，没说去哪里。"

束慎徽朝张宝所指的方向看去，那是铁剑崖的方向。天际浓云翻滚，他转身出去。

"殿下——"

"别跟着我！"

束慎徽纵马到了铁剑崖。姜含元站在崖顶，望着前方。

她目之所及是一座村庄，废弃多年。束慎徽前一次来的时候，那个方向还是一片野草，荒无人烟。但是现在，雁门这曾经的边关战地日益安宁，流失的人口也慢慢地回流，村民铲除荒草，重垒院墙，开垦土地，便又是一个新的家。

今夜此刻，两人从这里望去，那个方向已能看到几点灯火。灯色昏黄而暗淡，点缀在这片浓黑而寒凉的深秋夜色里，看起来却是如此温暖，带着烟火的气息。

束慎徽停在她的身后，默默地望着她的背影。忽然，她转头朝他一笑，解释道："见你事忙，我便出来跑马。它识路，竟把我领到这里来了。"

束慎徽也笑了，仰头看了一眼头顶的夜空，又脱下身上的外氅，走到她的身后，轻轻地披在她的肩上。

"要下雨了，回吧。"

她点头。

但老天好似无意给他面子，两人还没回到大营，雨便落了下来。两人快要成了落汤鸡。幸好这个时候不早了，加上天气不好，人人入帐，倒也基本无人看到两人的狼狈模样。

张宝已在帐中烧好暖炉，还在等着。待见祁王夫妇二人终于回了，竟湿漉漉的，他急忙迎上去，待要侍奉，束慎徽又叫他自去歇息。

夜雨落在帐上，淅淅沥沥，更显耳畔宁静。他站在炉旁，仔细地替她擦着头脸上的雨水。

"兕兕。"他忽然唤了她一声。

她看向他。

"你若实在不想回，也是无妨，不必顾虑我，或因贤王开了口，便过于勉强你自己。"他顿了一顿，终于如此说道。

姜含元却笑:"这么好的机会,别人想都想不来的荣耀,我为何不回?"

他迟疑了一下:"当真?"

姜含元伸臂搂住他,亲了他一下:"殿下,你还是如此啰唆!我明早便走,今晚你就打算要我一直听你说话吗?"

束慎徽一愣,随即也笑了,闭口,看着她。炉火映照下,她笑吟吟地望着他。他目光微动,抬手,指腹缓缓地抚过她的唇,脸向她压了下去。

"记得早些回来,我会想你的。"这一夜临睡之前,他用沙哑的嗓音在她的耳边低声说道。

玄冬,凯旋之军抵京。

这是一支由三千人马组成的队伍。他们当中,有多年前便追随姜祖望戍守雁门的白发将卒,有军队的中坚之士,也有许许多多曾经寂寂无闻、因此一战崭露头角的年轻人。他们代表所有的参战将士,满载荣誉,策马赴京。

沿途每过一地,这支军队必会受到当地民众的夹道欢迎,行至长安,更是引发全城轰动。将士们顶盔挂甲,队列严整,胜利之师的气势浩荡威严,令观者震撼之余,更是热血沸腾。

据说,许多家有女儿待字闺中的人家竟连夜追至驻军之地,想方设法接近,好为自家女儿从中选择良婿,甚至有人因为恰好相中同一才俊而争夺起来。如此种种虽是坊间笑谈,未必为实,但此番凯旋影响力之大,可见一斑。

凯旋之礼如期而至。

随着葬身草沼,炽舒所谋划的最后反扑也彻底破灭。狄军残余势力四分五裂,在勉强摆脱追击撤回之后,又发生了一场内斗。最终,左昌王目答凭借往日的名望上位,名义上再次整合了北狄。然而,北狄至此元气大伤,再也无力南下,这个一度兵压北境数十载并令中原皇朝日夜不宁的北方强邻,就此不复往昔之势,中原与北狄攻守互易。

于大魏而言,这一场胜利意味着从武帝一朝起便开始筹谋的未遂之志,至此得以完全实现。大魏威加四方,周围那些原本摇摆不定的小邦悉数内附,归入统理。

从此以后,帝国的光辉如日一般,照耀在大魏的万里河山之上,盛世的序幕已然开启。

那一场在渭水之畔举行的凯旋大礼,即便是多年之后,依然是无数人心中最为深刻的无法磨灭的记忆。

据有幸亲身参与大礼的人说,那一日,大魏的女将军姜含元身着明甲,率着三千威武勇猛的将士,向高台之上的少帝行献俘之礼。旌旗蔽日,金戈寒映,少帝头顶帝冕,身着衮服,日月在肩,星山在后。他端坐其位,日光照在冠冕和袍服之上,金芒烁目,天子之威尽显无遗。他下令斩杀俘虏,飞溅的血染红了半边水面。而将士们铁甲铿锵地朝拜之时,身上所佩的刀剑碰撞,发出雄鸣声,和着激昂而浑厚的万岁呼声,回荡在渭水壮阔的河面之上。当时疾风劲吹,两岸草木倾伏,远远望去,仿佛草木深处也吞藏了千军万马,只待帝王召唤,便奔腾而出。

此情此景,在场之人莫不震撼。

血的气味被风带着吹过渭水,向着远方飘散而去。

王庭之中,目答站在一处高地之上,遥望南方。

过去的一年于他而言,仿佛比一生还要漫长煎熬,他的模样看起来苍老了十岁。如今的这个位子,他从前也不是不曾想过,而今也算是得偿所愿。他却未曾想过,最后会是如此情状。

北狄曾经叱咤风云、雄心勃勃,占领大片领土,然而如今一切如朝露般消散了。

不管是他和炽舒,还是别的什么人,无论他们之间曾经如何相互防备,乃至势不两立,然而有一点从不曾改变:南面那座当世最为繁华的壮丽之城,是他们世代以来的共同目标。为了这个目标,至少他已做了力所能及的最大努力,所以最后才会再次对炽舒妥协,助其反攻。

然而现在,仿佛幻梦一场,一切以这样的结局收场了。

纵然有万分不甘,他也不得不接受这样一个现实:他们已承受不起再一次的战争。失去幽燕,能够支撑大战的补给几乎断绝。因为他们起初的轻敌和后来的失误,大量的青壮年死在了战场之上,再也没能归来。那些人也是儿子、丈夫和父亲,女人和孩子的绝望哭声日夜回荡在王庭之外。

曾经，他们离梦想如此之近，仿佛只差一步。

他们的天命仍旧未绝，他只能对自己如此说，只要蛰伏隐忍下去，待到将来，他们还能卷土重来，实现梦想。

然而，他们面对的是那个正如日中天的帝国，北狄的天命当真还在？

他怅然的目光转向了雁门。

他知道，他们最大的敌人，那个曾高坐长安朝堂并一手推动这场国运之战的人，或许此刻也正站在雁门某个自己所不知的地方。

他不知对方所想为何，但是自己此生此世怕是再也不能踏足魏国了。

风呼号着吹过，他的惆怅叹息之声如满地的衰败野草，随风翻卷，散在了茫茫的荒野之中。

凯旋大礼结束，宫中赐宴，少帝亲自接见有功之将。这是莫大的荣耀，萧礼先、赵璞、周庆、张密、杨虎等人悉数入宫参宴。姜含元没有去，以父孝在身为由辞谢。

当夜，她独自留在王府中。在书房里，她无意间发现了当初自己所留的习作，想起往事不禁失笑，便又翻出他的碑帖，挑亮灯火，坐在灯下平心静气地重新习字。

她正低头临帖，王府知事叩门，说是来了客人。来人竟是温婠。

知事说，温婠是在丈夫的陪伴下乘坐马车来的。她没有入内，只带来一匣福糕，说是亲手做的，知王妃回了，送来给王妃尝尝。

姜含元这才想起，长安老派之家有入冬做糕的习俗，以祈来年福运，步步登高。

据说，当初温家和周家定亲之后，周家感到压力，父母惶恐，意欲退婚，但周家公子心仪温婠，极力反对。顺利成亲之后，夫妇志趣相投，生活平静，十分美满。

姜含元没有想到，今夜温婠竟会给自己送糕。她看了一眼知事呈上的食盒，颇感意外，急忙来到门口。

她远远地看见一名女子正朝一辆停在路边的马车走去。马车之畔站着一名年轻男子，眉目周正，文质彬彬，正举着一盏灯笼等着女子。

"婠娘！"姜含元朝着前方女子的背影唤了一声。

女子停步，回头，正是温婠。

已是许久过去，温婠的模样秀丽如旧，但细看又和从前有些不同。她的面庞比从前圆润，添了几分少妇的丰腴。她的身上罩着一件披风，虽厚，却遮不住小腹的微隆之态，看起来，她应当是有孕在身了。

显然，那名正在马车旁等她的男子应当就是她的丈夫周家公子了。

"多谢你的福糕！"姜含元道谢，"我没想到你会来……但很高兴。倘若你也无事，何妨进来坐坐？"她向那女子点了点头，如此说道。

温婠没有走回去，只停在原地望着姜含元。她立了片刻，面上慢慢地露出笑容，随即敛衽，遥遥地向姜含元行了一个郑重的拜谢之礼。随后她转身，继续朝着马车走去。

她的丈夫忙将灯笼交给车夫，快步走到她的身畔，先向姜含元恭敬地躬身，作揖完毕后扶住她的胳膊。

姜含元站在门口，看着温婠被丈夫小心翼翼地扶着登上了马车。车夫驱马，车辆缓缓前行，渐渐地消失在了夜色之中。

姜含元没有立刻回去，而是停在王府门口的台阶之上，举目望着前方。

夜幕刚降临不久，城中灯火已是密若繁星，路口来往着正匆忙赶路的归家之人，她仿佛听到了自街市的方向随风传来的喧嚣之声。

这是一个再寻常不过的长安之夜，然而，就是这样的普通和平淡，或许才是最有意义的凯旋之礼。

姜含元静静地侧耳听了片刻，转身朝里走去。她回到书房中坐下，打开匣盖，从里面拈了一块精心所制的、撒了一层细密糖霜的糕点，吃了一口。

糕点香甜松软，十分可口。

这一夜，她早早地入睡，心情平静。

第二天，杨虎的母亲在儿子的护送下前来拜望，和她同行的还有杨虎那个名叫阿果的小侄女。

杨虎已被封为四品御前侍卫，兼地门司左副统领，位置仅在刘向之下，不但如此，他的兄长也被复授郡公，最近家中门庭若市。前段时日，杨虎还没回，家中门槛便险些被人踏破——全是前来给他说亲的人。

对于母亲定要前来拜望，杨虎有些无奈，解释道："我与母亲说了，将军你不喜被人打扰。"

姜含元越过杨虎，快步走到杨母跟前，亲自将她扶住，让她不必多礼。

杨母十分欢喜，却坚持行礼，说道："七郎能有今日，杨家能有今日，全靠将军提携。听说将军很快就要回去，老身若不亲自前来拜谢，怎能心安？原本七郎的兄嫂也是要来的，但终究不敢过于打扰将军。老身便带着全家人的心意，仗着年老颜厚，领了阿果冒昧登门拜谢将军。"

阿果今日穿着新衣，比两年前拔高了许多。她站在祖母身旁，口齿清晰，举止已有了几分小小少女的文秀模样，但在姜含元含笑望向她的时候，脸上仍会露出些许如同从前的羞涩和欢喜之色。

姜含元送他们出府，和杨母辞别后，杨虎先服侍母亲上车。还等在车外的小女孩迟疑了一下，低声道："将军，上次你来我家，给我带了一包糖餜子。你说是我七叔请你转交给我的，可是这趟他回来，我问他，他说不知道……"

她微微仰头，看着姜含元道："一定是将军你自己带给我的。"

姜含元没想到阿果至今还对那包糖餜子念念不忘，笑道："我是在你家外面的那条街上买的，从街口下去，中间的一间老字号便是。你若喜欢，叫你七叔去买。他从前太过忙碌，所以忘记了。"

阿果点头："喜欢！他已经买给我吃了，还说以后可以天天吃。"她又补了一句，"可是不知道为什么，我总觉得只有那时候将军你带给我的那一包最是好吃。"

听小女孩的声音带了几分困惑，姜含元再次笑了起来："等到你长大了就会明白，为何一样的餜子，那时候的更好吃。"

阿果的眼中又露出困惑之色，但很快，她点了点头，望向前头马车旁的杨虎。

"先前我天天盼着七叔回来，如今他真的回了。我爹娘还有祖母，全家人都很高兴，我也高兴，但他好像不大开心。昨晚他从宫中回来，喝醉酒睡了过去，我听见他的嘴里还在嘟囔，好像念叨着雁门。他是不是想回去呀？可是那里不是边地吗？大人都说长安好，将军你知道为何他回长安了，反而不高兴——"

"阿果！"杨虎仿佛听到了什么，叫了一声。

阿果闭了口。杨虎走过来，将侄女也送上了马车。阿果上车后，趴在车厢窗后露出脸，依依不舍地再次和姜含元道别。杨虎也恭声道别，请姜含元留步。

姜含元反身入府，片刻之后，忽然听到身后传来一阵急促的脚步声。

她转头，见是杨虎又回来了，便停步，含笑问道："还有事？"

杨虎转头，望着北方的天空定了片刻，才慢慢说道："将军，这趟樊将军没有来长安，临行前我和他道别，问他为何拒了封赏回云落。他说他本就是云落之人，家族世代便为守护家主而存在，还说他当初出来是为伴随将军，如今打完了仗，将军也不再需要他，于他而言，封赏和官职不过是身外累赘，回去继续守护云落才是他余生要做的事。"

他将视线落到姜含元的脸上："我很羡慕他无牵无挂，去想去的地方，做想做的事。

"天下无不散的筵席，今日杨虎与将军就此别过，但请将军记住我杨虎。将来，无论何时，也无论我在何地，倘若将军有召，我必第一时刻返回将军麾下，继续效力！

"跟过将军，做过青木营的一员，是我杨虎此生最大的荣幸！"

他说到这里，眼中微微蕴泪。

他已褪去战袍，今日着一身常服，却单膝下跪，朝姜含元行了一个旧日的军中之礼。行礼完毕，他转身离去。

姜含元望着他的背影，脑海里浮现出当年他初入军营时那副青涩莽撞的样子，以及两人无数次并肩作战、出生入死的情景，胸中一阵热意翻涌。她冲着他的背影高声道："杨虎！七郎！能和你，还有许许多多和你一样的同袍并肩战斗，这也是我姜含元此生最大的荣幸！"

杨虎闻言停步，慢慢地转头，凝视她片刻，忽然冲她一笑，神采飞扬，旋即大步离去。姜含元目送他离开，始终唇角噙笑。

姜含元明天就要走了。临行前，她应邀前往贤王府邸，参加一场为她而设的饯别宴。

在这座城中，她若不想见，谁人都可不见，即便是宫中那位少年皇帝，但唯独贤王是例外。其实，即便贤王没有邀她，临走前她也会去拜望一番。

大军凯旋之前，贤王便已上书，以年老力衰、精力不济为由，辞去了自己在朝中的一切职衔。

他确实老了，在这个年纪本早该含饴弄孙，然而从前空有引退之心，却繁务缠身，难以随心所欲。而今北境平定，皇帝英明聪慧，正式亲政，贤王自然去意坚决。

少帝苦苦挽留，却是徒劳，无计，最后只能应许。当日，少帝赐座，亲自将贤王扶入座位，领着百官拜谢，场面令人动容。

不过，有多虑者或是被兰荣的下场震慑，兔死狐悲，对此另有看法：朝中祁王已去，少帝摆脱束缚，如去压顶之山，岂会再容忍他人掣肘？兰荣之流，在祁王去后，于少帝便无可用之处，有如此结局顺理成章。如今朝中还剩一位贤王，束慎徽自然也该退了。

似这般论断实属大不敬，从前群臣轻视少帝，或还敢私下议论几句，如今随着少帝权柄在手，天威日盛，再无人敢说出口，最多也就是偷偷想想罢了。何况君主之心，又岂是臣下所能洞悉的？

不过，纵观此前朝廷中的数位中心人物：祁王远离朝堂，如一轮曜日忽然当空消失，实情到底如何，人人讳莫如深；兰荣身败名裂，下场可悲，固然是罪有应得，仍不免叫人唏嘘；对比之下，贤王历武帝、明帝、少帝三朝，享有极大尊荣之余也非无为，却善始善终，真正可谓功德圆满，叫人羡慕。

傍晚，姜含元来到贤王府，呈上准备好的礼物，听贤王问起束慎徽的伤情。

"他已无大碍。皇伯父送去的药材收到了，功效不小，他很是感激。路途遥远，他不能亲自登门道谢，叮嘱我务必代他转达谢意。多谢皇伯父的厚爱。"姜含元说完起身，走到贤王面前深深拜谢。

贤王叫她起来："他伤情无碍，便是最大的好事。"

姜含元含笑应道："正是如此。"

贤王忽然沉默，仿佛陷入了某种回忆。姜含元便静立等待，片刻后，听到他喃喃道："我记得他少年时的志向……如今再无羁绊，能做想做之事，于他而言，是一件幸事……"

他仿佛是在和她对话，又似是在自言自语，口中称幸，神色却在不经意间露出几分淡淡的怅然。

"皇伯父所言极是。"姜含元再次应道。

"我看你是老糊涂了！"

这时，身后传来一个带笑的责备声，姜含元转头，见是老王妃面上带笑走了过来。

"如今北境安宁，将士凯旋，君臣同心，你本最担心的谨美的伤情也无碍了，件件都是好事。还有一件最大的喜事——你空忙了大半辈子，从前天天盼着能有今日，如今终于成真，往后无事一身轻了。你不去庆贺，反而要含元听你说这些没意思的话，不是老糊涂了，是什么？"

贤王被老王妃说得哑口无言，摇了摇头，忽然"哈哈"大笑，转向姜含元道："你皇伯母说得是！是我老糊涂了！庆贺都来不及！谨美若是知道了，怕是要怪我扫你的兴。你们快去！"

老王妃上前，笑着牵了姜含元，带她往外而去，一边走一边拉着家常。

"永泰早早便带着我那外孙一起来了。沾你的光，我总算又抱了我那外孙。还有那位八部王女也来了，就方才那么一会儿的工夫没看到你，便一直在问。再不把你带去，我怕她要自己跑来寻你了……"

宴席设在王府后院的一处清净之所。夜幕降临，华灯初上，参宴之人不多，总共十来人而已，除了萧琳花，其余都是王府的内眷。另外还有一人——刘向之女，已和贤王的一位孙儿定亲，如今只待婚期——也算是半个王府之人，今晚王府便将她也接来了。这是一位容貌秀丽的少女，性情温厚，颇受老王妃的喜爱。吃饭的时候，因她和萧琳花年纪相近，两人便相邻而坐，一见如故。

今晚萧琳花也格外兴奋，满堂几乎都是她的说笑声。她一杯接一杯地饮酒，待宴至尾声，已醉了，坐都坐不稳，险些滑下桌。老王妃忙唤人来将她扶去休息，她却仍是不肯放下酒杯，直嚷自己没醉："我太高兴了！便是再喝一百杯，我也没事！"

最近宫中传出消息，说少帝将纳八部王女为妃，虽然王女入宫之日待定，但事情是板上钉钉的。事实上，这也是萧礼先此次来长安的目的之一。除了参加凯旋典礼，他也带着八部之人的期望，前来促成此事。

如今心愿得以实现，萧琳花想必心情很好，多喝几杯本也没什么，但众人见她粉面生晕，说话口齿都有些含混了，分明已不胜酒力，却还要喝。因她如今身份有些特殊，众人岂敢由她胡来，知她向来听姜含元的，便都望向了姜含元。

姜含元和永泰公主相邻而坐，从乳母那里接过永泰公主和陈伦的小儿，正在逗弄。那小儿身体娇软，姜含元怕自己弄疼了他，小心翼翼、轻轻地抱着。

永泰公主见她似是胆怯，随口笑道："上次三弟来，也是头一回，我见他抱得就极为顺手。"

姜含元有些难以想象那一幕，笑了起来。永泰公主见萧琳花醉态可掬，便将儿子接了回去，让姜含元去劝劝。

姜含元走到萧琳花身前，还没开口，萧琳花就一把抱住了她的胳膊，口中抱怨道："她们为何不让我喝？！难得这么高兴，我还能再喝……"

话音未落，她就眼睛一闭，脑袋一歪，扑在姜含元身上，竟睡了过去。

众人一时暗笑，老王妃也笑着摇了摇头，忙打发人去驿馆告知今夜王女留宿王府。姜含元亲自送萧琳花去休息，入了一间布置雅致的屋子，扶她躺下。

安顿好人后，姜含元见萧琳花闭目，似已沉沉睡去，便站了起来，正要蹑手蹑脚地出去，却发觉衣袖被人拉住了。她停步，转头看去。

萧琳花依然闭目，却低声道："将军姐姐，你明天就要走了，我们下次再见不知会是何日了，你再陪我一会儿可好？"

原来她还醒着，并未完全睡过去。

姜含元哑然失笑，听出她言语里的恳求意味，怎忍拒绝，便和衣卧在了床榻的外侧，安慰道："晚上不用回驿馆了，你留在这里，安心睡吧。"

萧琳花"嗯"了一声，起先依然那样卧着，随后慢慢地朝姜含元贴了过来，最后将脸靠在她的肩上，一动不动。

姜含元闭目，但很快便觉察到萧琳花似乎有些不对劲。她迟疑了一下，睁开眼轻轻地拍了拍萧琳花的背，问道："你怎么了？是醉得厉害，难受吗？"

姜含元翻身坐起，待要唤人取些醒酒之物，却见萧琳花忽然睁眼，跟着坐了起来。萧琳花用手掌压了压脸，含含糊糊地道："太热了，我去屋外吹一下风。将军姐姐，你若有事，只管去吧，不必管我。"说着，她冲姜含元歉然一笑，也不用人扶，自己爬下床榻，胡乱跐了鞋，朝外走去。

见萧琳花脚步不稳，姜含元从侍女手中接过披风，跟了出去。

萧琳花低着头只顾走路，漫无目的，最后穿过一扇门，入了梅园，停在一条小道上。她定定地立着，忽然喃喃道："好快啊，将军姐姐。我记得我第一次来长安也曾和你同席，那时我什么都不懂，你也刚做王妃不久。一转眼，竟有两年了……"

夜风掠过梅枝，在"簌簌"声里，她沉默了下去。

姜含元注视着她的背影，片刻后，走到她的身边，轻轻地将带出来的披风搭在了她的肩上。

"你怎么了？是有心事？"姜含元柔声问道。

萧琳花继续立了片刻，慢慢地回头望向姜含元，目露迷惘之色。

"将军姐姐，你也觉得我不开心吗？可是不应该的。现在王兄很高兴，一起来的人都很高兴，我也是……"她喃喃道。

姜含元知她所言应该是入宫之事。果然，她继续说道："这回早在去雁门之前，我便知道了父王和王兄他们的打算。我是接受的，真的，我愿意为八部做我当做的事。现在事情成真了，我应该高兴，可是……我高兴不起来，甚至有些害怕……"她顿住，望着皇宫的方向。

这是一个满月的夜晚，天空漆黑，圆月孤悬，照着夜幕下方的那处所在。

"你怕什么？"

"我怕皇帝——"萧琳花收回视线，迟疑了一下，终于还是说了出来。

姜含元一怔。

"我本来以为，我是认识他的。可是后来我才知道，原来他根本不是我当初以为的那个人……"

萧琳花的脑海中浮现出当年枫叶城外的树林里，那少年将她哄到树后，蒙了她的眼，哄她不停地唱歌，自己却借机偷偷溜走的一幕。那个时候，当发现自己被他欺骗利用，她虽也十分生气，但过后气消，每每想起，懊恼之余，也似添了几分亲切之感。因为于她而言，那大魏的少年皇帝不再是遥远的、高不可攀的模糊形象，而是一个活生生的真实之人。

然而，那种感觉如今已是荡然无存了。想起当年的他，她甚至有种虚幻之感。

从前她印象中的那个少年，和如今的这个大魏皇帝，他们真是同一个人吗？

事情还要从几个月前说起。当时，她的兄长协同魏军攻下燕郡，战局变得明朗，胜利指日可待，她却发现父王非但没有变得轻松，反而看起来比从前更加忧心忡忡，终日眉头紧锁。战事结束后，王兄归来，父王屏退旁人和他议事，她猜到他们或许要商谈自己的婚事，便悄悄潜去偷听，却没想到竟听到了一些关于大魏摄政王和那个少年皇帝之间的隐秘之事。

虽然一切都是父王自己的猜测和推断，但因为他一直没有放弃和亲的打算，此前一直关注着大魏的朝堂变化，所以应当有他的消息来源。他说的那些事，极有可能是真的。那时她才明白，为何父王此前心事重重——他应该是吃不准大魏的朝局将是什么走向。

后来很快，父王的担忧消失了，一切都顺顺利利，什么变故都没发生。祁王出了长安，少帝亲政，和亲之事也如父王所希望的那样，顺利达成了。她的兄长和此次一同前来的八部之人无不兴高采烈，她表面上看起来也很平静，心里的失望和惶恐却挥之不去。

她再也忍不住了，扑到姜含元的怀里，借着酒意倾诉心底压抑了多时的茫然和惶恐。

"他怎的如此可怕，凉薄至此？我不聪明，可是在枫叶城的时候，就看出来你和殿下对他是真的好。你们怎么可能对他不利？他应该比我聪明很多，怎么就看不出来？"她闭目，含含糊糊地道，"我本以为他还算是不错的……没想到他其实是那样一个人……我瞧不起他！我也有点儿害怕。待入了宫，我不知道将来会是怎样，他会如何对我……"

姜含元惊讶。

她早就知道萧礼先这次来长安的目的。和亲是顺理成章的——这不但是八部的愿望，于大魏而言，迎八部王女入宫为妃，除了能进一步维护战后边地的稳定，也是对八部此前出兵协同作战的嘉奖，是一种荣誉的给予。

萧琳花之前看起来毫无异样，姜含元以为她对这样的安排是满意的。无论如何，将来萧琳花在宫中的地位绝不会低，至于别的……就看将来她和束戬投缘与否了。

姜含元没有想到，原来在萧琳花的心里竟还藏了这样的心事。她想安慰萧琳花，一时却又不知该说什么才好。事情已经定下，失去了转圜的余地，她只能搂住满怀心事的少女。

萧琳花默默地在姜含元的怀中伏了片刻，忽然抬起头，擦了一下发红的眼睛，又冲着姜含元露出一个笑容，随即懊恼地说道："都怪我，晚上真的喝多了，胡言乱语坏了你的心情。将军姐姐你放心，我没事。其实我早就想好了，不管他是怎样一个人，将来如何对我，我努力去做一个称职的妃子，尽到我的本分就可以了。"

姜含元望着眼前这个反过来安慰自己的少女，想起第一次和她见面的情景，倍感欣慰之余，也有几分淡淡的惆怅。

天真烂漫的王女终究也逃不过长大的一天，而长大，便意味着责任和担当。

姜含元说："琳花，你能这样想就好。不过，你也不必过于悲观。我告诉你，殿下虽从未和我提起过，但我知道，他从未怪过陛下。"

萧琳花面露讶色，望着姜含元。

"人无完人，也非一成不变，何况是那位子上的人。他的所思，非你我能够感同身受。从前你在枫叶城见到的少年是他，今日令你感到不确定的陛下也是他。他没有你曾经想象的那么好，但也没有你如今以为的那么可怕。我们都是凡人，他也是。"

萧琳花出神了片刻，慢慢地道："我明白了……我的心情好像好了不少。对将来，不要期望过高，但也不能不抱半点儿希望。尽己所能，剩下的就交给上天吧！将军姐姐，你是这个意思吗？"

姜含元笑了，颔首道："是。你很聪明，将来一定能过得很好。"

萧琳花也笑了起来："多谢将军姐姐——"

一阵夜风吹过，她打了个酒嗝。

姜含元道:"这里风大,你晚上喝了不少酒,当心着凉,回吧。"

萧琳花点头,待要跟姜含元走,忽然又停了步,望向天上的满月:"等等!我听说天上有月娘,我先向月娘许个愿!"

她朝月站定,神色变得严肃,闭目,双掌合十,虔诚地默默祝祷了起来。片刻后,她睁眼,欢喜地说道:"将军姐姐,你猜我方才许了什么愿?我愿天下再无战事,家乡安宁。我愿你和殿下平平安安,仙眷永偕。还有,虽然他不是好人,但我还是许愿,希望他能做个好皇帝,这样的话,就算将来我过得再不好,也认了。"

她转头朝向姜含元,却见姜含元转头正望着她们方才来时的方向,也不知道在看什么。

"将军姐姐,我一下子许这么多愿,月娘会不会觉得我太贪心?"她一边笑,一边循着姜含元的视线看去。

就在那洞门之后,无声无息地立着一人。那人不知是何时来的,在墙壁投下的阴影的笼罩下,也变成了昏黑的影,自然也看不清楚面容,但萧琳花还是凭着那身影所带的少年特有的瘦而直的轮廓认出了人。

她的笑声断了,笑容也迅速消失。她不懂那个人怎会在此出现,睁大眼眸,怀疑是自己看错了。下一刻,那道身影动了一下,慢慢地迈步朝前走,走出墙下的阴影,最后停在月光之下,显出了脸。

那是她所熟悉的面容。她的心跳陡然加快,她想起自己方才说的话,有些不安,还有几分尴尬。

"叩见陛下。"她声若蚊呐。

他没有回应。她低头等了片刻,悄悄抬眼,发现他望着姜含元,似完全没有留意到自己的存在。她一时不知该如何应对,是继续这么等着,还是自己起身离开。

她正踌躇着,耳边忽然传来声音:"你去吧。"

萧琳花暗暗松了口气,也明白他来此应是为寻姜含元,便起身从那身影旁经过,默默走了出去。

姜含元似乎并无多少意外之色。她从对面那少年的脸上收回视线,行礼。

"三皇姊,你不用——"束戬一个箭步抢上前,待要阻止,然而她已下拜,毕恭毕敬，一丝不苟。

"臣姜含元，叩见陛下。"她的声音平静得仿佛结冰的湖面。

束戬已到她面前，伸出的双手落了空，停在半空中僵了片刻，才慢慢地缩了回去。

"三皇婶，你起来吧……"他讪讪地说道。

"谢陛下。"姜含元起身，"敢问陛下，来此有何吩咐？"

束戬没有立刻开口，沉默了片刻才低声道："三皇叔的伤情如何了？"

"有劳陛下记挂，他已无事。"姜含元淡淡地道。

束戬一顿，又道："凯旋之礼……你能亲自回来，我很高兴……多谢三皇婶……"他看着姜含元，脸上露出笑容。

"陛下言重，此为臣下本分。"

束戬闻言，面上笑意渐僵，最后陷入了沉默。

"臣明日出京，今夜也不早了，陛下若无别事，容臣告退。"

姜含元行礼，待要离去，却听束戬开口："三皇婶，我叫你失望了，是不是？"

这声音带着几分虚弱，似是他用了极大的勇气才终于自口中发出。树丛遮挡月光，束戬的面容隐入昏暗，夜色遮掩了颓丧。

"敢问陛下，今夜来此之人，是皇帝，还是束戬？"她问。

束戬一愣，随即反应过来："是我，是束戬！三皇婶，你若是有话，无论何话，都可以说！"

姜含元点头，道："我不知你是何时到的，是否听到了方才我对王女说的话。我对她说，你的三皇叔不怪你。这应该就是你今夜来此的目的——你想听到这样的话，是不是？"

束戬呼吸不稳地追问道："真的吗？三皇叔他当真不怪我？"

"真的。"她看着他，冷冷地应道。

他起先似乎不敢相信，定了片刻，随即黯淡的目光似被注入了光。他忽然急急迈步，朝她走来。

然而，她接着道："你回去后，从此便可获得内心的安宁了。

"你也是受害者。你曾经因猜疑、背弃而做出种种伤害之举，并非出自你的本心,是你的父皇阴魂不散,他逼迫你;是你的大臣争权夺利,他们怂恿你。你是身不由己的,也从没有真正想要他死。瞧,就连你的三皇叔都不怪你。他理解你,知道你情有可原。对不对?"

她看着束戬,目光变得如刀剑般森冷,眉间似有咄咄煞气——那是只有经历过战场厮杀之人才会有的逼人锋芒。

束戬的双脚如被钉住,他无法直视她的眼睛,讷讷说不出话。

"你的三皇叔不怪你,那是因为他不但视你为君,也将你当成他的学生、他的家人、他的后辈。他对你有舐犊之情,怀师长之心。你的父皇是个道貌岸然、彻头彻尾的小人,论无心无肝,束戬,你确实是你父皇的延续!

"你不必和我道什么谢。我和你的三皇叔不一样——我没他那般大度。他不怪你,我为他抱不平。我这趟回来不是为了你的凯旋大典,而是为了我的父亲,为了和我父亲一样为大魏牺牲的英灵,为了所有浴血奋战归来的将士,见证这应当属于他们的荣耀!倘若非要说和你有关,那么也是因为他以及他一心维护的这个朝廷和天下!"

束戬早已经满面羞惭,垂头默立。

姜含元闭目,深深地呼吸,待方才那翻腾在胸间的怒气渐渐平复,才再次睁眸,煞气尽敛。

"这个世上,有人是'天下之人不可负我',有人却是'宁可天下之人负我,我不可负天下之人'。束戬,你的那个位子固然至高无上,然而并非人人都想坐上去。"她最后说完,转身而去。

姜含元走到那洞门前时,身后传来一个带着哭腔的声音:"三皇婶……要怎样你才肯原谅我?"

姜含元停步,默立片刻,回头道:"陛下,你要我的原谅做什么?我是大魏的将军,无论如何都会承先父之志,守好大魏的边地,这就够了。"

她注视着束戬那双于夜色里泛着泪光的眼,又道:"你的帝王之业方始,放心,好好做你的皇帝吧!若你真觉得还有几分亏欠,就谨记当年那位摄政王对你的教导,不要辜负他的期许。"

伴着穿过梅园的夜风,她出了洞门,径自远去。

束戬独自悄然立着,也不知过了多久,又听到一个似是去而复返的脚步声。

"三皇姊——"他飞快地抬起头。

来的不是她。

萧琳花提着灯笼向他行来，步伐迟疑。束戬狼狈地转过脸，背对她。

"何事？"他的声音沉闷而低哑。

萧琳花走到他身后，轻声道："陛下，方才王妃给了我一物，说是祁王殿下和她送给我与陛下的……"

"既给了你，你收下便是。"束戬仍未回头。

萧琳花迟疑了一下，又道："但我不知这是什么，王妃也没说……"

束戬慢慢地转身。萧琳花将灯笼挂在一旁的梅枝上，捧出一只巴掌大小的锦袋。里头的物件看起来并不起眼儿，但她知道，这应当不是寻常之物。她小心翼翼地将它取出，托到灯笼下，展示给他看。

"好像……是一面腰牌，上面还有高祖年号。"

束戬的视线落到她的掌心，定住了。

他的皇祖父武帝在位时，有一面高祖所赐的令牌，铸为鼎状，可调兵马、任免官员。武帝驾崩后，令牌随他落葬，消失在了人间。

然而现在……

束戬死死地盯着萧琳花手中所捧之物，眼皮微跳。他颤抖着手接过此物，反复翻看，终于确定无疑。他恍然大悟，再次定住了。

那面鼎令，当年并未陪葬，而是被留了下来。

他的皇祖父不放心的，应当便是他的父皇，还有自己这样的人——就如三皇姊方才骂的那样，他是个天生的坏蛋。

现在，它却到了他的手上，以如此方式。

放心，好好做你的皇帝吧——他的耳边又响起了方才姜含元说的这句话。

当握着这面令牌之时，他终于彻底明白了这话中的含义。

这鼎令与其说是调兵之器，不如说是来自皇祖父的许可。那个人，曾经手握天下最大的利器，名正言顺。

萧琳花见束戬握着令牌，双目死死地盯着它，神色似哭似笑，在晃动的灯笼光下，显得极为诡异。她不禁心里发毛，忍着掉头就跑的冲动，参着胆子问："陛下，你怎么了？"

他没有回答，只是慢慢地跪到了地上。起先，他一动不动，片刻后，肩膀微微抽动，渐渐抽得越来越厉害，一声低沉而压抑的哽咽传入她的耳中。

他竟在哭泣，当着她的面。

萧琳花被这一幕惊呆了，一时手足无措，不知该如何是好，在一旁呆呆地看着。

他痛哭不止。她犹豫了片刻，终于定下神，俯下身去，低声安慰道："陛下，你怎的了？你莫哭了……"

她递上自己的手帕，他却忽然起身，面带纵横的泪痕，迈步朝外冲了出去，身影消失在门墙之后。

萧琳花反应过来，慌慌张张地追了出去，然而哪里还有他的身影？她正焦急地左右张望，恰好看见永泰公主，上前想要问，却见永泰公主摇了摇头，示意不必再追。

"陛下走了。放心吧，无事。"永泰公主望了一眼束戬离去的方向，出神了片刻，慢慢地说道。

束戬追到祁王府，却被告知王妃已经走了——她回来后便走了，连夜离去。

束戬又掉头，马不停蹄地一口气出城，追到了渭水之畔。附近巡夜的守桥士兵看到皇帝到来，急忙拜见。

"王妃刚走，过桥去了。"

束戬一言不发，纵马上桥，继续朝着前方追去。

一旦过了桥，束戬便将离开长安。今夜贾豻一直随他同行，见状焦急地喊道："陛下！请止！"

桥下渭水奔涌，滔滔不绝。在风声和水声中，束戬缓缓停马，抬起红肿的眼望向前方。

那里被夜色笼罩，漆黑一片，已经看不到她离去的身影了。过去，再过去，一直向北，便是雁门，是燕州，是幽州，是刚刚得到安宁的大魏的辽阔北疆。

贾豻带人终于追上了皇帝，见束戬独坐马背，向北而望，背影落寞。他迟疑了一下，示意手下停步，等在桥头之下。

过了良久，束戬下了马，整好衣冠，向北跪下，在身后众人诧异的目光中，向着前方那片空旷寂静的无边夜色郑重叩首。随后，他上马，掉转马头，穿桥而过，朝着城池归去。

姜含元本计划明日出京，然而归去的念头突然间变得急迫无比。

她出来已经有些时日了。他一定很想念她，她也是。她想念那个男子，想念的程度前所未有。

在这里该做的事都已经做了，她完全无法再等待下去了。

夜太长，她渴盼立刻便见到他，恨不能插翅飞到他的身边。

她便是如此，被心底忽然烧起的热切之感催促着，纵马出城，经过渭水上的那座桥，沿着嫁入长安时走的旧道，连夜踏月北归。归途风尘仆仆，霜满关山，但她的心里带着热意。终于在半个月后，她赶回了雁门。

不巧的是，束慎徽不在。

一名副将说，几天前束慎徽和雁门令一道外出巡视去了，应当这两日就能回。

战事结束了，雁门附近的人口日渐增多，不但民众从四面八方迁徙而来，军中也有部分士兵将开始屯田，从握刀变成握锄，在当地娶妻，往后过上普通人的生活。原来的地方已是容纳不下这许多人，如何安置平民和开垦田地便成了雁门接下来要解决的问题。

束慎徽和雁门令外出，便是去勘察一个合适的新的聚居之地。

"路途劳顿，将军先去休息，我派人去送消息。"

姜含元知道束慎徽去的那个地方，位于雁门往北数十里。她说不用，自己骑马去寻。

她出城行了一段路，在一条土路上看见一支自远处行来的几十人的队伍。那是刚刚抵达的又一批民众。

队伍渐渐近了，队伍中有十来户人家，应该是从同一个地方迁徙而来的。他们衣衫破旧，家当简陋，脸上带着尘土，但每一个人的精神看起来都很不错。

他们到了雁门就能分到可供开垦的土地了。听说朝廷很快也会下旨，十年之内不征这些战后开垦出来的田地的赋。北地居民的日子从来不易，但已能见曙光。

土路不宽，他们到了近前，姜含元便往路旁避让，让队伍先行通过。就在队伍快要过去的时候，姜含元留意到了走在队伍最后的一户人家。

那是一个三口之家，男人在前拉着一辆独轮车，车上放满家当。在一堆包袱和一袋粮食的中间，坐了母女二人。女人勤快，行在路上也不忘纳鞋，低着头飞针走线。她身旁的女娃穿着打了补丁的衣裳，但洗得很是干净，怀里抱了一只小羊羔，乖乖地坐着。忽然车子震了一下，陷入一个坑里，拉不出来。女人急忙放下针线，跳下车，在后面帮男人推车。很快，车轮出了坑。女人从茶壶里倒了一碗水，递给男人。男人接过，几口喝完。女人替他擦了擦脸，爬回到车上。男人拉起车，追着前面的同伴，继续前行。

这是极普通的一家人，但姜含元认了出来，这个妇人就是从前那位和她有过一面之缘的寡妇。

她一直没有忘记当年的那对母女，后来虽无暇过去探望，但一直有所照应。先前樊敬还曾告诉她，那女人如今带着女儿已经重新开始新的生活了。没想到这么巧，她们会在这里遇到。

那个抱着羊羔的小女孩，应该就是当年那个曾爬向她的女婴。

一切仿佛还在昨日，女婴小手的那种触感似还留在她的掌心。然而这是错觉，白云苍狗，朝暮变幻，当年的女婴已长得如此大了。

姜含元凝视着车中的小女孩，小女孩也终于留意到了这个远远地站在路边一直瞧着自己的人。起初，小女孩怯怯地躲在母亲身后，睁大眼睛回头悄悄张望。随即见姜含元朝自己微笑，大约是受对方笑容的感染，小女孩迟疑了一下，终于也朝姜含元笑了起来，笑完又有些羞涩，抱紧小羊羔，飞快地缩回了母亲的身后。

姜含元莞尔，目送载着小女孩的独轮车随队伍远去，继续前行。

她在走出十几里后，遇到了归来的雁门令一行人，但是束慎徽没有同行。

雁门令告诉她，祁王原本同路归来，但在前方的一个路口停了下来，说想去一个地方，今夜不回城了，于是分道，一行人先回来了。

"殿下不知将军提早归来。天色不早了，将军不如先回城，下官可代将军去寻殿下。"

"他有没有说要去哪里？"姜含元望向四周。

雁门令摇头："殿下未曾告知，下官也不好问。"

此时已是黄昏，他只带了一匹马、一张弓，应是临时起意。他会去哪里？

她环顾四周，斜阳垂落，金光漫天。当视线落到一个方向时，忽然，她想起了一个地方。

雁门令不知她为何忽然凝神，循着她的视线望去，视线尽头之处，群山邈远，晚霞如烟。

"将军？"

"你回城吧。傍晚又到了些百姓，你叫人接应好他们，不必管我。"她道了一句，随即纵马朝那个方向疾驰而去。

姜含元沿着十三岁后便再也没有来过的小道，曲曲折折地骑马行了一夜，终于在天将明时到了故地。

她行在荒草湮没的野径之上，在不断被惊起的野狐走兔的陪伴下，一路向前。最后，她停了马。

前方不远处，一道身影正立在昔日少年曾来过的那座土台之上。

寒晨霜晓，野地微白，寒凉的风"簌簌"吹过。她望着那道背影，渐渐地，心里却涌出了温暖的感觉。他仿佛有所觉察，忽然回过头，当看到立在野径另一头的她时，他的目光定住了。

姜含元迎着头顶渐明的天光，粲然而笑，继续迈步朝他走去。

她走了之后，他便开始等着她归来。日子很是漫长，她不在，他颇有度日如年之感。

昨日归来，行经当年和她偶遇的路口，他想起了这个地方，若发少年之气，转道行了一夜至此。他没有想到，她竟会提早归来，若心有灵犀，寻他到了此处。

他迎了上去，到了近前，还没来得及张臂，她便一下子扑到了他的怀里，环住他的腰。

就在这一刻，天地之间的满目萧瑟之景仿佛瞬间消退，他的胸中油然生起了喜悦与充实之感。他抬臂抱住她，缓缓收拢双臂，直到将她紧紧地拥入怀中。

"你回了……"

他的话音未落，姜含元抬头，双臂改而环住他的脖颈，吻他。

"我想你，提早回来了。"她说。

许多年前,她曾为他引路,带他来到这里。今日,她踏着荒径,在晨曦之中,再次来到了他的身边。

人生纵有遗憾,斗转星移,百代过客,这一刻,他的身边有她,足矣。

姜含元在他的眸中看到了自己的影子。

"你怎不说话——"

她被他反吻住了。一个长长的亲吻过后,他慢慢地松开她。

"我也想你,极为想你。"他凝视着她,笑道。

天和七年。

这一日,一支由十来人组成的不起眼儿的马队从长安巍峨的城门下列队而出,朝着南方行去。

这是护送官员去往任上的队伍。那名官员和他的随从一样,身穿便于骑马的常服,在遍地紫金的长安城中,没有丝毫引人注目之处。但若有人留心观察,就会发现此人目中若藏明光,面容仿佛岩石般沉着,给人一种不容轻视的威严感。

这个即将赴任之人,便是陈衡。

距离那场北方之战已经过去了四年,祁王夫妇坐镇幽州,北境安定。当年的那位少年皇帝,如今也满十八岁了。亲政这几年,他对内励精图治、省刑减赋,使朝政修明,对外则在消除了北狄这个最大的外患之后,频繁遣使,远播国威,令四海来朝。年轻的帝王威望渐长。

谁知,就在四海升平之际,去年南方却出了乱子:有藩王贪得无厌,名义上朝贡大魏,实则用各种借口向朝廷索要金银、丝绸、盐铁、香料。朝廷稍微不予满足,他们便作乱威胁,反复无常。

这样的情况其实已经持续多年,只是从前大魏将主要精力放在了北方,对于南面诸多藩王一直是以羁縻安抚为主,这才滋长了当中一些不知天高地厚之人的骄狂之气。去年,南方最大的藩王又借机生事,想以此获取更高的地位和更丰厚的赏赐。

皇帝正是血气方刚的年纪——如今连北面曾经不可一世的狄人也不敢南下半步,他又岂能对南方藩王一忍再忍?况且,朝廷若是不将南方诸藩打压下去，恐怕西南也会跟着造势。于是，皇帝派使节前去申斥，引得那藩王心怀怨怼，联合大小势力反叛。皇帝等的就是这个，当即发兵南下平叛。叛乱数月便定，但如何整顿成了一个难题。朝廷意欲派遣官员坐镇，然土人不服管教，且语言不通，当地又气候迥异，湿热易生瘴疠，还有人三天两头滋扰生事。朝廷派去的官员走马灯般地换，局面却一直无法令朝廷安心，于是有人想到了曾经的并州刺史陈衡。

武帝之时，陈衡便曾被派去南方都督军事，兼理政务，将大小事务处置得井井有条，政绩斐然。应对如今这种局面，他应当得心应手，是最合适之人。就这样，在北方大战过后便辞官归隐的陈衡被皇帝召了回来。皇帝相请，陈衡应允，当即被委任为刺史，前去赴任。

陈衡出了长安，路过江南。这日傍晚，他行经钱塘，落脚驿馆，收到了一封拜帖。

拜帖来自当地官员高清源。

这位高清源便是几年前在摄政王南巡之时崭露头角的永兴县令。他被升为东南河道特使后，始终心系水事。靠着他兴修的水利工程，去年江南度过了旱灾，收成虽然不及往年，但比起别地歉收，可谓成效卓著。皇帝也知道了他的名字，不久前下了一道圣旨，擢他入了工部，在全国各地勘察水文，兴修水利。下月，他便将赴京就职。

自去年起，南方的藩王闹得有点儿凶，高清源自然也很关注。最近得知陈衡被派去那边做官，知其身份，他本就敬仰之，又听闻陈衡和祁王有旧，而祁王正是自己的伯乐……如今他既知陈衡到了钱塘，于情于理都要拜望一下。

陈衡一路南下，不知拒了多少刻意结交的官员。但对高清源，他也听说过，知道高清源是个做实事的官员，又见其拜帖言辞恳切，便未拒绝，邀其驿馆相见。

一番寒暄过后，高清源请陈衡多留几日，以便自己尽地主之谊。陈衡道："我早年也在江南行走，算是半个旧人，无须客气。何况情况紧急，不容耽搁。"

高清源不敢过多打扰陈衡，坐了片刻便告辞了。临走时，他道："下官能有今日一展抱负的机会，全赖祁王提拔，然当年一面之缘后，再无机会拜谢，耿耿在心。祁王母妃虽在钱塘，但一向清修，不见外人，下官也不敢打扰。听闻陈刺史与祁王交情不浅，日后刺史若见到祁王，还望代下官转达问候之意。"

高清源意切辞尽，陈衡应下。高清源欣喜，深深拜谢。

送走高清源，陈衡在驿馆屋中独坐，最后信步而出，不觉来到湖畔。

江南三月，草长莺飞。白天的踏青之人散去，周围渐渐恢复了宁静。

这里是他年轻时来过的地方，而今再次踏足，他已是旅人之身，山水依旧，鬓却星星。

祁王当年曾经修书给他，请他代为照顾母亲。

这个世上，放不下她的人，还有另外一个人，那个人便是武帝。

祁王对他的请托，也是武帝的遗愿。当年他曾收到过一道密令，允他在她出宫回江南之后，带她归隐山林。

然而，无论是祁王还是武帝，他们都想错了——他还是当年的陈衡，但他心中放不下的那个人，已不是当年的吴越王女了。

武帝待她极好，甚至可以说，给了她一个帝王能给的最大限度的宠爱。人非草木，多年朝夕相对，在她的心目之中，武帝怎可能毫无印痕？

她出了宫，回到了出生、长大的地方，然而，便如流水东流不复返，断了的前缘也不可能再续了。

他知她就在那个地方，一切安好，就够了。

他该回了。天明后，他将继续上路。

陈衡从远处的行宫上收回视线，悄然离去，身影渐渐消失在夜色之中。

一辆从远处驶来的马车不知何故停了下来，待陈衡离去，方继续前行，来到了通往行宫的山道之下。一名模样干练的妇人从车里下来，带着几名仆妇和随从，快步上去，入了宫门。

这妇人便是庄氏。

庄太皇太妃已数年不曾来过这里，明日却将归来，为了迎接一个她期待已久的人。为了那个人，行宫早早便被里外收拾一新，宫中上上下下的人更是翘首盼望那个人能早日到来。

能叫庄太皇太妃如此紧张的，天下只有一人，那便是三岁的善儿——祁王和王妃的女儿。她一出生，便被皇帝封为永乐公主，此前一直跟随祁王和王妃在幽州生活。今年年初，祁王夫妇打算带小公主回一趟江南，探望庄太皇太妃。

这是小公主出生后和太皇太妃的首次见面，庄太皇太妃闻讯极为欢喜，日盼夜盼。没想到不巧，就在出发之前，幽州竟临时出事，祁王夫妇无法成行。两人商议了一下，决定让樊敬照原计划送女儿南归，以慰太皇太妃的思念之情。

算着日子，还有七八天小公主才能到，但庄太皇太妃已是迫不及待，打算明天便到行宫等她。庄氏今晚便提早过来打点一番。

第二天，庄太皇太妃悄然乘舟从后山抵达，到行宫的第一件事便是去看给善儿准备的屋子。那屋子在她的寝堂隔壁，方便照顾善儿。屋中器具精美，床榻柔软。

庄太皇太妃一边看，一边道："善儿还小，第一次出远门便是自己一人。谨美和兕兕怕是为了我，委屈了善儿。我怕她想念父母，来了会不习惯。"

庄氏笑道："太皇太妃放心。张宝捎来消息，说小公主是自己想来看太皇太妃的，当时听说不能来，伤心得很，殿下和王妃这才安排樊将军送她来了。"

庄太皇太妃闻言欢喜，又道："也不知道她口味如何，你多准备些东西。"

庄氏呈上一张单子："小公主爱吃什么，我先前已问过了，每天准备。另外将时蔬果子、各色糕点也都备上了，看小公主的喜好。好在这个季节春鲜繁多，要什么有什么。"

庄太皇太妃点头笑道："这就好。现在就盼着善儿到了。"

说着，她低了头，仔细看着单子。

庄氏将侍女都屏退，待屋中只剩两人，欲言又止。庄太皇太妃抬头看了她一眼，笑道："怎么了？"

庄氏想起昨夜来时在湖边偶然瞥见的那道身影，顿了一顿，终于还是说道："昨夜我来的时候在附近见到了一人，很是眼熟，像是陈刺史……"

庄太皇太妃一怔，面上的笑容慢慢消失。她起身走到窗边，沉默地望着外面的湖水。

"陈刺史在湖边立了片刻便走了。我想着，既看到了，也不好隐瞒，便告知太皇太妃。"

庄太皇太妃依然沉默。

庄氏迟疑了一下，望着她的背影轻声道："太皇太妃，恕奴婢斗胆，武帝允太皇太妃出宫，本便是希望能有人替他照顾太皇太妃余生……"

庄太皇太妃回头，缓缓道："他和谨美不懂我，你也不懂我吗？倘若有心，我又何须等到现在？"

庄氏一愣，顿悟，急忙惶然伏地请罪。

庄太皇太妃露出淡淡的笑意："我并不寂寞，如今这样，一切很好。我所余最大的心愿，便是身边之人一切安好——对陈刺史也是一样。"

她沉默了片刻，又道："他应是去往南藩路过了此地。南藩多瘴疠毒虫，我这里有张从前父王传下的灵方，你派人送给他，就说统理政务之余，勿忘保重身体。"

庄氏恭敬领命，转身出去，叫来人吩咐了一番，正要回去复命，却听门外传来一阵急促的脚步声。一个侍女喊道："太皇太妃！太皇太妃！小公主到了！小公主到了！"

行宫山道下的路口处停了几辆远道而来的马车，随从正忙着卸下箱笼。一个穿黄衫绿裙的小女娃迫不及待地从车厢里探出身子，想要自己下车。张宝阻止道："小公主，当心摔了！奴婢抱你下来。"

"不用你抱，我自己能行的！"伴着一个稚嫩娇软的嗓音，那小女娃便出现在了车厢的门后。

她天生胆大，活泼好动，虽然个子才如豆丁那么高，但在幽州时便喜欢自己下马车。姜含元事忙不管，束慎徽则是对女儿宠爱无边，似这种事，无不随她自己意愿。

张宝赶紧端来小公主专用的小方凳，放在马车下面。她伸出胳膊抱住车辕，身子在空中晃悠悠地荡了两下，两只小脚便踩在了方凳上，接着便稳稳落地。她刚站定，就轻车熟路地提起及踝的裙裾，立刻朝前奔去。

"哎哟，小公主！等一下！你的披肩！"张宝慌忙抓起她的小披肩追了上去。

"我不冷！不要穿！"永乐摇头。

"出来前王妃是怎么说的，小公主忘了吗？"张宝挡在她的面前哄道。

"好好穿衣，不许乱跑，不许调皮……"

"等下就见面了，要打扮得整整齐齐，不能失礼。"

永乐只好站定。张宝替她穿上披肩，系好衣带，打了一个漂亮的蝴蝶结，趁她还站着，又赶紧从怀里掏出常备的小梳子，再替她梳好被风吹得凌乱的刘海儿。

她好奇地打量周围，忽然视线落到张宝身后。张宝扭头，远远地看见庄太皇太妃竟亲自出宫迎接，慌忙藏了梳子。

樊敬已带人疾步而上，一番拜见。庄太皇太妃问起他们为何提早到来。实情是小公主精力太过旺盛，几乎日日天不亮便醒，催促上路，众人叫苦不迭，樊敬却不好直说原因，只说一路顺利，提前到达。

庄太皇太妃口里和樊敬说话，眼睛和心却早已飞到了那个正被张宝牵来的小女娃的身上。只见那小女娃穿着黄衫绿裙，披了件小披肩，头发乌黑，垂髫齐肩，刘海儿弯弯，一双圆溜溜的眼好似两颗晶莹的黑葡萄，站在她面前，微微仰头看着她。小小的人儿，灿烂明亮得好似一株太阳下的花。

庄太皇太妃上前搂住永乐。

"善儿见过皇祖母。"永乐在庄太皇太妃怀中一动不动，显得很是乖巧。

庄太皇太妃凝视着她，感觉心都要化了，一时竟不知该怎么疼爱才好："小心肝儿，路上累不累？"

永乐摇头："善儿不累。"

庄太皇太妃连连点头，在庄氏等人的欢声笑语里，带着永乐入内。

庄太皇太妃本还担心永乐在这里不习惯，怕永乐想家，但很快就发现是自己过虑了。永乐初来乍到，满目所见风物和从前大不相同，日日外出游玩，乐不思蜀。庄太皇太妃自是求之不得，恨不能将永乐长留在身边。

直到两个月后，渐渐地，永乐不说出去玩了。庄氏也悄悄说，小公主睡梦里喊着父王和娘亲，怕是想回家了。

庄太皇太妃虽然很是不舍，但也知永乐这一趟离家时日不算短了，便召来樊敬，叫他准备上路。

半个月后，一行人收拾好了行装，永乐小公主结束了这趟探亲之旅。她和庄太皇太妃依依不舍地告别，约定下次再来看皇祖母。

如来时那样，没有惊动任何人，一行人踏上了回往幽州的路。

出城后，道路渐渐空旷，路上车马开始稀少。樊敬骑马行在最前，在经过一个通往长安的岔道口时，发现路边的树林旁忽然出现了一队人马。那队人马有几十人，个个彪悍孔武，一色的大户人家随从打扮。

官道太平，何况这种地方非穷山恶水，这些人的样子更不像是拦路之辈。但直觉告诉樊敬，这群人并不寻常，似乎就在等着自己这一行人的到来。

因为不想过于引人注目，他们上路之后并未张起表示身份的旗帜，队伍里有足够多的好手，但马车里的人是小公主，容不得半分差池。

樊敬立刻戒备，令马车放缓速度。这时，那队人马当中的一个男子骑马靠近，很快到了近前。

"樊将军！"陈伦面带笑容翻身下马，朝樊敬大步走来。

樊敬一怔，忙也下马，一番寒暄后，问陈伦何事。陈伦收住笑，低声道了一句话。樊敬顿住了，抬起头，就见那些随从打扮的禁军已迅速分队，拦在了两边的路口处。

车队不知怎的突然停了，张宝下去后也一直不见回来。永乐一个人在车厢里等得着急，喊了张宝几声，不闻回应，就喊樊敬："叔公！我要走了！我不喜欢停在这里——"

她推开车门，发现外面鸦雀无声，人都跪了一地，包括她的樊敬叔公。

"叔公！你们怎么了？为何都跪在地上？"她疑惑不解。

张宝匆匆上前，低声道："小公主，奴婢带你去见一个人。"

"是谁？"她问。

"小公主见了就知道了。"

张宝将她带下马车，牵着她走进路边的林子里，随即躬身退了出去。

永乐站定，见对面有个陌生人，长得高高瘦瘦，正眼睛一眨不眨地盯着自己瞧。永乐困惑地和他对望，片刻后，却见那人忽然咧嘴一笑，露出一排白牙，接着大步走来，到了她的面前，弯腰伸手过来，似乎想要抱她。

永乐往后退了一步，飞快地将手缩回身后藏了起来，不让他碰自己。

"你是谁？"她仰头盯着他问道。

束戬收了手，慢慢地蹲下去，看着小女娃那双充满戒备的漆黑亮眸，用他最为温柔的声音说道："我的名字叫束戬，我是你的阿兄。"

永乐仿佛想到了什么，脸上的戒备之色消失："我知道了！原来你就是我那个住在长安城里的皇帝阿兄啊！"

束戬一愣,不知为何,心情也跟着欣喜了起来。他用力颔首道:"是,我便是你的阿兄!"

"阿兄,是你封我做永乐公主的!"

束戬笑了:"往后你想要什么,告诉阿兄,只要阿兄有,就一定给你。"

"阿兄,你对我真好!"永乐欢天喜地地说道。

"阿兄,你怎不在长安?你在这里做什么?"她又好奇地问道。

"我是特意来等永乐的。你想不想跟阿兄去长安的皇宫里玩?"

永乐眼眸一亮:"真的吗?我可以去皇宫里玩?"

"当然可以。那里便是你的家。"

永乐正要点头,忽然迟疑了一下,又摇头道:"不行。我要先问一问我的父王和娘亲,我能不能去长安。"

"阿兄等你。长安宫中的门永远给你开着。无论何时,只要你肯来,阿兄便去接你。"

"好!"永乐欢喜地道,"阿兄,你也可以来幽州找我们玩的!父王还有娘亲他们看到阿兄一定也会很高兴的!"

束戬一顿,也应道:"好。"他声音有些低沉地说,"等到有一天阿兄能去了,一定去"。

"一言为定!"永乐神色严肃地伸出小手,效仿大人做出击掌之状。

束戬一愣,随即大笑出声:"一言为定!"

他的大手五指张开,和她的小手郑重相击。

"阿兄,我要走了!我要回家了!"

"阿兄这里有样东西要送你,就当见面之礼,你带回去。"束戬取出一只巴掌大的、封了口的锦袋,递到她的手上。

"这是什么?"锦袋有些沉,永乐急忙用双手捧住。

"这原本就是你的。"

她的皇帝阿兄说了一句她听不懂的话,随即将她抱了起来,在周围人的注视之中,送她到了她的马车前,轻轻地将她放进车厢。

"上路吧!"束戬转头对周围的人道了一句。

属于善儿的人生第一次远行结束了，陈伦奉命一同护送她回去。

这一年的夏末，当女儿回到身边，姜含元发现她的个头长高了不少。束慎徽和陈伦多年不曾见面，这一回能以这样的方式再度相逢，很是惊喜。两人纵马出城，游猎行乐。

姜含元和女儿也有说不完的话——或者说，是善儿有说不完的话。

善儿不停地对姜含元讲着自己这趟南下的种种见闻，快乐无比。姜含元耐心地听着女儿描述她的感受、新认识的每一个人，包括她的皇祖母还有她的皇帝阿兄。

"他可喜欢我了。对了，他还送给我一样东西，说是给我的见面礼！"

善儿忽然想起见面礼，急忙拿出那只锦袋，捧着递给母亲。姜含元望去，一怔，接过后将锦袋里的物件取出，视线随之定住。

"这是什么？"

她耳边响起了女儿的问话声。

姜含元回神。

"这是你皇祖父的东西。"她缓缓地道。

小公主依然听不懂，有些困惑，但很快就将此事丢开，又想起了另外一件事："娘亲，长安是什么样子？比燕郡还要大吗？皇帝阿兄想让我去长安玩，我可以去吗？"

姜含元对上女儿热切的目光，沉默了片刻，道："你若想去，便去吧。"

善儿欢呼："太好了！下回我能去长安了！"

姜含元长长地呼出一口气，心中隐隐涌出了一阵释然。

三日后，束慎徽送陈伦南归，出燕郡数十里。陈伦请他留步，呈上了一封厚厚的信。

这是皇帝命陈伦转交给祁王的一封私信。

送走陈伦，束慎徽停马于道旁，看着手中的信，片刻后，启了封蜡，取出信。

这是四年以来，他第一次收到来自束戬的私信。熟悉的字迹映入眼帘，墨迹工整，犹如当年那少年要交给他的策问答卷。

信中开篇详细记录了束戬亲政这几年来的重要政令，包括去年对江南旱灾以及南藩之乱的应对和考虑。他说，政令固然见到一些成效，但他也知道尚有许多缺漏之处。如今他才知道,从前那些要做如皇祖父那样的皇帝的话,是何等无知狂妄。他必警醒,不敢懈怠。

信中还言,他听说皇妹善儿到了江南,有心接她去往长安,却又怕冒犯。待善儿归去,他更是恨不能亲自护送,但思前想后,还是未能成行。

他并非不愿,而是不敢。

他曾经被权力迷心蒙目,愧对尊长。时至今日,他依然没有资格站到三皇叔和三皇婶的面前。

那面鼎令是圣武皇帝之遗物,不该由他留存,转赠皇妹,留作念想。

最后他说,有朝一日,待到自认有所作为、未曾辜负尊长,他必会亲自来相见。待到那日,他唯一所盼,便是能够再听他们唤他一声"戬儿",如此,则再无憾。

最后,他顿首,再拜。

束慎徽看完了信,抬头遥望长安,微微一笑,收信,驱马回往郡城。

他行至城关前时,已是黄昏,夕阳斜照。他远远地望见姜含元带着善儿,正立在城楼之上。

夕阳之下,一大一小两道身影,等他送行归来。

这个场景,不知怎的,忽然令他想起了多年之前在云落城的谷地里,他曾做的那个梦。

那个时候,她在他的身边,有个小女娃在他的梦里。

而这一刻,梦里的女娃成了真。

他微微恍惚之时,缠着姜含元上城楼等父王归来的善儿看见了他,兴奋地冲他招手,高声呼唤。

很快,小小的身影便从城门之内奔了出来。

束慎徽下马,大步迎了上去。姜含元笑着,静静地看着这一幕。

他一把抱起女儿,踏着余晖,向她走去。

番外　与子偕老

　　守岁之夜，屋外朔风怒号，大雪飞扬，善儿的父王和娘亲从午后开始便出去巡边了。

　　如此风雪，如此一个特殊的日子里，他们一起去探望那些仍守在岗哨上的士兵。善儿便乖巧地留在屋中，翘首盼望二人归来。

　　夜渐渐转深，伴着炉内柴火燃烧所发出的轻微的"噼啪"爆裂之声，昏昏欲睡之际，善儿忽然听到院中传来张宝和人说话的声音，并一阵"咯吱咯吱"的踏雪之声。她一下来了精神，睁眼就从摆在火炉旁的坐榻上翻了下去，飞快奔出，一把打开了门。

　　一阵杂着雪片的大风迎面卷来，吹得她差点儿站不住脚。隐隐地，她看见两道披着厚氅的身影正从外面向着这边走来。

　　"父王！娘亲！"她欢喜地嚷完，不顾身后追来的阿姆和几个侍女劝阻，飞快地冲出门，穿过庭院朝着他们奔去。

　　不过半夜工夫，地上的积雪便堆到了她的腿部，她跑到一半，脚就陷在了雪里，怎么拔也拔不出来。

　　束慎徽大步来到近前，笑着将女儿从雪地里拔萝卜似的一把拔出，又把她高高举在空中。凉丝丝的雪片不停地飞在善儿热乎乎的面颊上，还有几片钻入了她的领子。她冷得情不自禁地缩了缩脖子，却快乐地大笑。姜含元在大门外吩咐完事，进来看见，催促父女快些进屋。束慎徽只好朝着意犹未尽的女儿做了个无奈的表情，随即笑着解开毛氅，将她小小的身子全都裹入他的暖怀之中，听从姜含元的话，抱她入了屋。

炉火旺燃，屋中暖如三春。循着传统，吃食摆上了桌，黄酒暖在小泥炉上，一家三口今夜不眠，一道守岁。

善儿坐在父亲的腿上，吃着娘亲为她剥的刚烤好的火栗子，香甜的烤果儿和热酒的香气渐渐弥漫了整间屋。

善儿吃饱，缠着父亲，要他给她讲他小时候的事。束慎徽为了叫女儿满意，绞尽脑汁回忆，最后连他躲懒不想上学，把太傅的书悄悄藏起来，后来被发现吃了责罚的糗事也供了出来。

善儿意外于在她的眼中向来清正儒雅的父亲小时候竟也会做这样的事，不禁大乐，刮着脸蛋儿羞他。

"还有娘亲呢！娘亲从前是怎么过的？"善儿意犹未尽，又追问母亲。

姜含元一笑，想了下，道："娘亲没你父王那么多事，整天都在射箭练武。"

善儿看看娘亲，又扭头看看父王，忽然生出强烈的好奇之心："父王、娘亲，你们是怎么认识的？又怎会在一起了，生出了我？"

束慎徽刚喝下一口酒，差点儿呛住，缓过来，想含糊带过女儿的这个疑问，却见她执意要听。

或是拗不过女儿的执着，或是那一段少年里的往事、那个夕阳中的傍晚，无论什么时候想起，总会令他感到如在昨日，似梦如幻，然而又带了几分浅浅的遗憾……

他看了眼对面也刚饮过几杯暖酒，面上泛出一层浅浅酡色的她，在神游中迟疑了片刻，终于，微笑道："当时父王十七岁，你阿娘十三岁。有一天，父王在路上遇到了你的阿娘，叫她领路，便是如此，我们第一次见面，并得以相识……"

束慎徽终于讲完了他和姜含元于少年时代的那一场初会，没听到女儿有任何反应，以为她睡着了，低头却见她正用小手托腮，出神似的在想着什么。

接着,她像个小大人似的,轻轻地叹了口气:"真好啊!善儿要是也能亲眼看到你们从前相遇,那该多好!"

束慎徽笑着揉了揉女儿的脑袋,和姜含元对望一眼。

和姜含元少年相遇的往事,无论什么时候想起,哪怕到了他们白发苍苍时,也一定是最美的一段回忆。

这一夜的后来,善儿熬不住困,手里握着娘亲平日珍藏的玉佩,在相拥着于火炉前继续守岁的父王和娘亲的身边,沉沉地睡了过去。

当她醒来的时候,意外地发现自己独自站在了一处岔道之上。

这是她从来没有到过的地方,周围是陌生的荒野、远山,以及山头之上一轮将要下沉的落日。在不知离她多远的某个方向,她隐隐能听到些士兵晚操时发出的杂声,仿佛那里有座军营,但是在她的周围,除了野风吹过荒原和山林发出的响声,看不到半个人,也听不到任何别的动静。

起初她害怕极了,站在原地,哭着喊她的父王和阿娘。慢慢地,她想到自己是父王和阿娘的女儿——他们都是了不起的人,她不能这么胆小。她停止哭泣,擦去眼泪,鼓足了勇气,决定循着风来的方向去找那个军营,看能不能在那里找到她的父王和阿娘。

就在这个时候,远处一片黄昏的光里出现了一道骑马的身影。那人很快到了近前,透过一双含着朦胧泪光的眼,善儿发现那是一个做小兵装扮的少年,沉默而瘦弱,看起来丝毫也不起眼儿,然而有着一双明亮的、似落星般的眼睛。

就在看到这双眼的一刹那,善儿便知道了,这小兵便是她的阿娘!

她也想了起来,父王告诉过她,他和阿娘第一次相遇的情景……

善儿小小的一颗心禁不住"怦怦"地跳。她呆呆地站在路上,看着阿娘骑马来到自己的面前,停下,用困惑的目光瞧着她,仿佛迟疑着,一时不知该怎么办。

"娘亲!"善儿喊了一声,朝她奔去。

姜含元着实是被这小女娃吓了一大跳。

安乐王巡边结束,她方送走外祖,趁着暮色,正要回往军营,却不期在这野道上撞见了如此一个小女娃。小女娃穿绫罗裙裳,生得如玉如雪,一看便是富贵人家出来的,然而不知为何,竟独自一人落在了这荒野道上。

天很快就要黑了,此地虽然距离军营不算远,但入夜之后难免会有走兽出没。如此小的一个女娃,既然遇上,让她不管不顾地自己走人,自是于心不忍。但对于从小孤单、寡言少语的她而言,和小女娃搭话,别吓到孩子,似乎也不是件容易的事。

正当犹豫自己该如何开口之时,姜含元竟听到小女娃喊自己"娘亲",惊吓过后,简直不知所措。姜含元回过神来,发现她已奔到马前,仰着头,高举双臂,要自己抱。

姜含元无可奈何,只好下了马,蹲到小女娃的面前,打量着她,用能发出的最为温柔的声音,小心翼翼地问:"你是谁家的女娃?你叫什么名字?怎会一个人来到这里?"

"娘亲!我是善儿啊!你不认识我了?"善儿撅了撅嘴,又想再哭,忽然醒悟过来。

面前的娘亲如今还是那个女扮男装的小兵,还没和父王相遇,更不用说长大、成亲,再生下自己了。她是遇到了少女时代的阿娘!

"娘亲!我是你将来的女儿!我叫善儿!"她又欢喜了起来,破涕为笑。

这样的奇遇实在太过好玩了,她喜欢面前这个看起来有些慌张又拘谨的娘亲,少女时代的小娘亲。

姜含元看着面前这小女娃一会儿眼泪汪汪,一会儿露出笑颜,又听她一再强调是自己的女儿,未免啼笑皆非,又有些犯愁。但不知为何,渐渐地,姜含元心里竟也生出了一种从未有过的温情的感觉,好似……这小女娃真的和自己有着某种神秘而奇妙的关系,只是自己一时想不起来而已。

她沉吟了下,决定先将这从天而降的女娃带回军营,忽然见善儿好像又想起什么似的,东张西望,口里小声地嘟囔:"父王呢?父王怎么还没来?"

姜含元莫名其妙地环顾四周,并不见什么人,只远处西山后的落日越发沉坠,金色的夕光如绸缎一般流淌,铺满了整片旷野。

"善儿,你先和我回军营好不好?"姜含元耐心地哄劝。

话音刚落,小女娃眼眸一亮,欢喜地指着前方嚷道:"父王来了!父王他真的来了!"

姜含元循着小女娃手指的方向望去，果然看见两道骑影从野道的尽头现身，沐浴着夕阳，正向这边行来。

起初她以为来人真是这小女娃的所谓"父王"，但当看清对方的模样，不由得怔了一下——此刻骑马来的不是别人，而是那位代替皇帝来此巡边的少年皇子，安乐王。

前几日，她从未曾现身，这位皇子自然不会认得她——她却认识对方，并且也知年轻的皇子似乎并未婚配，自然了，更不曾带着什么女儿同来边地。

姜含元接着又意识到这小女娃呼自己为"娘亲"，叫这少年皇子"父王"。这实在是荒唐，更叫人尴尬。她听到也就罢了，若被对方听到，这该如何收场？

她醒神，急忙提醒小女娃勿随口乱叫，然而善儿恍若未闻，竟兴奋地撇下她，奔向了对面的那位安乐王。

安乐王和他的随行似乎要去什么地方，刚路过这里，看到了她，正要叫她过去，忽然发现从她身边奔来一个神色兴奋的小女娃，口里不住喊着"父王"，不禁愣了一下，忍不住转头望向身畔的随行："是你的？"

陈伦连连摆手："殿下怎么想的？她喊的是'父王'！"便是二人当中真有一个是这小女娃的父亲，也当是安乐王才对。

陈伦心里想着：小女娃喊的可是"父王"。

此时小女娃已奔到了安乐王的马前。

和娘亲相比，十七岁的少年骨相已成，和善儿后来的父王并无大的区别。善儿看着少年模样的父王，欢喜雀跃。

马背上的少年在起初的错愕过后，见这小女娃在自己的马前蹦来蹦去，伸出胖嘟嘟的两只小手要自己抱，模样甚是可爱，面上忍不住浮出了一缕笑意。于是他俯身靠了些过去，饶有兴味地打量了她几眼，笑道："我不是你的父王，你认错人了。"

善儿冲到他的身下，抱住他的一条腿，随即指着不远处的那道身影说："她是娘亲！你是父王！你们将来会在一起！我就是你们的女儿！我叫善儿！"

少年望去，哑然失笑。陈伦也是忍俊不禁，说："小娃娃，莫胡言乱语。那不是一个小兵吗？"

"她不是小兵！她是姜大将军的女儿！"

少年一怔，再次抬眼望去。

他这趟来巡边，也听到了几句关于姜祖望女儿的事。据说她自小便生活在军营里，女扮男装。

莫非他眼前这偶遇的小兵，当真是姜祖望的女儿？

少年低头又看了眼地上这正仰面望着自己的小女娃，对上她那一双亮晶晶的充满喜悦和期待的眼，不知为何颇觉喜欢，有一种似曾相识的亲切之感。

何况，即便没有这种难以描述的微妙之感，他也不会为难一个什么都不懂的如此小的娃娃。

他俯身，探手便将这胡乱认亲的小女娃从地上捞起，抱到马背之上，随即附到她的耳边，低声提醒："我真的不是你父王。你更不好乱叫别人娘亲。"

他又瞥了眼对面那显然已是面露窘态正朝自己走来的"小兵"。

"她即便当真是姜大将军的女儿，这个年纪，怎么可能会有你这么大的女儿？"

"父王你以后会娶她的，我是你们将来的女儿。"她嘀咕了一声。

少年安乐王被这小女娃的固执给弄得哭笑不得。

此时姜含元迫于无奈已到了近前，向着对面的皇子行过军礼。

"你是姜大将军的女儿？"安乐王定了定神，匆匆看了下她，发问。

姜含元应"是"，随即立刻解释："殿下勿听她言。我方送外祖归来，在此偶遇，见她一人，年纪又小，不放心便上来了，谁知她——"

"善儿都说啦！善儿是父王和娘亲将来的——"姜含元的话被善儿打断了，但善儿才嚷一半，又被安乐王一掌给捂住了嘴。

"听话，勿再胡言乱语！否则本王要生气了！"少年压下心中涌出的不自在之感，飞快地偷偷打量了姜含元一眼，幸见她转过面去，神色淡然，应没放在心上，这才暗暗松了口气，随即立刻凑到小女娃的耳边，佯作不悦，用着重的语气再次低声提醒。

见善儿点头，安乐王这才松开了她的嘴。

"父王！你是不是要娘亲给你领路，去赵王陵游览？"善儿骨碌碌地转动两只乌溜溜的眼，在随之沉默下去的少年父王和少女娘亲的脸上来回看了几圈，忍不住又出声提醒。

被这也不知哪里来的执意要将自己和姜家女儿凑作一对的小女娃一闹，安乐王方才确实已是忘记自己本来要去的目的之地了。

带着几分无奈，他望向对面的姜家女儿，苦笑："你勿介意。这小女娃实在是……"

他顿了一下，有些说不下去了。

姜含元却大方地笑了笑："我无妨，只要殿下不介意便可。"

"那便好。"安乐王喃喃地道，暗松口气，看了一眼还紧紧扒着自己不放的小女娃，疑惑于她怎会知晓此事。

"敢问小娘子，你可知去往灵丘之道？"迟疑了下，他问道。

姜含元点头，指点方向。

他道了声谢，略一沉吟，正想拜请姜家女儿代自己将这个小女娃先带回军营安置，却不料善儿已热烈地催促："娘亲，你要给父王领路了！"

姜含元不想去，然而小女娃听到她拒绝，竟撇嘴，眼泪很快在眼眶里打起了转："娘亲要去的！父王明明说你陪他一起去的！你若是不去就不一样了，万一将来没有我，那可怎么办？善儿舍不得和你们分开！"

虽然小女娃满口都是无法理解的话，然而，纵姜含元她再铁石心肠，也是抵不住善儿如此恳求。她看见对面马上的那位少年皇子更是目露心疼之色，不停地低声哄着他抱着的小女娃，神色温柔，又为难地看着自己，一副欲言又止的模样。

在僵持片刻之后，她那颗一向坚厚的心软了："也好……我为殿下领路吧。那边路有些难走，殿下自己去，未必就能顺利找得到。"

便这样，姜含元沉默地为少年安乐王和他的随从带着路，走了差不多整整一夜，终于在天光熹微时分将人领到了目的地。

在那少年独自于荒墟前凭吊往事之时，姜含元便静静地坐在近畔的一片陂坡之上。小女娃昨夜在少年的怀抱里睡着了，此刻安卧在姜含元的膝上，身上盖着安乐王脱下的毛氅。他的外氅很大，不但将小女娃整个人完全包裹住了，姜含元也能感觉到来自这大氅的温暖。

天光渐明，她久久地凝望着前方那道清瘦而修长的少年的影，不觉微微发怔。

"娘亲——"

忽然善儿迷迷糊糊地搂住她的身子，梦呓似的喊了一声，接着，又含含糊糊地叫了声"父王"，便将自己的一张小脸埋进毛氅里，再次安静地睡去。

安乐王一直等到小女娃睡醒了，方踏上回程。这一日，当一行人回到昨日傍晚相遇的那片岔道口时，小女娃又开始嘟囔玉佩。

回来的路上，她已不知在安乐王的耳边悄悄提醒过多少回，要他务必记得将身上戴的玉佩赠予姜含元。

实话说，别的什么要求，他都可以应许这小女娃，唯独这一条实在过于为难，不是不舍，而是……

他分明知晓她是少女，是姜大将军的女儿，却将自己随身戴的玉佩给她，似乎有些不大合适——让他生出私相授受的感觉。

况且，就算他乐意，她未必就愿意接……

"要是不给……将来善儿或许就会不见了……"小女娃又要伤心地哭。

安乐王踌躇过后，悄悄望了一眼那沉默的、做小兵打扮的少女，感到心中缓缓地涌出了一股细泉般的怜爱之情。

他想了想，微笑着摘了腰间玉佩，放到了小女娃的手中。

善儿高高地举着玉佩，欢喜地奔到姜含元的身边，将这还带着些许它前任主人体温的玉，放到了姜含元那布着层刀茧的掌心里。

"娘亲！父王！我该走了，将来再见！父王和娘亲，还有善儿，我们一家人天天在一起，永不分开！"

善儿自睡梦里发出的"咯咯"笑声惊醒了因酒而慢慢沉醉的束慎徽和姜含元。两人睁开眼，见女儿手里攥着那一块他们从前定情的玉佩，也不知在梦里梦到了什么欢喜的事，竟这样笑出了声。

夫妇俩看了女儿片刻，转脸望向对方，四目相对。慢慢地，两人交颈贴靠，在炉前那壶还温着的美酒所散发的醉人的酒香里，深深地亲吻在了一起。

屋外风雪依旧，屋内倍添静谧。

宜言饮酒，与子偕老。

他们将守岁到天明，守岁到老，日日夜夜，白头不离。